CW01067179

AHLAM

Marc Trévidic a été juge d'instruction au pôle antiterroriste du tribunal de grande instance de Paris durant dix ans avant d'être nommé premier vice-président au tribunal de grande instance de Lille en 2015. Considéré comme l'un des meilleurs spécialistes des filières islamistes, il est l'auteur de deux ouvrages très remarqués, *Au cœur de l'antiterrorisme* et *Terroristes*. Marc Trévidic est également président de l'AFMI, Association française des magistrats instructeurs.

Paru dans Le Livre de Poche :

TERRORISTES

MARC TRÉVIDIC

Ahlam

ROMAN

JC LATTÈS

© Éditions Jean-Claude Lattès, 2016.
ISBN : 978-2-253-06944-7 – 1re publication LGF

Chapitre premier

Le 2 janvier 2000, peu avant midi, une silhouette blanche débarqua du ferry *El Loud*. Le port de Sidi Youssef était désert. Ce n'était pas la haute saison, pas celle des moutons, nom familier que les Kerkenniens donnent aux touristes, et surtout aux Anglais. Les Anglais sont plus nombreux et plus blancs que les autres.

L'homme, de lin vêtu, n'était pas anglais mais français. Il portait un panama rouge, modèle fedora, à bandeau de coton noir. Depuis le pont du bateau, il avait embrassé l'île du regard. Et il avait aimé. Pas de décors féeriques ni de montagnes escarpées, ni de cascades argentées, juste la platitude. Paul Arezzo avait besoin de platitude. Il voulait que rien ne s'élève. Le pont du bateau était le point le plus haut de l'archipel, plus haut que la tour de Melitta et le minaret de la mosquée de Remla. De là, il avait surplombé son nouvel univers, cet Arizona tunisien dont il se souvenait à peine pour n'y être venu qu'une fois, à l'âge de neuf ans.

Dans cette autre vie, il avait sans doute pris le même bateau. À l'approche du port, son cœur d'enfant s'était emballé. L'excitation de la découverte l'avait emporté sur la fatigue du voyage et il avait serré très fort la main de sa mère ou de son père. Ce n'était pas le moment de les perdre.

Dix-sept ans plus tard, Kerkennah offrait la même nonchalance, les mêmes terres salées et plates, ces *sebkhas* envahissantes, et toujours des palmiers fantomatiques, de plus en plus espacés les uns des autres, perpétuellement à la recherche d'eau. Car Kerkennah, entourée d'eau, en manquait cruellement. Le paradoxe des îles salées. Tout était salé, trop salé, même le vent.

Paul Arezzo prit un taxi. Il n'échangea que quelques mots avec le chauffeur.

— Pouvez-vous m'indiquer un hôtel à Remla ?

— À Remla ? Vous ne préférez pas le bord de mer ?

— Pour l'instant, je préfère Remla. Je verrai plus tard.

— Ben, il n'y en a qu'un à Remla et ce n'est pas un hôtel à touristes.

— Tant mieux.

La route était droite et plate. Paul regardait défiler les palmiers. Quelques dromadaires apparaissaient, flottant dans une brume de chaleur. Puis il y eut Melitta, des maisons blanches ou ocre, le passage de l'île de Gharbi à celle de Chergui et l'impression que la mer pouvait recouvrir l'archipel à tout moment.

Le taxi s'arrêta devant l'hôtel Al Jazira, au centre-ville de Remla. Le réceptionniste posa une question à laquelle Paul n'avait pas pensé. Il était logique, et

8

même obligatoire, qu'un réceptionniste demande à un client la durée de son séjour. Paul réfléchit un instant, mais aucune réponse satisfaisante ne lui vint à l'esprit.

— Si vous ne savez pas encore, ce n'est pas grave. Vous me direz quand vous saurez. Vous êtes le bienvenu.

La chambre était petite mais propre. Une table, une chaise, un lit, une penderie. Paul enleva sa veste, ses chaussures et s'allongea. Il ferma les yeux et s'endormit profondément. Il ne se réveilla qu'à la nuit tombée. Dehors, la ville était sortie de sa torpeur. Les gens étaient dans les rues, assis devant les maisons et les échoppes, à la terrasse des cinq cafés de Remla. Paul aurait dû laisser son panama rouge à l'hôtel. Il n'en avait pas besoin et les gens ne regardaient que lui. Mais maintenant, le mal était fait. Les Kerkenniens n'auraient plus besoin de connaître son nom. Il était le Français au chapeau rouge.

Chapitre second

Paul ne dit jamais au réceptionniste combien de temps il resterait, mais il resta. Il aurait pu trouver mieux s'il l'avait voulu. L'absence de luxe, le dépouillement de sa chambre et la discrétion du personnel lui convenaient. De toute façon, il passait ses journées à explorer l'île. Il avait loué une vieille Mercedes blanche qu'il abandonnait pour rejoindre les endroits difficiles d'accès. Il ne négligea aucun village de pêcheurs, aucun des douze îlots, aucun souk, aucun vestige romain, bordj ou citerne, aucune plage mais, pendant un mois entier, il n'eut pas une fois l'envie de dessiner ou de peindre. Il avait pourtant avec lui, en permanence, un carnet et un crayon, au cas où le désir reviendrait. En vain. Le désir était resté en France, envolé comme sa maîtresse. Son amour avait disparu, et son désir de créer s'était évanoui devant la nécessité de disparaître. Rien ne le réveillait, ni le limon rouge sur les plages, ni les palmiers, ni les *sebkhas*, ni la mer découpée en pêcheries comme autant de champs cultivés, ni les poissons sur les étals des marchés, ni les gracieuses felouques de pêche à fond plat, ni même les Kerkenniennes, parfois si belles, si fines et élancées.

Et puis, au milieu du mois de février, Paul vit à la pointe d'El Attaya un dromadaire marcher sur l'eau pour rejoindre l'îlot d'Er Roumadia. L'animal s'enfonça peu à peu jusqu'à ce que l'eau lui caresse le ventre. Imperturbable, il continua son chemin et se dressa de nouveau à la surface de la mer avant de rejoindre la terre ferme. Presque sans y penser, Paul saisit son carnet et croqua la scène. Le soir même, dans sa chambre d'hôtel, il sortit ses crayons de pastel. À la fin de la nuit, il était parvenu à retrouver les couleurs, la lumière et les reflets. Il se sentait bien. En remontant de son petit déjeuner, il croisa la femme de ménage qui venait de terminer sa chambre. Elle baissa légèrement les yeux et esquissa un sourire timide.

— C'est très beau, votre peinture.

— Merci. Si vous saviez à quel point votre compliment me touche. Restez là, ne bougez pas.

Paul entra dans sa chambre et ressortit aussitôt avec le tableau.

— Tenez, c'est pour vous.

— Mais… mais… Non, je ne peux pas. On va croire…

— Oh, pardon, bien sûr. Je ne voulais pas vous embarrasser. Je n'ai pas réfléchi. J'ai le cœur léger. Je ne m'étais pas senti aussi bien depuis…

La lumière dans les yeux de Paul s'éteignit. La jeune femme le remarqua aussitôt.

12

— Vous savez, ce n'est pas grave. Si vous le fixez sur l'un des murs de la chambre, je le verrai tous les jours.

— Bonne idée. Et quand je partirai, je le laisserai.

— Savez-vous pourquoi les dromadaires traversent la mer ?

— Je suppose qu'ils veulent se rendre sur les îlots.

— Oui, pour manger. À Kerkennah, la nourriture est rare. Les dromadaires courageux vont où les lâches ne vont pas. Ils sont récompensés par de l'herbe tendre.

— Et les Tunisiens ?

La jeune femme regarda à droite et à gauche et chuchota :

— Avec Ben Ali, ce sont les lâches qui mangent. En Tunisie, il vaut mieux être un dromadaire.

Paul descendit à la réception et demanda à louer la chambre à côté de la sienne.

— Vous attendez quelqu'un ?

— Non, c'est pour moi. D'ailleurs, je voudrais que vous enleviez le lit. Je ne vais pas y dormir. Je vais y revivre.

Paul éclata de rire devant la mine étonnée de l'employé.

— À moins que votre patron ne s'y oppose, je voudrais faire de cette chambre un atelier de peinture.

Mohamed, le patron, fut d'accord. Et même fier. Sa réticence disparut au premier regard sur le pastel du dromadaire s'enfonçant dans la mer.

Paul repartit à Paris et en revint une semaine plus tard avec un imposant matériel. Il refit le même parcours, depuis le tout début. Il dessina sa vision de Kerkennah depuis le pont du ferry, puis la gueule du ferry s'ouvrant pour déverser son contenu : une centaine de passagers, pour la plupart des Kerkenniens qui faisaient l'aller-retour de Sfax, des poulets, quelques moutons, trois dromadaires, quatre pick-up Toyota, deux taxis Mercedes et sa Nissan quatre roues motrices remplie à ras bord. Il y avait aussi un camion de victuailles et une camionnette réfrigérée. Il dessina ensuite la tour de Melitta au milieu des palmiers clairsemés et miséreux, les maisons des marabouts, un peu partout sur l'île. Il dessina surtout la mer, les petits ports, les bateaux, les pêcheurs. La couleur de l'eau changeait constamment. Peu profonde, la mer épousait les éléments. Chaque modification atmosphérique la transformait. Il ne s'agissait que d'esquisses destinées à devenir des toiles. Huile, aquarelle ou pastel, cela dépendrait du sujet et de l'humeur. Peut-être peindrait-il le même sujet trois fois ? Il n'avait jamais essayé. Cette idée l'intéressait. Qui l'emporterait en force et en beauté ? Paul se sentait de mieux en mieux. Il était comme un sac de sable troué qui s'allège petit à petit de son poids. Et puis, de retour à Paris, il n'avait pas cherché à la revoir. Il n'avait pas replongé.

Paul se mit à écrire de très courts poèmes, parfois d'un seul vers. Il tenta d'en peindre un, qui lui paraissait digne de l'être : *Le vent, amant de Kerkennah, la caresse sans cesse. Elle se tord puis s'endort dans ses bras.* L'amour, le désir charnel et la force se ressentaient dans les voiles gonflées des felouques, la cambrure des palmiers et l'écume blanche qui se déversait sur la plage. Paul comprit qu'il avait peint un tableau érotique. Il comprit aussi qu'il avait besoin de faire l'amour. Ce désir-là était également revenu. Mais ce n'était pas la saison des touristes et il n'était pas question de chasser la gazelle locale. Au bar du Grand Hôtel, il trouva quelques Européennes du mois de mars, celles qui partent en vacances quand elles le veulent, n'ont pas d'enfants et sont disponibles pour des aventures passagères. Il jeta son dévolu sur une Anglaise assez maigrichonne avec un sourire étincelant et un accent charmant. Il lui proposa de lui faire visiter l'île dès le lendemain et vint la chercher à 9 heures. Il l'amena jusqu'au bout de Kerkennah, à El Kraten, vit ses fins cheveux blonds flotter dans le vent et se dit que cela aussi était beau. Dans le petit port de pêche d'Ouled Kacem, il lui fit manger du poulpe séché, de l'orge concassé, du pata-clet et des raisins secs. Il lui fit boire du qêchem, vin de palme et nectar de l'archipel. Le soir, il l'invita à dîner au Cercina. Ils mangèrent un plat léger, rouget pour elle et sole pour lui. Lorsqu'il la raccompagna au Grand Hôtel, elle lui glissa qu'elle avait passé une journée *fabulous*, elle le prit par la main et le guida jusqu'à sa chambre. Ils passèrent quatre journées ensemble, à visiter l'île, boire, manger et faire l'amour. Puis il la conduisit au ferry, l'embrassa une dernière fois et la regarda s'éloigner. Elle lui fit un petit signe depuis le pont alors que le bateau quittait le port. Il se sentait guéri.

Dès le milieu du mois d'avril, Paul reçut des visites. Tout le monde à Kerkennah savait maintenant qu'il était peintre. La nouvelle de sa célébrité était venue de Sfax. Sa renommée était mondiale. Elle avait pris naissance alors qu'il n'avait que dix-sept ans, lorsqu'un propriétaire de galeries implantées à New York, Boston, San Francisco et Tokyo était tombé en arrêt devant trois de ses tableaux exposés à Saint-Paul-de-Vence. Il s'agissait de trois portraits du même visage féminin. Les portraits étaient identiques, mis à part un élément qui modifiait profondément l'impression d'ensemble. La forme, la taille et la couleur des yeux, les cils, les sourcils et les petites rides se retrouvaient à l'identique, mais ce n'était pas le même regard, pas la même expression. Une observation poussée finissait par mettre mal à l'aise. L'artiste était parvenu à saisir les changements d'états d'âme dans les variations du regard. Prononcées ou infimes, ces variations apportaient à la peinture un souffle de vie que l'Américain n'avait jamais contemplé ni même imaginé. Il avait demandé à rencontrer Paul, qui lui avait montré d'autres versions. L'Américain les avait toutes achetées et en avait commandé d'autres. Six mois plus tard, Paul Arezzo était célèbre et riche.

Paul Arezzo était maintenant à Kerkennah, bien loin de l'Amérique, dans un hôtel un peu miteux, organisant son espace entre sa chambre à coucher et

16

son atelier de la taille, somme toute, de son premier atelier à Montmartre. Peut-être avait-il recherché, sans le savoir, un espace limité où l'artiste dort et peint, un retour aux sources de la création ?

La première visite de marque fut celle du directeur du musée du Bardo. Il était parti de Tunis sitôt informé de la présence insolite d'un génie de la peinture à Kerkennah. Paul accepta de lui montrer ce qu'il avait peint depuis son arrivée mais refusa toute exposition dans un avenir proche. L'imam de la mosquée de Remla l'Ancienne lui fit également l'honneur d'une visite. Paul ne comprit pas ce qu'il voulait mais il apprécia cet homme policé d'une soixantaine d'années qui en paraissait vingt de plus. Et puis il y eut les visites répétées de l'Ômda. Paul ignorait ce qu'était un Ômda et il eut tort de le lui demander. L'homme à la très forte corpulence et à la voix de baryton partit dans de longues explications agrémentées de postillons. À l'écouter, il était tout et faisait tout. Il pouvait tout, à condition que la demande fût raisonnable. Chaque village avait son Ômda, intercesseur entre le peuple et l'administration, et comme Remla était une ville de trois mille âmes dotée de plusieurs administrations, d'un hôpital, d'une maison de la culture et même d'un lycée, l'Ômda de Remla était quelqu'un de très important, en tout cas à ses propres yeux. Paul ne sut même pas son nom. C'était l'Ômda, voilà tout.

La visite du chef de la police de Remla fut moins agréable. Il voulait absolument connaître la durée du séjour de Paul sur l'archipel.

— Je ne le sais pas moi-même, répondit-il. Dieu seul le sait.

Le ton moqueur d'Arezzo et sa dernière remarque ne furent pas du goût du chef de la police. Mais il se retint. Il avait beau représenter la toute-puissance insulaire du régime Ben Ali, sa puissance n'était sans limite que sur les Tunisiens. Un Français, et qui plus est un Français aussi célèbre, c'était autre chose. Tout aussi bien recevrait-il le lendemain la visite du ministre de la Culture ou d'une autre autorité descendue de la capitale.

— Monsieur Paul Arezzo, c'est un honneur de vous accueillir sur notre île, mais mon chef à Sfax m'a demandé de vous rappeler que les touristes ne pouvaient pas rester plus de trois mois. De plus, pour travailler, il faut un permis.

— Mais je ne travaille pas, je peins. C'est un loisir, un hobby.

— Qui rapporte beaucoup d'argent.

— C'est vrai, et je trouve que l'argent a des vertus, comme d'échapper aux tracasseries administratives. Par exemple, je suis certain que cela entraîne beaucoup de frais d'établir un permis de travail à Sfax. Déjà, il y a la traversée. Il faut que la demande traverse la mer à l'aller et que le permis traverse la mer au retour, tout ça sans se perdre. Et tout travail mérite salaire. Alors, je ne sais pas si je vais rester mais, au cas où, je gage que vous pourrez aider un amoureux de Kerkennah à y demeurer pour en peindre la beauté.

— Eh bien… c'est-à-dire que j'en serais absolument ravi. Mais il est vrai que c'est un peu cher quand on veut que ça aille vite. Et, pour vous, il faut que ça aille vite.

— Je vous en prie. Renseignez-vous auprès de la préfecture de Sfax pour m'indiquer le montant des frais tout à fait justifiés à acquitter, outre les droits divers que j'ignore mais qui sont l'apanage de toute administration.

— Ah, monsieur Arezzo, je me renseigne très vite et je vous dis ça. Je suis certain que dans une semaine vous serez, pour ainsi dire, devenu kerkennien.

— Je n'en doute pas. J'ai déjà assimilé certaines… Comment dire ? Traditions tunisiennes.

Chapitre trois

Paul Arezzo fit la connaissance de Farhat au début du mois de mai 2000. Farhat avait trente ans et Paul vingt-six, mais personne n'aurait cru à un écart si faible. Paul avait un visage d'adolescent, un front lisse, des joues lisses, des bras et des jambes qui semblaient un peu trop grands pour lui. Il n'avait que quelques rides autour des yeux, et encore étaient-elles peu profondes. Rien à voir avec les crevasses sur le visage buriné de Farhat. Le sel avait creusé ses sillons comme le laboureur d'une terre asséchée. Mais le visage de Farhat était très beau, tout craquelé qu'il fût, ou à cause de cela. Ses yeux bleus de berbère illuminaient son regard marin. C'était une sorte de Kersauson tunisien, charmeur et bougon, blagueur et profond, aux yeux souvent rieurs mais parfois légèrement tristes, comme un voile qui s'efface doucement, à la façon des brumes de chaleur. Il n'était pas très grand, un mètre soixante-dix tout au plus, sans une once de graisse. Il donnait toutefois une impression de corpulence en raison de l'épaisseur de ses muscles.

Farhat avait toujours vécu à Kerkennah. Quand il était petit, il aidait son père à débarquer sa pêche, mais il ne ratait jamais l'école. L'école, c'était sacré. Sa mère était professeur de français au lycée de Remla. Il ne fallait pas plaisanter avec ça. Un jour, Farhat, empêtré dans ses devoirs, avait dit à sa mère que ça ne servait à rien puisqu'il voulait devenir pêcheur. Elle lui avait répondu :

— Te souviens-tu de la berceuse que je te chantais quand tu étais tout petit ?

— Celle du ballon ? Bien sûr.

— Vas-y, chante-la.

— *Mon ballon est tellement grand. Il vole comme un oiseau. Mon ballon m'amuse, il… il est…*

— Tu vois, tu as oublié. Mais si tu sais écrire, tu peux l'écrire pour t'en souvenir plus tard. Et si tu sais lire, tu pourras la lire à tes enfants.

— Maman, s'il te plaît, tu peux me la chanter ?

— *Mon ballon m'amuse. Il est tellement beau. Il court aussi vite que mon pied.* C'est ça la fin. Enfin, je crois. Et puis, quand les touristes viendront, il faudra bien que tu leur parles. Ton père parle le français et l'anglais. L'été, ils vont sur son bateau pour les balades en mer et manger le couscous de poisson. Ça nous fait beaucoup d'argent en plus.

Farhat avait poursuivi l'école jusqu'au bac. Il l'avait eu sans mention mais l'avait eu quand même. Pourtant, il était resté à Kerkennah et, aujourd'hui, il était pêcheur comme son père. Il possédait la même felouque à coque bleue et voile blanche, même s'il avait acheté un petit moteur d'appoint pour ne pas perdre de temps dans les vents contraires, et il avait la même concession de pêche. Autour de l'archipel,

22

la mer était divisée en *chrafis*, des pêcheries parfois délimitées par des barrières de feuilles de palmiers attachées les unes aux autres. Mais les délimitations physiques n'étaient pas nécessaires. Chaque pêcheur savait à peu près où il avait le droit de pêcher et la triche n'était pas tolérée. Malheur à qui se faisait prendre. Le poisson ne posait pas problème car les bancs circulaient équitablement autour de l'île. Ils ne voulaient pas faire de jaloux. C'était une autre histoire pour les éponges. Certains endroits étaient privilégiés et la *chrafi* de Farhat était de ceux-là, juste à droite du port de Branca, à la sortie de Remla. Elle était surtout réputée pour ses crevettes. Vers la fin du mois de mai, Farhat en sortait des filets pleins. Elles n'étaient pas très grosses mais avaient une chair ferme et salée délicieuse. Pourquoi venaient-elles plus volontiers chez Farhat ?

— Pour tes beaux yeux, lui disait sa femme en riant. Toutes les crevettes de l'île rêvent de finir dans tes filets.

— C'est Dieu qui décide, répondait Farhat en rougissant.

Farhat et sa femme ne faisaient qu'un. Chaque habitant de l'île souriait en voyant ce couple si beau et amoureux. La femme de Farhat était très jolie, plus grande que la moyenne, avec un corps souple et long, des cheveux noirs, des yeux immenses couleur noisette que n'importe qui aurait aimé croquer. Elle était professeur de français à Remla, comme la mère de Farhat, qui n'était pas pour rien dans le rapprochement de sa jeune collègue et de son nigaud de fils.

Ces deux-là se connaissaient depuis l'enfance mais n'avaient pas compris qu'ils étaient faits l'un pour l'autre. Alors, Fatima avait un peu forcé le destin. Elle s'était dit qu'avec un corps comme le sien, Nora lui ferait de beaux petits-enfants.

Elle avait raison. À vingt ans, Nora avait mis au monde un garçon prénommé Issam. Farhat était tellement fier que tous les voisins ne l'appelaient plus qu'Abou Issam pour se moquer gentiment de lui. La grand-mère était également aux anges, même si elle savait compter et qu'il lui semblait que le mariage de Farhat et de Nora n'avait eu lieu que six mois plus tôt.

Deux ans plus tard, Ahlam venait au monde. Cette petite fille était le portrait de sa mère. En grandissant, Issam et Ahlam devenaient de plus en plus beaux. Issam avait une bouille et des mollets tout ronds, deux fossettes absolument craquantes qui faisaient le bonheur des touristes et la joie des petites filles. Ahlam était une poupée, toute fluette, avec des yeux noisette encore plus grands que ceux de sa mère et un petit nez légèrement retroussé. Toute la famille était toujours bien habillée, à l'occidentale. Farhat ne portait jamais le *kadrun* des pêcheurs, une robe de laine épaisse qu'on devait constamment retrousser pour éviter de la mouiller. À la belle saison, il portait des pantalons de toile légère ou des shorts, des faux Lacoste ou, mieux encore, des chemisettes à fleurs. Farhat adorait les chemisettes à fleurs. Issam était la plupart du temps habillé exactement comme son père. L'hiver, pantalons plus épais et pull-overs de laine étaient amplement suffisants.

Farhat et Nora avaient un autre sujet de satisfaction : Issam et Ahlam étaient de très bons élèves.

— Avec une grand-mère et une mère professeurs, on pouvait pourtant craindre le pire, plaisantait Farhat.

— Oui, comme de finir pêcheur à Kerkennah, lui répondait Nora.

Tous les deux savaient bien que leurs enfants partiraient. C'était le paradoxe de Kerkennah. Les enfants allaient tous à l'école, en primaire, au collège, au lycée. Le taux de scolarisation était exceptionnel, très supérieur à la moyenne tunisienne. Mais les enfants partaient, nécessairement. D'abord pas trop loin, juste en face, à Sfax. Vingt kilomètres de mer et la possibilité de revenir tous les week-ends. Le campus de Sfax était immense. Les principales disciplines y étaient enseignées : droit, médecine, lettres, sciences économiques et de gestion. L'université abritait également l'École nationale d'ingénieurs, l'école supérieure de Commerce et celle des Sciences et Techniques de santé. Et puis il y avait les instituts spécialisés : arts et métiers, musique, informatique, multimédia, électronique, biotechnologie.

À la fin des études, cependant, venait l'heure du choix. Il n'y avait pas de travail à Kerkennah pour les gens éduqués, ou si peu. L'archipel produisait de bons élèves et, ce faisant, disait adieu à sa jeunesse.

— À Kerkennah, les hommes sont pêcheurs et les femmes agricultrices. Ça ne changera jamais, affirmait Farhat avec fatalisme.

— Et pourquoi donc ? lui répondait sèchement sa femme, qui ne supportait pas les poncifs sentencieux.

— Parce que l'homme de Kerkennah appartient à la mer et que la femme appartient à la terre.

— N'importe quoi ! Tu ne sais même pas nager.

C'était vrai, Farhat ne savait pas nager. À Kerkennah, il y a si peu de fond que l'on peut se baigner toute sa vie sans savoir nager. Ou alors, il faut aller très loin. Et, si l'on va très loin, il faut un bateau. Et si on a un bateau, on n'a pas besoin de nager. Et puis, Farhat savait tout de même faire le petit chien.

La rencontre entre Paul et Farhat n'aurait pas dû avoir lieu. C'était cependant écrit.

Mektoub.

Après avoir parcouru l'île dans tous les sens, à toutes les heures et sous toutes les lumières, Paul voulut voir l'île depuis la mer, découvrir ses formes, ses contours. De quoi avait l'air cette galette quand on l'observait de l'extérieur ? Peut-être plus tard lui faudrait-il la survoler pour la posséder entièrement ? Pour l'heure, l'approche maritime lui promettait de nouvelles perspectives et de nouvelles couleurs. Paul se trouvait dans un état de boulimie artistique, une nécessité de créer qu'il n'avait connue qu'à ses débuts. Certes, il savait que ses peintures de l'île ne marqueraient pas l'histoire de la peinture, qu'une œuvre bien plus importante l'attendait. Mais il s'amusait. Il prenait du plaisir. Les choses sérieuses pouvaient attendre.

Le patron de l'hôtel lui avait conseillé d'aller voir un pêcheur prénommé Farhat sur le port de Sidi Gaben. Les deux ports de pêche de Remla étaient très proches l'un de l'autre et le peintre se retrouva à Branca. Il questionna un vieux pêcheur qui prenait l'ombre sur le quai. En ce début du mois de juin, l'impression de chaleur était accentuée par l'absence de vent. Le vieux pêcheur lui montra du doigt le bateau de Farhat. Farhat était à quatre pattes sur le pont en train de frotter le bois pour en retirer les écailles incrustées.

— Bonjour, vous êtes Farhat ?

Farhat se redressa sans se presser et se retourna vers l'étranger. Il descendit de son bateau. Les deux hommes échangèrent une rapide poignée de main.

— Je suis…, reprit le peintre.

— Je sais qui tu es, monsieur. Tu es le Français au chapeau rouge.

— Ah, je vois. Il faudrait peut-être que j'envisage de porter autre chose, histoire de passer inaperçu.

— Je ne sais pas comment tu passerais inaperçu, avec tous ces gens qui viennent te voir. Tu es un monsieur très célèbre.

— Oui, je sais.

— Même ma femme te connaît.

— Comment ça ?

— Ma femme est professeur au lycée de Remla et elle m'a montré un beau livre avec les photos de tes tableaux.

— Et ça vous ennuie que je sois connu ?

— Non, je suis très fier pour Kerkennah. Que puis-je faire pour toi ?

— Eh bien, le patron d'Al Jazira m'a dit que vous pourriez accepter de faire le tour de l'île.

— Je comprends. Mais il y a erreur. Chouf. Tu vois, là-bas ? C'est Sidi Gaben. Tu trouveras le Farhat que tu cherches. Lui, il a un bateau avec un gros moteur. Il peut faire le tour de l'île très vite. Il est très bête mais très serviable. Moi j'ai une felouque et un tout petit moteur en cas de besoin. Avec la voile, c'est long de faire le tour de l'île et ce n'est pas confortable. Et puis, moi, je ne fais les balades en mer qu'à la saison des moutons.

Paul remercia Farhat et s'éloigna. Puis, il revint sur ses pas.

— Et si je préfère l'inconfort ? J'aimerais mieux faire le tour de l'île sur votre felouque plutôt qu'avec le Farhat très bête et très serviable.

— Oui, mais là c'est le début de la saison du pageot et de l'anguille. Personne ne les pêchera à ma place.

— Je vous dédommagerai.

— Non, les poissons doivent être pêchés quand ils sont là. Ils viennent pour ça et si vous n'êtes pas là, ils ne reviennent pas. Ils vont chez les autres.

— Il n'y a vraiment rien que je puisse faire pour vous convaincre ?

— Tu es vraiment si pressé ?

— Après, il y aura les touristes. L'île ne sera plus à moi. Je ne peins pas les filles en bikini et les touristes dans les bars.

28

Farhat réfléchit. Il n'aimait pas céder, mais ce Français lui plaisait. Normalement, il n'aurait pas dû l'apprécier, un Français célèbre avec plein d'argent, ce n'était pas son monde. Pourtant, celui-là avait un regard tendre, un sourire doux, sans morgue, sans condescendance ni exigence. Il demandait poliment. Et puis, il avait vu les yeux de sa femme briller en lui montrant le livre d'art. Avec sa mère, ça avait été tout pareil. Farhat avait compris qu'elles avaient besoin d'un peu de rêve. Pour une fois, elles pouvaient discuter d'autre chose que des qualités respectives du congre et du mérou, des pelotes de mer[1] sur la plage, du festival du poulpe ou de la légende de l'étang aux paillettes d'or.

Pendant que Farhat réfléchissait à un moyen de faire plaisir aux femmes de sa vie, Paul avait tourné les talons.

— Monsieur, reviens. Je sais ce que tu peux faire.

— Dites et j'obéirai, répondit Paul en s'inclinant légèrement avant de revenir vers le bateau.

— Tu viens dîner chez moi… disons, demain soir. Ma maison est à Ouled Bou Ali. Quand tu arrives de Remla, c'est la septième maison à droite. Elle est toute blanche avec une porte en bois peinte en bleu. Juste au-dessus de la porte, il y a une sculpture de poisson, un poisson-coq pour chasser l'*aïn*.

— Je trouverai. C'est quoi l'*aïn* ?

---

1. Les pelotes marines sont formées par des filaments de posidonies qui s'agrègent jusqu'à former une boule de la taille d'une balle de tennis.

— Le mauvais œil.

— Me voilà rassuré. À demain soir.

— Vers 20 heures. Inch'Allah.

— Juste une question…

— Oui ?

— Tu as des enfants ?

— Une fille de sept ans et un garçon de neuf ans.

Farhat se remit au travail. Il était content de lui. Il était impatient de voir la tête de sa mère et de sa femme. Les enfants aussi seraient tout excités.

Paul, de son côté, avait une idée. Il dénicha un endroit ombragé sur le port qui lui offrait une vue satisfaisante de Farhat sur son bateau, sans risque d'être repéré.

Paul trouva facilement la maison de Farhat. Il ne savait pas à quoi ressemblait un poisson-coq, mais ce gros poisson avec une crête en guise de nageoire dorsale lui semblait correspondre.

La maison n'avait pas d'étage. C'était une maison traditionnelle construite en pierre et peinte au lait de chaux pour résister au vent et au sel marin. Paul fut accueilli avec beaucoup de chaleur et d'émotion. Fatima, la mère de Farhat, portait une robe de coton bleue suffisamment ample pour ne pas accentuer ses rondeurs conséquentes. Nora était toute de blanc vêtue, une longue robe de lin qui descendait jusqu'au mollet tout en laissant deviner ses formes exquises. Farhat avait mis sa plus belle chemise à fleurs. Ahlam s'était faite toute belle. Elle portait une robe violette et un ruban pourpre dans les cheveux. Elle avait la bouche grande ouverte et les yeux étincelants quand elle osa dire bonjour à l'invité avant de glousser. Issam, sûr de lui, tendit une main ferme à Paul. Il portait un pantalon beige et une chemisette blanc cassé.

Paul était habillé comme à l'accoutumée d'un pantalon et d'une chemise de lin blanc. Il avait mis sa veste préférée, couleur crème. La maîtresse de maison lui proposa de l'en défaire, étant donné la chaleur de la nuit.

— Non, ça ira. Je préfère la garder. Vous savez, ce n'est pas très chaud. C'est du lin majoritaire.

— C'est quoi du lin majoritaire ? demanda immédiatement Ahlam.

Tout le monde éclata de rire.

— C'est du lin français, répondit Paul.

— Maintenant, on ne va plus vous appeler « le Français au chapeau rouge » mais « le Français à la veste de lin majoritaire », souligna Fatima.

— Tout est majoritaire en France. C'est ça, la démocratie, renchérit Nora. En Tunisie, c'est toujours la minorité qui l'emporte. Et, quand je dis minorité, je devrais plutôt dire le « clan Ben Ali ».

Farhat coupa court à la discussion en soulignant que Paul devait avoir soif. Il n'aimait pas que sa femme ou sa mère abordent des sujets dangereux.

— Et rassure-toi. Nous avons du très bon vin.

— Je n'étais pas inquiet, mais avant ça j'ai quelques petites choses.

Paul sortit de son sac à dos un joli collier multicolore pour Ahlam, qui fit des petits bonds de joie.

À Issam, il donna des feuilles de papier Canson et une boîte de crayons de pastel. Issam remercia poliment. Le cadeau semblait lui plaire. Puis, avec un sourire malicieux, Paul tendit à la maîtresse de maison un petit tableau de trente centimètres sur trente. L'encadrement était en palmier. C'était une marine à l'aquarelle.

— Ce n'est pas…

— Tout à fait, votre mari sur son bateau.

Toute la famille écarquilla les yeux. Le tableau passa de main en main. Farhat avait les larmes aux yeux.

— Comment avez-vous fait ? demanda Fatima. C'est mon fils trait pour trait. C'est comme une photo, en beaucoup plus joli. Et le pont du bateau, c'est exactement ça.

Sur le tableau, Farhat était assis. Il réparait un filet déchiré et semblait très concentré. Comme il s'agissait d'un portrait, on ne voyait qu'une petite partie du bateau, mais la moindre nervure du bois, le léger éclatement à la base du mât et la luminosité de la coque étaient reproduits à la perfection.

La soirée fut délicieuse. Paul fut assailli de questions, y compris par Ahlam et Issam qui le dévoraient des yeux. Fatima et Nora avaient cuisiné des plats traditionnels. Le repas commença par le *lablabi*, soupe de pois chiches, et se poursuivit par un couscous au poulpe. Paul fut le seul à boire du vin, un rosé marocain assez parfumé. Les enfants eurent exceptionnellement droit à du sirop d'orgeat. Il y eut bien sûr le thé à la menthe et les dattes avant de se quitter.

Paul était entré dans la famille. Il fut invité souvent. Un soir sur deux, après chaque sortie en bateau avec Farhat, il venait déguster la cuisine de Nora et manger du regard la cuisinière. Il apportait toujours un petit cadeau, un stylo pour Issam, un ruban pour Ahlam, un jeu de cartes, un dessin, un bibelot, un livre ou une chemise à fleurs.

Mais Paul était troublé. De plus en plus.

Il était tombé sous le charme de Nora, de ses courbes parfaites, de ses gestes gracieux, de ses mouvements de tête raffinés et envoûtants, de ses cheveux noirs ondulés, de ses dents blanches, de son sourire désarmant, de son rire clair et sonore, de ses doigts si fins, de ses lèvres pourpres. Il buvait ses paroles comme on déguste un nectar sucré et raffiné. Il s'efforçait cependant de ne pas la regarder avec trop d'insistance pour ne pas trahir ce qu'il ressentait. Maintenant, il devrait vivre avec cela.

Mektoub.

Pas question de tout casser, de tout gâcher. Il n'avait aucun droit sur cette île, lui qui avait été accueilli à bras ouverts dans cette famille. Et puis, de toute façon, Nora adorait son mari. C'était une évidence. Ce n'était qu'un coup de lune. Avait-il oublié comme cela faisait souffrir ?

Les tours de l'île ne furent pas l'accomplissement d'une promesse, mais des sorties entre copains. Il fallait que Farhat et Paul s'apprivoisent. Au début, Farhat n'avait pas compris ce que Paul attendait de lui. Il n'avait pas imaginé qu'il faudrait sans cesse revenir aux mêmes endroits, parfois aller vite, parfois lentement, parfois longer la côte du sud au nord mais parfois du nord au sud, parfois tenter de faire du « sur place » alors que le vent soufflait fort. Pendant que Farhat virait et revirait de bord, Paul croquait et crayonnait en chantonnant.

— *I can't get no satisfaction,* Farhat. Essaie encore… *Tr… tr… try… try… try.* Passe plus près de la plage.

— Facile à dire, *monsieur.* T'avais qu'à prendre un gros bateau à moteur. *Ça en a être une felouque.* Et le vent se moque bien des *grands* artistes.

Le moment le plus agréable était celui du déjeuner. Farhat allumait son brasero et grillait des poulpes, des seiches ou des morceaux de loup. Il remontait ensuite une bouteille immergée, incroyablement fraîche. C'était son frigo à lui. Les côtes de Kerkennah offraient à quelques rares endroits des fosses de près de dix mètres. C'est là qu'il immergeait le fruit défendu acquis auprès des hôtels à touristes de l'île. C'était un truc qu'il avait appris de son père. À la saison touristique, la concurrence était rude et tous les coups étaient permis. Le bouche à oreille était crucial. Un touriste satisfait en parlait aux autres autour de la piscine, au restaurant, à la plage, au bar, en boîte de nuit : « Moi, j'ai fait ça aujourd'hui, et c'était incroyable. Allez voir Farhat de ma part. » Farhat avait le petit plus : la bouteille fraîche de rosé à dix mètres de fond, dans un filet de pêche accroché à une bouée.

Paul en profita mais pas tout seul. Il avait cru que Farhat, religion oblige, ne buvait pas. Il comprit vite le contraire. Deux camarades sur une felouque et sous un soleil de plomb avaient bien le droit au verre de l'amitié. Allah n'y trouverait rien à redire. Juste une petite réprimande peut-être, sous la forme d'une mauvaise conscience *a posteriori*.

— Ta femme sait que tu bois en cachette, Farhat ?

— Bien sûr que non, sinon ça ne s'appellerait pas « boire en cachette ». Et puis, c'est bon pour le commerce. Elle est la première à adorer se rendre à Sfax pour acheter une nouvelle robe à Ahlam.

— Ahlam, ça veut dire quoi ?

— Les rêves.

— J'en étais sûr ! J'ai une autre question. Pourquoi ta felouque n'a-t-elle pas de nom ?

— Qu'est-ce que tu crois, monsieur ? Bien sûr qu'elle a un nom.

— Alors pourquoi tu ne l'as pas peint sur la coque ? Tout le monde fait ça.

— Je l'ai fait. J'ai peint Nora en lettres blanches… À bâbord en français, à tribord en arabe. C'est Nora qui m'a demandé d'enlever ça. Bon, conclut Farhat en finissant la bouteille, t'as dessiné l'embarcadère, les felouques de Melitta, les hôtels à gazelles sur la côte ouest, les *chrafis* de Sidi Tebeni, les dromadaires sur Er Roumadia, les éponges d'El Attaya, les poulpes d'El Abassia, les ports de pêche d'Ouled Bou Ali, Ouled Kacem, Ouled Yaneg et Ouled Ezzedine… et maintenant ?

— Et maintenant tu vas me dire où se trouve la bouée à rosé la plus proche. D'ailleurs, au lieu de bouées cubiques, tu devrais mettre des bouées de sauvetage.

Chapitre quatre

Le 20 juin au matin, Nora ne put se lever. Appelé à son chevet, le médecin se voulut rassurant. C'était la fin des cours. Elle était fatiguée, c'était normal. Il fallait seulement qu'elle se repose. Mais c'était impossible, elle avait les épreuves du bac à faire passer. Pourtant, elle se sentait à bout de forces. Le médecin n'avait pas d'explication à cette fièvre persistante. Les antibiotiques n'y faisaient rien. Le 21 juin, il lui prescrivit des analyses à l'hôpital de Remla. Le 22 juin, il vint lui-même annoncer à Farhat que sa femme devait partir en urgence à l'hôpital de Sfax. Il ne dit pas pourquoi. Juste des petits problèmes dans la formulation sanguine.

Farhat se rendit à l'hôtel Al Jazira pour s'excuser auprès de Paul de devoir annuler leur sortie en mer du lendemain. Paul lui proposa de l'accompagner à Sfax. Désemparé, Farhat ne refusa pas.

Grâce à la recommandation du directeur de l'hôpital de Kerkennah, l'admission à Sfax se fit rapidement et Nora se retrouva dès le jour suivant dans une chambre de cinq lits.

Puis il ne se passa plus rien.

Toute la journée, il ne se passa rien.

Le lendemain, il ne se passa rien.

Farhat et Paul ne purent rencontrer aucun médecin. Ils insistèrent en vain.

Paul voulut remonter le moral de Farhat : bel hôtel, bon restaurant.

— Laisse-toi faire, c'est moi qui invite.

— Non, je ne peux pas. Tu as vu l'hôtel ?

— Écoute. On ne sait pas combien de temps on va rester. Une chose est sûre, ta femme a besoin d'un mari en pleine forme, qui va de l'avant et qui ne se laisse pas dépérir. Alors, ce soir, des mets de roi et du vin à volonté ! C'est ma prescription.

Le lendemain, les deux amis se présentèrent à l'hôpital. Nora avait passé une mauvaise nuit. Elle avait saigné du nez à plusieurs reprises et avait du mal à respirer. À la réception, ils exigèrent, comme les deux jours précédents, de voir un médecin ou un responsable. La secrétaire resta impavide en affirmant que personne n'était disponible dans l'immédiat mais que bientôt quelqu'un viendrait. Alors Paul éclata. Farhat ne l'avait jamais vu dans cet état. Il hurlait dans le hall. Il frappa sur le bureau. Il menaça. La secrétaire était terrorisée. Il y eut bientôt un attroupement puis des policiers. Tout le monde avait peur de Paul. Aurait-il été tunisien qu'il aurait fini au poste en cinq minutes avec des ecchymoses un peu partout. Mais un Français bien habillé qui poussait des hurlements, ce n'était pas à prendre à la légère. Finalement un commissaire bien policé apparut. Il discuta avec Paul et Paul le terrorisa. Il s'agissait de Paul Arezzo. Des autorités étaient venues de Tunis pour le voir et, si ça continuait, il appellerait Ben Ali en personne. La seule évocation du chef de l'État fit blêmir le commissaire. Il savait qui était le Français et il était probable qu'il eût le bras long.

Une heure plus tard, Farhat et Paul obtinrent un rendez-vous avec un grand professeur, le mandarin en personne.

Farhat était tétanisé. Il appréciait l'aide de Paul, mais son ami y était allé un peu fort.

— Un peu fort, tu dis ? Mais, si on ne fait rien, ils vont la laisser mourir ! C'est aussi transparent que l'eau de Kerkennah. Réveille-toi, Farhat ! Vous appelez les touristes anglais des moutons, mais qui sont les moutons dans ce pays ? Si un petit cousin de Ben Ali au sixième degré s'était présenté dans cet hôpital, le directeur lui aurait lavé les pieds. Regarde, j'ai prononcé la formule magique et maintenant…

— Tu crois qu'elle va mourir, *akhi*[1] ?

— Je n'en sais rien, *abibi*[2], mais si on ne fait rien, elle mourra sûrement…

Paul et Farhat furent conduits avec beaucoup d'égards dans le bureau du professeur qui les pria de s'asseoir confortablement et leur fit servir le thé.

— Je suis désolé de ne pas avoir pu vous recevoir plus vite mais il fallait que j'étudie le dossier. C'est un dossier très compliqué.

C'est ça, grosse baudruche, pensa Paul. T'as regardé en vitesse quand on t'a dit que des problèmes poin-

1. Mon frère.
2. Mon ami.

taient à l'horizon et qu'un proche de Ben Ali allait exploser ta carrière.

— Donc, c'est un dossier très… comment dire… Inhabituel.

— Bon, monsieur le professeur. C'est un honneur d'être reçu dans votre modeste bureau mais, comme il est évident que Nora a une maladie du sang, pouvez-vous nous dire précisément de quoi il s'agit et ce que vous pouvez faire ?

— J'y venais, j'y venais. C'est-à-dire qu'en fait, la maladie est… comment dire ?

— Très évoluée ?

— Voilà, exactement, très évoluée. C'est une leucémie très virulente.

— Et vous pouvez faire quelque chose ?

— Je crains que non. Par contre, à Tunis, il y a un hôpital spécialisé.

— Alors, pas de temps à perdre, allons-y tout de suite.

— Ce n'est pas si simple. Il faut des recommandations. Il y a peu de places et beaucoup de frais. Mais bon, avec vos relations…

Farhat prit la parole pour la première fois.

— Je suis un pêcheur. Je n'ai pas d'argent.

Paul l'interrompit et s'adressa au professeur :

— Pouvez-vous nous laisser un instant ?

Farhat n'en revenait pas. Paul venait de demander, ou plutôt d'ordonner au professeur de quitter son propre bureau ! Et celui-ci s'exécutait ! De mauvaise grâce, mais il s'exécutait.

— Écoute-moi, Farhat, je me fous de tes préjugés. Je me fous de ton éducation, de tes manières, de ta fierté. Je t'interdis – tu m'entends, je t'interdis de refuser mon argent. Mon argent ne me sert à rien. Et pense à tes enfants ! C'est leur mère. Crois-moi, ils n'en auront pas d'autre. Alors, tu la boucles et tu me laisses payer. Tu me laisses tout payer. Tu me laisses tout gérer.

— De toute façon, on n'arrivera pas à la faire admettre à Tunis. Ici, tu as pu les berner. Nous, on sait que nous ne sommes pas de la « première famille ».

— Nous n'aurons pas besoin de nous faire passer pour des proches de Ben Ali car nous ne l'enverrons pas à Tunis. Nous allons emmener Nora à Paris. Je vais voir ça avec le mandarin. Pour que Nora tienne le coup pendant ce temps, il lui faut juste des transfusions régulières de plaquettes et de globules.

Paul expliqua au professeur qu'il paierait tous les frais nécessaires, mais qu'il avait intérêt à veiller sur Nora comme sur la prunelle de ses yeux, le temps qu'il organise son transfert pour Paris.

La course contre la montre commença. Paul s'occupa des passeports de Nora, Farhat et des enfants. À Paris, il obtint rapidement un rendez-vous à l'Hôtel-Dieu et le chef de service lui promit d'accueillir sa protégée. Il revint à Tunis pour rencontrer le responsable du service des visas du consulat de

France. Deux jours plus tard, celui-ci rappelait Paul en lui disant que le visa était prêt.

Le visa.

Paul se précipita au consulat, fut reçu de mauvaise grâce.

— Je suis très heureux de vous annoncer que Mme Nora Kerrouche a obtenu son visa.

— Et le reste de la famille ?

— Non, ce n'est pas possible. En tout cas, pas tout de suite. Nous avons actuellement une politique de regroupement familial très restrictive. Si la situation devenait désespérée, on pourrait envisager…

— C'est quoi, vos conneries de « politique de regroupement familial » ? Ça n'a rien à voir.

— Ça n'a rien à voir, ça n'a rien à voir… N'empêche que, après, ils restent tous en France.

— Ne dites rien de plus. Vous êtes un con. Vous avez des années d'études à la place du cœur.

— Je ne vous permets pas.

Paul prit sur lui, inspira profondément, expira de même.

— Cette femme va probablement mourir à Paris. Loin de sa famille. Son mari et ses enfants ne seront pas à ses côtés.

— Dans ce cas, vous n'avez qu'à la laisser où elle est.

— Hum… Il y a encore quatre ou cinq ans, je vous aurais éclaté la tête. Il se trouve que Nora a encore une petite chance de s'en sortir. Elle vaut beaucoup mieux que vous, votre consulat, vos tampons et vos imprimés. Va pour un visa. Puissiez-vous retrouver l'endroit où battait votre cœur.

Paul repartit du consulat avec le passeport de Nora muni d'un visa et des passeports vierges de Farhat, Issam et Ahlam. Il ne savait pas comment annoncer la nouvelle.

De retour à Sfax, Paul retrouva Nora en bonne forme et Farhat d'humeur joyeuse. Ses menaces avaient eu l'effet escompté. Le professeur avait shooté Nora aux globules rouges. C'était à peine si elle tenait en place. Elle voulait repartir à Kerkennah pour voir ses enfants. Paul dut lui expliquer que l'amélioration était provisoire. Puis il en vint aux faits. Nora pouvait s'envoler pour Paris, mais pas Farhat et les enfants, du moins dans un premier temps. Une fois en France, Paul trouverait un moyen. Il irait au Quai d'Orsay, et il se faisait fort d'obtenir des visas pour toute la famille, Fatima comprise.

Nora se fit une philosophie. Elle se sentait mieux. Ses forces étaient revenues. Elle avait vingt-neuf ans. Elle était jeune. Elle avait de la volonté. Elle voulait guérir et elle guérirait. C'était une chance inespérée d'être admise dans un grand hôpital parisien. On le devait à Paul. Et puis, elle n'était jamais allée à Paris. Elle verrait la tour Eiffel, les Champs-Élysées, Notre-Dame, le Sacré-Cœur. Par son enthousiasme contagieux, elle fit taire les objections de Farhat et les pleurs des enfants.

Avant de prendre l'avion, Nora avait reçu un dernier shoot de plaquettes et de globules rouges. Elle se sentait plutôt bien. Paul fit tout pour la détendre. Il plaisanta. Elle rit, puis, retrouvant son sérieux, elle lui demanda :

— J'ai eu l'impression que tu me fuyais un peu ces derniers temps. Je veux dire… avant ma maladie. Je crois que j'ai deviné pour quelle raison, et je pense que tu devrais trouver une gentille femme pour s'occuper de toi. Moi, j'ai besoin de ton amitié. Je ne peux pas t'offrir autre chose parce que j'aime Farhat de tout mon cœur.

Paul ne répondit rien.

— Paul, pourquoi un bel homme comme toi n'a-t-il pas encore fondé de famille ?

Paul ne répondit rien.

— Paul !

Paul sourit.

— Je t'ai toi, j'ai Farhat, Issam, Ahlam et Fatima. J'ai Kerkennah. Je ne regrette rien. Je ne suis pas triste. Je suis jeune. J'ai le temps. J'ai été fou amoureux. J'ai été fou malheureux. Je cherche le juste milieu.

— Le juste milieu, ce n'est pas un endroit pour toi. Je vois la flamme en toi, parfois la colère, parfois l'amour… Au milieu, rien.

— Oui… mais, Kerkennah m'apaise.

Au cinquième étage de l'Hôtel-Dieu, devant la porte du service d'hématologie, Nora eut peur pour la première fois, une angoisse soudaine, la sensa-

44

tion que si elle franchissait cette porte elle ne ressortirait jamais. Elle serra très fort la main de Paul, inspira profondément en fermant les yeux. Elle les rouvrit dans le sas d'entrée, petit espace blanc avec un lavabo pour se laver les mains, des patères pour y accrocher les manteaux et un récipient rempli de sur-chaussures en plastique bleu.

Le professeur n'était pas là mais l'interne avait été prévenu de l'arrivée de Nora. Il lui promit que tout serait fait pour la sauver. Cependant, il ne fallait plus tarder. Ce serait difficile. La chimio lourde, les vomissements, l'aplasie.

Dès le lendemain matin, Paul put s'entretenir avec le professeur.

— La situation est très grave. On a commencé une chimio lourde hier. J'ai peur que cela ne serve à rien. J'ai rarement vu un malade arriver dans cet état. On a perdu trop de temps. Je vais devoir lui parler. Si ça ne marche pas, il faudra l'endormir et je veux savoir si elle est d'accord pour que je l'aide un peu.

— Professeur, êtes-vous vraiment obligé de lui poser la question ?

— Il faut bien. La famille n'est pas là pour prendre la décision. Et puis, je ne lui parlerai que de morphine, d'apaisement de la douleur… au cas où il n'y aurait plus rien à faire.

Paul vint tous les jours à l'hôpital. Il passait des heures au chevet de Nora. Il faisait ce qu'il pouvait pour apaiser les malaises et les douleurs de son traitement par des mots bleus et ensoleillés. Il lui parlait de Kerkennah, du soleil, de la mer, de ses enfants, de Farhat fier sur son bateau. Au bout de six jours, Paul réussit à organiser, non sans mal, un rendez-vous téléphonique avec Kerkennah. Nora se sentait la force de donner le change à sa famille et éprouvait un besoin physique d'entendre les voix qui lui étaient si chères. Fatima, Farhat et les enfants attendaient avec fébrilité l'appel de Nora dans le bureau du directeur du lycée de Remla.

Nora mit tout ce qu'il lui restait de force dans la voix. Elle parvint à être rassurante, sans jamais que l'émotion ne l'emporte. Il y eut un petit moment de flottement, des grelots qui menacèrent de tinter quand Ahlam lui demanda :

— Maman, tu vas bientôt rentrer ? Tu me manques tellement. Je t'aime si fort, ma maman.

— Mais oui, mon trésor, c'est promis. Et puis, vous allez tous venir me voir à Paris. Paul m'a dit qu'il faisait le maximum.

— Et tu rentreras avec nous à la maison ?

Il n'y eut bientôt plus rien à faire. Les huit jours de chimio n'avaient servi à rien. Le jeune corps de Nora avait repris son souffle et, quelques jours plus tard, les cellules souches avaient recommencé leur travail de destruction, produisant des milliers de globules blancs assassins. Les plaquettes et globules rouges transfusés dans les veines de Nora leur servaient de repas.

Le professeur parla à Nora et Nora attendit la visite quotidienne de Paul. Celui-ci s'était rendu au Quai d'Orsay pour faire accélérer les choses. Il avait bon espoir d'obtenir bientôt les visas de toute la famille. C'était l'affaire de deux ou trois jours, lui dit-il. Nora sourit faiblement.

— J'aimerais tellement les voir une dernière fois… Les rides de Farhat, le visage rond d'Issam, les grands yeux d'Ahlam.

— Pourquoi dis-tu ça ? Tu vas t'en sortir.

— Non, Paul. Je ne vais pas m'en sortir. Alors écoute, c'est très important pour moi. La Tunisie de Ben Ali n'est pas un endroit pour vivre. Je voudrais que mes enfants voient autre chose que l'injustice et la corruption. Je voudrais qu'ils parcourent le monde, qu'ils aillent au cinéma, au théâtre, à la montagne. Je voudrais aussi que tu fasses attention à Farhat. Quand je serai morte, je ne sais pas ce qui se passera dans sa tête. C'est un grand enfant. Toute sa vie a tourné autour de sa mère, puis de moi. Nous nous sommes connus à l'école maternelle d'Ouled Bou Ali. À l'école primaire, nous jouions à nous marier et ça faisait rire tout le monde. Au collège, nous étions inséparables. Au lycée, nous nous sommes embrassés pour la première fois. Tout le monde disait que, ces deux-là, un jour, on les marierait. Et nous nous sommes mariés. Et ce fut le plus beau jour de ma vie. Je sais que ça va te faire rire, mais nous sommes allés chez un marabout avant de nous marier. Il s'appelait Sidi Amor. *Amor*, tu imagines ? Je suis entrée et il m'a dit que j'étais déjà enceinte. Je ne le savais même pas. Nous avons fait un mariage traditionnel. Farhat, malgré ses jeans et ses chemises à fleurs, est très traditionnel. J'ai eu droit aux chants nuptiaux et au rituel du *saboun*, la préparation du trousseau. On m'a menée au hammam. J'entendais la darbouka et les griots. Les musiciens portaient la jupe plissée et le gilet rouge. C'était si beau. Et l'on m'a préparé la peau avec une pâte de henné et de l'eau de rose pour que mon mari la trouve douce. En fait, je dois t'avouer qu'il la connaissait déjà très bien. Nous nous étions promis de ne pas le faire avant le mariage mais, un jour, à la tombée de la nuit, l'envie a été trop forte.

Nora rougit, malgré la pâleur de son visage.

— Je ne sais pas comment j'arrive à te dire tout cela. Les femmes de Kerkennah sont très pudiques. Mais ça me fait tellement de bien de te raconter ces souvenirs si doux. Nous avons fait l'amour dans sa felouque, là où vous buvez du rosé tous les deux en croyant que je ne le sais pas. Chut ! Ne proteste pas. Je le sais depuis longtemps. À la fin de notre cérémonie de mariage, nous avons sauté à pieds joints, main dans la main, au-dessus d'un poisson pour que notre vie ne soit qu'enchantement. Et, malgré les moments difficiles, malgré le régime Ben Ali, notre vie a été un enchantement. Nos enfants sont des perles de lumière. Issam te respecte et Ahlam t'adore. Farhat aura besoin de soutien. Alors, si tu pouvais veiller sur eux…

Paul ne sut quoi répondre. Il ne voulait pas la décevoir. Pourtant, c'était une promesse trop lourde à porter. Il promit néanmoins, sans emphase, sans tricherie.

— Nora, je vais faire ce que je peux. Mais tu vas vivre. J'en suis certain. Tu es trop jeune, trop belle. Nous avons tous besoin de toi.

Le lendemain, l'état de Nora empira. L'interne dit à Paul que ce serait pour cette nuit. Il ne fallait plus attendre. Tant pis pour les visas, tant pis pour la famille. Nora avait trop souffert la nuit passée. Les fonctions vitales ne répondaient plus. Son corps se gonflait, ses reins se bloquaient. Les globules éclataient à la surface de sa peau. Il était temps de lui dire adieu avant le grand voyage.

Elle était à bout de forces, des mèches de cheveux collés sur le front, et ouvrait grand la bouche à la recherche d'oxygène. Quand elle vit Paul, elle parut s'apaiser. Elle se mit à parler de façon saccadée mais audible. Parfois, elle s'arrêtait pour reprendre un souffle qui semblait devoir la quitter.

— Paul, s'il te plaît, Paul, s'il te plaît…

— Je suis là, Nora.

— Paul, écoute. Paul, écoute et note, s'il te plaît, s'il te plaît.

— J'écoute, ma Nora, vas-y.

— Tu peux en arabe, tu peux ?

— Non, en français, je ne suis pas sûr en arabe.

— Écoute, alors… *Mon nounours est petit, très doux et très beau. Et son nez lui va très bien. Et puis ses yeux, regardez, regardez, brillants d'intelligence…*

— Qu'est-ce que c'est, Nora ?

— Ce qu'il faut chanter à Ahlam pour qu'elle s'endorme. J'ai peur que Farhat ait oublié les paroles.

— Et Issam, tu lui chantes quoi ?

— Il est grand, Issam, maintenant.

— Tu lui chantais quoi, Nora ?

Nora écarquilla les yeux et sourit. Elle y était, penchée sur la petite tête ronde qui l'avait rendue mère.

— *Rose le dromadaire au milieu du désert. Mais bleu le dromadaire qui franchit la mer. Blanc le dromadaire qui vole dans les airs… sous la forme d'un nuage ou celle d'une page… qu'on referme quand tes yeux se ferment. Dors bien mon poussin.*

— Et Farhat ?

Un voile de tristesse passa devant les yeux de Nora.

— Des chansons d'amour.

Le lendemain de la mort de Nora, Paul apprit que les visas de Farhat et des enfants étaient prêts. Paul puisa dans ce qu'il lui restait d'énergie pour organiser le retour du corps de Nora à Kerkennah. Ce fut plus compliqué de faire revenir Nora morte que de l'avoir fait venir de son vivant. Le fonctionnaire du consulat avait raison. Paul aurait dû laisser Nora mourir auprès des siens. Il avait toutefois conscience d'avoir vécu un moment privilégié. Il avait eu Nora rien que pour lui. Il lui avait pris la main, lui avait caressé le front, lui avait dit des mots de réconfort. Tout ce que Farhat aurait fait s'il avait été là. Et maintenant, il avait ce secret enfoui au fond de lui, cette promesse qu'il tiendrait, le rêve de Nora.

Chapitre cinq

Dès le lendemain de l'inhumation, Farhat se remit au travail. Les touristes étaient là et il avait besoin de ne pas penser. Fatima s'occupait de ses petits-enfants du mieux qu'elle pouvait. Paul était reparti en France régler quelques affaires dans la perspective de son installation à Kerkennah. Le choix de sa future maison n'avait pas posé problème. Paul était tombé sous le charme de la *Bayt el bahr*, la maison de la mer. Elle se trouvait à deux cents mètres de Branca et donnait sur la plage. C'était une grande maison traditionnelle qui avait appartenu à un riche Kerkennien. Farhat avait conté à Paul l'histoire de cet homme parti faire fortune à Montréal. Faouzi était un grand cuisinier qui avait travaillé dans les meilleurs restaurants de l'archipel, et notamment à La Sirène de Remla. Il s'était lié d'amitié avec un Canadien francophone venu en vacances à Kerkennah qui lui avait proposé d'ouvrir un restaurant tunisien à Montréal. Le Canadien était un homme d'affaires sérieux qui ne faisait pas les choses à moitié. Il avait demandé à Faouzi de constituer une équipe. Il fallait deux aides-cuisiniers bien formés, cinq serveuses, de préférence jeunes et jolies, et un groupe de musiciens traditionnels. Les francophones n'avaient aucune difficulté à obtenir un permis de travail à Montréal. Toute la petite bande s'était exilée. Le restaurant avait ouvert comme prévu et, un an plus tard, il fallait s'y prendre un mois à l'avance pour réserver une table. Faouzi revenait de temps en temps à Kerkennah. Aucun de ses enfants n'était resté sur l'île, pas même pour les vacances. Faouzi, lui, ne pouvait pas se passer de Kerkennah. L'archipel était dans son ADN. En prévision de ses vieux jours, il avait fait construire la *Bayt el bahr*. La villa avait été bâtie dans la pure tradition, de plain-pied, avec des pierres de Kerkennah, des pierres qui respirent. Elles avaient été cimentées par du mortier de chaux. Puis les murs avaient été enduits d'une couche de goudron avant d'être badigeonnés de lait de chaux. La chaux était utilisée sur l'île depuis l'Antiquité. Elle protégeait de l'humidité et de la salinité de l'air tout en adoucissant la réflexion du soleil. Pour le plafond avaient été choisies les plus belles traverses de palmier, robustes et droites, sans le moindre défaut. Les solives étaient également en palmier, tout comme les tiges qui les recouvraient. Une couche épaisse d'algues séchées assurait une parfaite étanchéité. Un mélange de sable et de chaux vive recouvrait le tout.

La villa avait la forme d'un carré. Au centre se trouvait le patio qui desservait de part et d'autre les pièces de la maison : quatre chambres, un salon, un bureau et une cuisine. Chaque chambre donnait sur une salle de bains et des toilettes privatives. Au cœur du patio se trouvait ce qui ressemblait à un puits mais était en réalité une citerne assurant la distribution en eau de la villa. La citerne, ouverte sur le ciel pour collecter les eaux de pluie, permettait une quasi-autonomie en eau potable. Elle suffisait même pour alimenter le jardin à l'arrière de la maison. Le jardin était une petite oasis, avec un amandier, cinq palmiers, deux figuiers, un grenadier et de l'herbe. Sa beauté n'avait qu'un secret : l'eau douce. L'eau publique de Kerkennah était bien trop salée. De l'autre côté, face à la mer, la villa se prolongeait en une terrasse blanche.

Depuis la mort de son propriétaire à Montréal, deux années auparavant, la *Bayt el bahr* était laissée à l'abandon. Les héritiers n'avaient que faire d'un pied-à-terre à Kerkennah. Ils préféraient les bars et l'agitation de Djerba pour les vacances. Paul acheta la *Bayt el bahr* pour un bon prix et, grâce à Farhat, quelques vieux ouvriers de Kerkennah, au fait des techniques ancestrales, entamèrent de bon cœur le travail de réfection. Pour une fois qu'un étranger ne voulait pas entendre parler de béton ou de ciment ! Kerkennah fournit tous les artisans nécessaires, y compris un ferronnier capable de fabriquer le fer traditionnel sans soudure pour les fenêtres, seul capable de résister à la morsure du sel marin, et un menuisier pour la rénovation de l'imposante porte en bois d'un seul battant. Durant la rénovation, Farhat fit quelques suggestions, en particulier pour la porte. Il voulait qu'elle soit décorée de clous et qu'au-dessus soit posée une sculpture de poisson.

— Bon, j'ai compris que le poisson c'était pour le mauvais œil, mais les clous ?

— Pour les djinns, qui n'oseront pas entrer, lui affirma Farhat.

Paul opta pour un poisson-chat, au grand désarroi de Farhat, qui estimait que cela s'annulait.

— Tu comprends, le poisson, ça porte bonheur ; mais le chat peut porter malheur.

— Quand il est noir ou qu'il passe sous une échelle, mais mon poisson-chat n'est pas noir, et d'ici qu'il passe sous une échelle…

— Ce n'est pas ça, s'inquiéta Farhat. Le poisson porte bonheur, mais le chat mange les poissons.

— Oui, mais c'est un poisson-chat, souligna Paul. Il ne va pas se manger lui-même.

— Quand même, tu ne préfères pas un poisson-coq, comme celui au-dessus de ma porte ?

— Tu ne crois pas que ça ferait un peu trop français ?

— Bon, et pourquoi pas une sole ?

— Très original, une sole ! Ça va nous donner un beau bas-relief.

Deux jours plus tard, le poisson-chat avait disparu au profit d'une sole toute plate mais qui semblait faire un clin d'œil aux visiteurs.

La rénovation de la *Bayt el bahr* avait occupé les esprits, y compris ceux des enfants qui, dès les artisans partis, vinrent jouer à cache-cache dans ce nouvel univers. Ahlam, Issam et plusieurs de leurs camarades couraient dans tous les sens. Nourdine ne manquait jamais à l'appel. Il était le meilleur ami d'Issam. Même s'il avait dix ans et Issam seulement neuf, Issam était le plus grand des deux. À côté de lui, Nourdine ressemblait à une petite crevette tournant autour d'un poisson-clown. Mais le contraste entre les deux enfants était saisissant pour une autre raison. Nourdine était habillé des sandales et du kamis traditionnel et ne ratait jamais l'heure de la prière, même lorsque, au plus fort de leurs jeux d'enfants, les légions romaines menaçaient de prendre le fort. Les enfants s'arrêtaient de jouer et reprenaient leur souffle tandis que Nourdine priait à l'écart. Nourdine était respecté pour cela, en particulier d'Issam qui, de temps en temps, rejoignait son ami dans la prière. Une seule chose choquait Issam et horripilait Ahlam dans le comportement de Nourdine. Quand Paul adressait le *salam* à Nourdine, celui-ci baissait les yeux et ne répondait pas. Cette attitude mettait les autres enfants mal à l'aise, d'autant qu'ils n'en comprenaient pas la raison. Un jour, excédé par l'attitude de son ami qui venait de tourner une nouvelle fois la tête alors que Paul s'adressait à lui, Issam creva l'abcès.

— Bon, qu'est-ce qu'il t'a fait ?

— *Makkash*.

— Quoi, *makkash* ? Si je me montrais aussi impoli que toi, mon père me battrait sûrement.

— Eh ben moi, si je disais le *salam* à un *kafir* [1], mon père me battrait encore plus fort.

— N'importe quoi ! En tout cas, ça ne t'empêche pas de venir jouer chez lui.

---

1. Mécréant. Le pluriel *kouffar* est plus connu.

— Un *kafir* n'est pas chez lui en *dar el islam*[1]. C'est mon père qui me l'a dit.

Les travaux n'étaient pas encore achevés quand, le 2 novembre, une pluie diluvienne s'abattit sur l'île, accompagnée d'un vent violent.

— C'est la *nawa chteh*, expliqua Fatima. Elle annonce l'arrivée de l'hiver. Et celle-ci est costaud.

— Heureusement que le toit est fini, souligna Paul.

Paul resta ce soir-là dans la maison de Farhat. La pluie et le vent étaient déjà trop violents pour ressortir. La terre et la mer se confondaient.

Au petit matin, l'île n'était que désolation. Des palmiers étaient tombés. Des moutons étaient morts. Un dromadaire gémissait, les deux pattes brisées. Paul trouva plusieurs poissons morts sur la terrasse de la *Bayt el bahr*.

Ce fut une tempête de courte durée. Les travaux reprirent vite. Fin novembre arrivèrent des techniciens de Sfax pour installer un système d'air conditionné moderne et silencieux. Paul leur avait également assigné une tâche inhabituelle : ils devaient isoler l'une des pièces et y aménager un dispositif garantissant une température et un taux d'hydrométrie constants. Quand l'aménagement de la pièce fut terminé, Paul fit poser une porte blindée et des serrures de sécurité, ainsi qu'un nouveau générateur.

---

1. Maison d'islam (terre d'islam, par extension).

À la fin du mois de décembre, Paul quitta définitivement l'hôtel Al Jazira. Il laissa, bien en évidence, sur le bureau de sa chambre, le dromadaire au pastel.

Les déménageurs furent ponctuels. Farhat et les enfants écarquillèrent les yeux en voyant tout ce que Paul avait fait venir de France. L'objet le plus imposant était un grand piano blanc.

— Tu es musicien ? s'étonna Farhat. Je croyais que tu étais peintre.

— Disons que je suis un peintre qui aime jouer de la musique. Ce n'est pas incompatible. Mon père était d'origine italienne et musicien professionnel. Ma mère était artiste peintre. Ça a plutôt bien collé entre eux.

— Tu ne m'as jamais parlé de tes parents.

— Tu ne m'as jamais posé de questions, et je n'aime pas parler de ça. Ils sont morts quand j'étais jeune. Mais ils ont eu le temps de me faire aimer la peinture et la musique. Souvent, ma mère peignait quand mon père jouait du piano. Peut-être se mettait-elle à peindre parce que mon père était en train de jouer ? Ou était-ce l'inverse ? Mon père se mettait à jouer quand il voyait ma mère peindre. Ils dégageaient une grâce indéfinissable. Je n'ai jamais rien vu de plus beau que mes parents ensemble, l'un au chevalet, l'autre au piano.

— Mais tu as choisi la peinture.

— C'est la peinture qui m'a choisi. Je pense que j'étais techniquement un bon musicien, mais je ne suis jamais parvenu à créer quoi que ce soit avec des notes de musique. Et puis, c'est la peinture qui m'a rendu célèbre et riche.

— Je suis heureux, *akhi*. Si tu as fait venir tout ton matériel de peinture et ton piano, c'est que tu vas rester. Peut-être même que tu te marieras à une fille de Kerkennah. J'en connais plus d'une qui ne serait pas contre… à condition que tu te convertisses, ajouta Farhat avec un large sourire.

— C'est ça… et que je me fasse couper le bout de la zigounette, pendant qu'on y est.

Farhat éclata de rire.

Le rire sonore de Farhat… Le premier depuis cinq mois, depuis la mort de Nora.

Chapitre six

Droit comme un mât, du pont de son bateau, Farhat regardait son ami français sur la terrasse de la *Bayt el bahr*. Les pieds de Farhat épousaient les mouvements des clapotis sur la coque tandis que la lumière s'évanouissait peu à peu.

Paul sortait tous les jours à l'heure où la nuit se réveille. Sans doute voulait-il capturer la boule rouge avant qu'elle ne plonge dans la mer. La terrasse de la *Bayt el bahr* se confondait avec la plage. Elle était construite à la hauteur du sable et, quand le vent se levait, des milliers de grains l'envahissaient pour la recouvrir délicatement d'une surface dorée. Parfois, Paul passait le balai. Il faisait place nette. Parfois, au contraire, il préférait le contact encore chaud du sable sous ses pieds nus avant que la chaleur ne se dissipe tout à fait. Quand la mince couche de sable devenait froide, il se chaussait pour continuer à peindre jusqu'à la nuit tombée. Puis, lorsque l'obscurité avait entièrement envahi la plage, il plaçait une autre toile sur son chevalet et allumait les lumières de la terrasse. La mer en face était noire et la plage respirait à peine, mais la terrasse était un puits de lumière dans l'obscurité. Paul était au centre de ce puits, debout devant son chevalet. Ses gestes tantôt lents, tantôt saccadés, amples ou courts, ressemblaient à ceux d'un chef d'orchestre en plein combat. Les traits de couleur sur la toile remplaçaient les notes de musique et la virtuosité silencieuse du peintre offrait un spectacle fascinant.

Depuis quelques semaines, Issam et Ahlam venaient admirer le bal des pinceaux. Ils se tenaient par la main, à cinq ou six mètres du maestro. De loin, Farhat s'amusait à observer le manège de son fils et de sa fille.

Issam était le plus décidé. Ahlam semblait hésitante et s'agrippait à la main de son frère pour être certaine de ne pas le lâcher. Une fois en position, les enfants ne faisaient plus un bruit. C'est à peine s'ils osaient respirer. C'est d'ailleurs pour cela que Paul tolérait leur présence. Au début, il n'appréciait guère le regard des deux petits intrus tapis dans l'ombre. Il n'avait pas l'habitude d'être épié en plein travail. La seule présence que le peintre avait pu supporter par le passé était celle, inévitable, des modèles qui se succédaient dans son atelier parisien. C'était dans une autre vie, à l'époque où les nus féminins l'intéressaient encore.

Les premières fois où les enfants de Farhat avaient tenté de briser sa solitude artistique, Paul s'était retourné brusquement en leur jetant un regard noir et ils s'étaient chaque fois enfuis en poussant de petits cris effrayés.

60

Peu à peu, Paul avait appris à se retourner moins vite, avec des lueurs plus douces dans les yeux. Il était si heureux d'entendre de nouveau les rires des enfants de Nora.

Ce soir-là, Paul sentit comme à l'accoutumée la présence des deux garnements. Il était d'humeur légère et décida de leur faire peur en brisant le silence de la nuit d'un *bouh* explosif. Issam et Ahlam s'enfuirent en criant. Ils savaient que c'était pour rire. Ils savaient que, maintenant, ils pourraient toujours revenir. Ils étaient les bienvenus. À condition de garder le silence, évidemment.

Dans sa fuite, Ahlam avait trébuché sur une pierre et fait un roulé-boulé spectaculaire. Son rire encore plus sonore rassura Paul et Farhat, hilares. Elle ne s'était pas fait mal.

Quelques minutes plus tard, le frère et la sœur revinrent à pas de loup. Sans se retourner, Paul lança :

— Et si vous veniez plus près, pour une fois, par exemple sur la terrasse ?

Issam regarda Ahlam. Elle lui sourit. Elle était d'accord aussi. Les enfants s'approchèrent du peintre. Paul les regarda d'un air amusé et leur tendit la main. Issam la serra avec assurance. Ahlam n'osa pas.

— Bon, est-ce que l'un de vous a déjà fait de la peinture ?

Paul n'obtint pas de réponse.

— Est-ce que l'un de vous a déjà dessiné ?

Cette fois, il eut plus de succès.

— Oui, répondit Issam. Moi, j'ai fait plein de dessins à l'école. Et puis, il y a les bâtons de pastel.

Paul les avait oubliés, ces bâtons de pastel offerts à Issam la première fois qu'il avait franchi le seuil de la maison de Farhat et de Nora.

— Moi aussi, renchérit Ahlam, rassurée que son frère ait fait le premier pas mais ne voulant pas être oubliée. Je fais tout, tout, tout comme dessin : la mer, les arbres, la salle de classe…

— Je suis certain que vous vous débrouillez très bien, mademoiselle. Je vous propose un marché. Venez me voir avec vos dessins et je vous dirai ce que vous pouvez améliorer.

— Vous feriez ça, monsieur ? demanda Issam, visiblement surpris.

— Je ferais quoi ?

— Ben… comme des cours, quoi ?

— Et pourquoi pas ? Si votre père est d'accord, évidemment.

Issam rentra chez lui le cœur léger et avec l'impression qu'un monde s'ouvrait à lui. Le spectacle de Paul devant son chevalet le subjuguait. Il ne s'était jamais avoué ce qui lui paraissait maintenant évident : il voulait peindre. Il en rêvait. Il voulait apprendre à dessiner, mélanger les couleurs, reproduire ce qu'il voyait, et ce qu'il ne voyait pas mais ressentait.

Ahlam n'était pas dans le même état d'esprit. Dans l'immédiat, elle voulait se coucher et la maison lui semblait vraiment plus loin que d'habitude. De plus, elle avait aussi son secret. Un soir, alors que les deux enfants s'étaient rendus à la *Bayt el bahr*, ils avaient trouvé la terrasse vide et noire. En revanche, une musique s'échappait de la maison.

Issam voulait apprendre la peinture et Ahlam la musique. Paul était intrigué. Finalement ce petit couple était comme son père et sa mère, des moules sur le même rocher mais chacun de son côté, à faire la même chose sans le savoir.

Dès les premières leçons, Paul fut impressionné par le sérieux d'Issam, son désir d'apprendre. Il se remettait sans cesse à l'ouvrage, écoutait attentivement ses conseils et acceptait ses critiques comme autant de cadeaux. Issam avait un désir de perfection qui rappelait à Paul l'enfant qu'il avait été. C'était un sentiment troublant et fragile. Paul mit du temps à comprendre ce qu'il ressentait. Il était heureux mais avait peur que ces instants magiques ne prennent fin.

Sa relation avec Ahlam était très différente. Elle était plus jeune que son frère, espiègle et extravertie, jouant de son charme. Quand elle en avait assez de jouer, ce n'était pas la peine d'insister. Et si Paul lui faisait une remarque insuffisamment enrobée, elle se mettait à bouder. Dès qu'elle avait fini de bouder, elle revenait vers Paul, se jetait dans ses bras, lui faisait un bisou sur la joue et s'asseyait devant le piano avec un air décidé et vainqueur. Alors Paul éclatait de rire et Ahlam faisait de même.

Les dessins d'Issam étaient étonnants par leur mélange subtil de rigueur et de fantaisie. Il ne dessinait jamais la réalité mais ne s'en éloignait jamais vraiment non plus. Sur le clavier, Ahlam avait le geste parfait, l'arrondi de la main, la souplesse féline des doigts, l'oreille infaillible. Et, chaque jour, Paul les emmenait plus loin, du côté de sa promesse. Ces enfants seraient exceptionnels. Ils seraient des Nora dans l'espace, pas cantonnés aux îles Kerkennah, ils iraient plus loin, là où la vie les emporterait. Farhat craignait qu'ils n'importunent Paul ou qu'ils ne négligent leurs devoirs d'école. Il n'en était rien. Jamais leurs notes ne furent aussi excellentes et Paul était heureux. Le frère et la sœur, *bismillah*[1], ne se disputaient plus. Ils étaient devenus absolument complémentaires. À peine avaient-ils appris à maî- triser les bases que Paul leur avait demandé de jouer ensemble, Issam du pinceau, Ahlam des touches. Et ils jouaient ensemble. Paul intervenait de temps en temps pour un conseil, une correction discrète. Bien sûr, il leur donna des cours particuliers un peu plus appuyés. Il leur parla aussi de poésie. Les mots avaient leur poésie, leur couleur et leur musique. Aussi devaient-ils les connaître et les maîtriser. Paul le leur apprit. Mieux qu'à l'école, mieux que Fatima et Nora ne l'avaient fait. Des mots magiques, des mots en rythme, des mots colorés, des mots sombres, des blancs, des silences, des temps, des reprises, des souffles, des nuances, des chuchotements.

Mais tout cela avait un prix. Issam et Ahlam deve- naient des enfants « à part », entre les mains du Fran- çais. Cela faisait parler à Kerkennah. Un vent mauvais commençait à souffler. L'imam de la mosquée de

---

1. Dieu soit loué.

Remla l'Ancienne vint trouver Farhat. Il devait faire attention, Paul était un Français. Ce qui signifiait : Paul est un chrétien. Farhat s'en moquait. Paul était bon. Il faisait du bien aux enfants. Il apportait de la beauté dans leur existence et de l'espoir pour leur avenir. Issam et Ahlam devenaient plus sages, plus beaux, plus rayonnants. Alors, les leçons continuèrent. Fatima disait de l'imam qu'il n'avait qu'à se faire pendre ailleurs.

Les enfants venaient si souvent à la *Bayt el bahr* qu'ils en connaissaient le moindre recoin. À l'exception d'une pièce, dont la porte était toujours close. Là, il ne se passait rien. Les enfants collaient une oreille contre la porte mais il n'en sortait jamais le moindre son.

Un soir du mois d'août 2001, Paul invita Farhat et Fatima à assister au premier spectacle de ses deux élèves.

Ahlam se mit au piano. Elle joua la *Lettre à Élise* tandis qu'Issam jetait doucement des traits parfois serrés, parfois amples sur la toile. Puis elle accéléra la cadence avec un *Get Back* énergique. Issam changea de toile et suivit le rythme à coups de traits brefs et saccadés. Il remplit presque tout l'espace, respectant les rares silences du morceau par de petits espaces de toile blanche. Le spectacle était encore fragile, incertain, mais déjà magique. À la fin, Ahlam offrit la toile de Beethoven à Fatima, Issam celle des Beatles à Farhat.

Bon, il y a de gros progrès à faire, pensa le maître. Issam avait perdu le rythme à certains moments et n'avait pas choisi les bonnes couleurs. C'était plus facile pour Ahlam : elle n'avait qu'à jouer. Il manquait cependant l'essentiel, la poésie. C'est par elle qu'il fallait commencer si l'on voulait progresser.

Du père et de la grand-mère, ce fut cette dernière la plus impressionnée. Il y avait la dextérité des enfants, bien sûr, mais aussi le génie de l'enseignement de Paul.

— Comment t'est venue l'idée de les faire peindre et jouer ensemble ?

— Oh, je ne l'ai pas inventée. L'expérience a déjà été tentée dans des écoles d'art. L'idée générale est qu'il existe un lien cosmique entre les arts, en tout cas entre la musique et la peinture. Léonard de Vinci a écrit que la musique était la sœur cadette de la peinture.

— Et Ahlam est la sœur cadette d'Issam.

— Exactement. Mais il faut mettre un sens à tout cela, des règles compréhensibles, c'est-à-dire assez simples pour être reproduites. Pour l'instant, j'ai seulement indiqué à Issam que, si le rythme était élevé, il devait jeter des traits courts et resserrés. Si le rythme était lent, il devait dessiner des traits longs et espacés. Après, nous en viendrons à l'épaisseur des traits.

— Et Ahlam ?

— Justement, c'est elle qui devra guider l'épaisseur des traits. Si elle joue fort, appuyé, les traits seront épais. Si elle fait danser légèrement ses doigts sur le clavier, Issam effleurera la toile de traits fins,

66

presque effacés. Je veux que le frère et la sœur soient à l'unisson des couleurs et du rythme. Je pense qu'il est plus facile pour un frère et une sœur d'arriver à cette harmonie. Ou alors, il faut être amants.

— Comme tes parents, souligna Farhat.

— Comme mes parents. En fait, j'ai toujours eu ce projet. Je me suis dispersé mais maintenant, sur cette île, avec deux perles brutes, je vais progresser.

— Et Issam et Ahlam ? Tu crois qu'ils vont…

— Chouf les tableaux, Farhat, après seulement huit mois ! Ils vont devenir de grands artistes. Imagine dans dix ans ce qu'ils seront capables de faire.

Malgré son enthousiasme, Paul n'avait pas encore trouvé la clé. Il avait toujours eu cette ambition d'atteindre l'universalisme des arts, de les rassembler en une œuvre unique. Qui ne l'avait pas eue ? Debussy, Wagner, Daniel Seret, Kandinsky ou Paul Klee : tous avaient eu, à leur façon et à leur époque, le même rêve, celui de l'unicité de l'art.

Mais personne n'y était parvenu, par manque de volonté, de talent ou de temps. Quelques purs génies avaient effleuré la roche sans creuser le filon. Rimbaud, de l'or dans les mains, aurait pu dépasser l'écume des *Voyelles*. Mais il avait pressenti plus qu'il n'avait compris. Il ne s'était pas laissé emporter par son intuition géniale. Ses perceptions chromatiques des cinq voyelles n'étaient qu'un jeu sans rigueur et sans autre objectif que d'afficher sa licence poétique. Il n'avait pas échoué à créer un système : il n'avait tout simplement pas essayé.

Paul voulait essayer. Il trouverait le filon. À condition de ne plus se disperser. Il devait se concentrer sur la couleur de la poésie des mots. La musique viendrait après.

Chapitre sept

Depuis quelques jours, les touristes étaient partis. Kerkennah reprenait son rythme indolent. Ce soir-là, cependant, un bruit parcourut l'île. Depuis la *Bayt el bahr*, Paul entendit les échos d'une clameur, des coups de Klaxon, puis la voix du muezzin s'éleva : *Allahou akbar, Allahou akbar*. Ce n'était pas l'appel à la prière car la nuit était déjà tombée. Paul regarda en direction de Remla. La ville était éclairée par endroits. Trop de lumière. Vers 1 heure, il y eut des détonations, comme des explosions de pétard, puis des lueurs vives et de la fumée. Paul pensa à un incendie. Il eut la tentation d'aller en ville mais quelque chose le retint. Au lieu de cela, il prit son carnet de croquis et se dirigea vers la jetée du port de Branca. De là, il pouvait voir à la fois Remla et la mer. Côté mer, il ne se passait rien. Côté Remla, quelque chose de sombre et lumineux prenait naissance. Paul dessina une rapide esquisse et retourna à la villa. Il se mit à peindre. Il voulait saisir l'immobilité noire de la mer, le sel qui repose, le ressac régulier sur le sable et, derrière Branca, l'indéfinissable, une fureur sourde, une plainte, des taches de peinture violentes comme des taches de sang.

Au matin, le calme était revenu. Paul avait fini son œuvre.

Farhat, pour sa part, s'était rendu au centre de Remla ce soir-là. Des gens disaient que l'Amérique avait été détruite. Des éclairs étaient tombés du ciel sur New York, faisant des millions de morts. Au milieu des incrédules, quelques salafistes criaient, klaxonnaient et brandissaient des drapeaux noirs. L'un d'entre eux hurlait que le lion de l'islam avait vaincu les *kouffar*. Tous les Américains seraient tués, disait-il. Il mit le feu, en plein centre-ville, à un drapeau américain. Puis il y eut des détonations, des corps qui tombent.

Au cours de la journée, des informations plus précises sur la chute des tours jumelles et l'attaque du Pentagone parvinrent à Kerkennah. Paul ressentit une grande angoisse. Il avait, depuis presque deux ans, épousé le mouvement lent d'un univers protégé des fureurs du monde. Sfax et ses quatre cent mille habitants n'étaient qu'à vingt kilomètres, mais l'eau bleue avait le pouvoir de purifier les hommes pendant la traversée. Et voilà que la laideur et le feu avaient vaincu le pouvoir de l'eau. Jamais Paul n'avait imaginé que, sur cette île, des hommes puissent se réjouir de la mort d'autres hommes à six mille kilomètres de là.

Paul était un artiste. Il ne vivait que pour son art. Il ne recherchait que le sens et la beauté. Le monde ne l'intéressait pas. Depuis qu'il était à Kerkennah, il ne lisait plus les journaux, ne regardait jamais la télévision, n'écoutait pas la radio. Il n'avait pas Internet et presque personne ne l'avait encore sur l'île. Farhat, simple pêcheur, en savait beaucoup plus sur le sujet. Il avait senti peu à peu, avec le rejet du régime de Ben Ali, monter l'intégrisme. Les gens étaient moins tolérants. Combien de fois lui avait-on fait la remarque que ses enfants étaient élevés par un *kafir* qui leur apprenait des choses défendues ! Même l'imam lui avait fait un cours sur les dangers de la peinture et de la musique, ses effets délétères sur l'âme des musulmans. Pourtant, rien n'avait vraiment changé. La chape de plomb du régime Ben Ali fonctionnait. Les salafistes se réunissaient entre eux, se taisaient à la mosquée et ne laissaient presque rien paraître. Cette explosion de joie d'une trentaine de jeunes salafistes de Remla, le 11 septembre 2001, était comme un signal, une mise en garde appuyée.

Ce n'était pas fini. Le 15 septembre, Issam revint de l'école dans un grand état d'agitation. Saber, dix-neuf ans à peine, le frère de Nourdine, avait été arrêté la veille au soir. Il avait été plaqué au sol devant chez lui, sous les yeux de son petit frère. Nourdine lui avait dit, avec du feu dans le regard, que son frère était parti en prison à cause des *kouffar*, à cause des gens comme Paul. Issam aurait bien voulu défendre Paul, mais Nourdine avait craché par terre.

— Mon père m'a dit qu'un jour béni tous les *kouffar* qui salissent le sol de l'islam seront égorgés, comme au temps du Prophète – *sallallâhou alayhi wa sallam*[1].

---

1. Certains musulmans, quand ils prononcent le nom du Prophète, disent cette formule (*SAW* en abrégé), qui signifie : « Bénédiction et salut soient sur lui. »

Puis, Nourdine avait éclaté en sanglots et Issam n'avait rien pu répondre.

À Sfax, il y eut d'autres arrestations. À Kerkennah, ce fut au tour du père de Saber et de Nourdine d'être emporté tel un sac rempli d'orge. Issam essayait de comprendre. Il ne voulait pas abandonner son ami dans la détresse. Dans les premiers temps, celui-ci le rejeta. Peu à peu, ils redevinrent proches. Mais il y avait une condition tacite : ne plus parler du sujet. C'était devenu tabou. Nourdine n'avait plus de père et plus de grand frère. Mais il y avait le reste de la fratrie, deux frères et deux sœurs qui prenaient soin du petit dernier. Chacun espérait un jour une libération que l'imam de la mosquée de Remla l'Ancienne appelait de ses vœux à la fin de la prière du vendredi.

La vie reprit son cours. Les enfants faisaient des progrès étonnants. Les doigts d'Ahlam voltigeaient sur le clavier tandis que les gestes d'Issam étaient plus précis, plus affirmés.

Fatima insistait pour que Farhat se remarie. Lui ne voulait rien entendre. Elle prétendait qu'elle ne serait pas toujours là pour les enfants et qu'ils avaient besoin d'une mère. Farhat tenait bon. Leur mère, c'était Nora. Il n'y en aurait jamais d'autre. Mais il ne comprenait pas son ami Paul. Comment pouvait-il imaginer la vie sans femme et sans enfant ? Certes, il avait bien vu son manège. Il savait que, de temps en temps, il prenait une jeune touriste dans ses filets et ne la relâchait, les cheveux défaits, qu'au petit jour. Il l'enviait un peu, bien sûr, quand il se souvenait de la douceur du corps de Nora, de la tiédeur de ses cuisses et de ses baisers brûlants, mais il était tunisien et c'était le mariage ou rien. Paul, c'était l'inverse, le sexe sans le mariage. Il faisait l'amour comme il peignait. Quand le tableau était fini, il remettait une toile sur le chevalet et partait pour une nouvelle aventure. Paul, c'était la liberté totale d'une âme prisonnière de ses démons.

Les affaires de Farhat marchaient au ralenti. Il avait dû engager des frais pour retaper sa felouque et racheter un moteur. De plus, les taxes avaient augmenté dans des proportions insensées. Le clan Ben Ali en voulait toujours davantage et il n'y avait pas de « Robin des bois » pour redistribuer. En Tunisie, de toute façon, il n'y avait pas de forêt pour se cacher du prince Jean.

Farhat attendait donc la saison des moutons avec impatience. Ce n'était pas uniquement pour l'argent. Il avait eu du mal à supporter l'hiver – peu de choses à faire et le souvenir de Nora plus présent. Les touristes, c'était l'assurance de tromper sa peine.

Le 11 avril 2002, la saison s'acheva avant de commencer. L'explosion d'un camion-citerne de gaz naturel devant la synagogue de la Ghriba, sur l'île de Djerba, fit dix-neuf morts et une trentaine de blessés graves, des touristes allemands pour la plupart. Il s'agissait d'un attentat kamikaze organisé par Al Qaida, que le régime Ben Ali tenta de faire passer pour un regrettable accident. En Occident, les touristes pensèrent qu'il ne fallait pas faire confiance, pour assurer leur sécurité, à un régime qui niait l'évidence. Les réservations furent annulées, à Kerkennah comme à Djerba, et nombreux furent les pêcheurs de l'île à défiler chez leur banquier. La saison touristique, c'était du poisson en quantité pour les hôtels. C'étaient les balades typiques et les soirées folkloriques. Cet été 2002, il n'y eut rien de tout cela. Ou au ralenti pour les quelques courageux qui avaient saisi l'occasion de vacances à bas prix. Farhat dut serrer sa bourse. Il n'y avait plus le salaire de Nora, et Paul avait déjà tant fait pour eux. Paul n'insista pas en apparence. Il se rendit chez le banquier de Farhat à Remla pour signer une caution. Farhat ne sut jamais pour quelle raison le banquier lui avait accordé si facilement un nouveau découvert. Le banquier la joua à la musulmane, sur le thème de la fraternité. Farhat était si soulagé qu'il ne se posa pas trop de questions. Peut-être avait-il la réponse au fond de son cœur ?

En novembre, Paul retourna à Paris. L'Américain lui réclamait de nouveaux tableaux de la femme aux multiples regards. Paul refusa poliment. Il était passé à autre chose, un projet plus ambitieux. Seulement, c'était un projet à long terme. L'Américain lui dit qu'il attendrait.

En France, l'ambiance était lourde. On ne parlait que de menaces d'attentats. Il y avait eu, juste après le 11-Septembre, la découverte d'un projet avorté contre l'ambassade des États-Unis à Paris, puis l'épisode des courriers remplis d'une poudre blanche supposée être de l'anthrax. Maintenant, les médias se déchaînaient sur les projets d'attentat chimique des groupes de la Courneuve et de Romainville. Au Yémen, au large d'Aden, le pétrolier français *Limburg* avait été éventré par une vedette rapide remplie d'explosifs. Paul mourait d'impatience de retrouver la paix de Kerkennah. L'archipel lui manquait, le bruit du vent, les palmiers, les traces des dromadaires dans le sable, le souk du jeudi à Remla, et puis, par-dessus tout, Farhat, Ahlam, Issam et Fatima.

La veille de son départ, alors qu'il dînait à son hôtel pour ne pas se coucher trop tard, il la vit.

Elle n'avait pas changé, même silhouette impeccable, même assurance chaloupée, même regard de braise, même toilette de luxe et sac assorti, même maquillage parfait. Elle venait pour lui.

Elle s'assit à sa table, sans rien demander, déploya une longue jambe fine moulée délicatement dans un bas de soie qu'elle croisa sur son autre jambe fine. Paul pouvait voir l'attache de la jarretelle. Elle mit son coude droit sur la table, y posa son menton et le regarda sans rien dire pendant quelques instants.

— Et maintenant, que fait-on ? demanda-t-elle.

— Tu as une suggestion ?

— On pourrait monter dans ta chambre.

Sitôt dans l'ascenseur, elle l'embrassa et se mit à lui caresser le sexe à travers son pantalon. À peine dans la chambre, Paul la retourna brusquement, lui remonta sa jupe, lui écarta la culotte et la prit violemment par-derrière, debout contre un mur. Il n'avait plus aucun amour pour elle, juste l'envie de la baiser. Elle le repoussa violemment.

— Pour qui tu me prends ? Pour une pute ?

— Et toi, pour qui te prends-tu, à venir me montrer ton cul après ce que tu m'as fait ?

— Mais, mon pauvre petit, qu'est-ce que tu croyais ? De quelle planète arrives-tu, Paul Arezzo ? J'ai posé pour les plus grands photographes. Je me suis étalée dans des poses sexy dans les plus grands magazines. L'idée de poser pour un peintre m'excitait, c'est tout. Ça me changeait de mon ordinaire. Je t'aimais bien. Tu étais mignon. Je te trouvais du talent et tu ne baisais pas trop mal. Et toi, tu en as fait une affaire d'État. Voyez-vous ça ! Petit coq mal dégrossi. Moi, j'étais venue pour faire la paix. Rien de plus.

Elle ramassa son sac à main, rajusta rapidement sa toilette et s'en alla en claquant la porte.

Paul fut étonné par la rapidité de la sortie. Une fois sa surprise passée, il éclata de rire.

— Mon Dieu, dire que j'ai souffert comme un damné pour ça !

Chapitre huit

La dextérité d'Ahlam ne cessait de surprendre Paul. En deux ans, elle était passée de *Il était un petit navire* joué à un doigt à des sonates de Mozart, en passant par le jazz et la variété. Paul lui apprenait méthodiquement ce qu'il avait appris, mais le chemin était encore long. Pour l'heure, il était impossible de détecter chez la fillette de dix ans un instinct de création.

Issam, dont l'imagination fertile coloriait la toile de mille façons inattendues, semblait marquer le pas. Quelque chose le dérangeait, retenait ses gestes.

Ce n'était pas un problème quand il peignait seul, mais un frein quand il peignait la musique de sa sœur. Il visionnait ce qu'il voulait faire au moment même où les notes s'élevaient, mais il restait la lenteur de l'exécution, la longueur du pinceau, la nécessité d'aller chercher les couleurs sur la palette. Paul le comprit et voulut compenser ce handicap en préparant pour son élève plusieurs pinceaux déjà trempés dans les couleurs primaires. Malgré cela, Issam ne parvenait pas à s'exprimer avec la justesse de couleur et la précision de mouvement qu'il aspirait à atteindre.

— Je ne pourrais pas peindre sans pinceau ? demanda un jour Issam.

Peindre sans pinceau ! Bien sûr ! Paul s'en voulait de ne pas y avoir pensé. Il avait commencé par le pastel et c'est par lui que son inspiration était revenue dans sa chambre de l'hôtel Al Jazira. Il se souvenait avec précision du frisson qu'il avait éprouvé la première fois, à l'âge de sept ans, de ces délicieux picotements au bout des doigts.

Pour Issam, ce fut une révélation. Il avait jusqu'alors ressenti un manque, une frustration qu'il ne s'expliquait pas, une sensation diffuse de non-accomplissement, de n'être pas dans son art mais d'en être extérieur, presque étranger, d'être son propre spectateur, d'avoir une distance avec un tableau qu'un autre lui-même était en train de peindre. Ce sentiment d'inassouvissement avait grandi en lui.

Dès qu'il toucha son premier bâton de pastel, il comprit la cause de sa frustration. Entre lui et la peinture, il y avait la longueur du pinceau, ce bout de bois inutile et invalidant. Issam n'avait jamais touché la toile. Il ne l'avait jamais possédée. Il ne l'avait caressée que du bout de sa prothèse. Avec sa baguette, il pouvait certes se prendre pour le chef d'orchestre des couleurs, des ombres et des lumières mais il ne jouait d'aucun instrument. Ahlam, pour sa part, ressentait le contact des touches du piano. Il lui était si facile, avec les milliers de connexions nerveuses au bout de ses doigts, de faire corps unique avec son instrument. Elle imprimait la moindre nuance. Elle choisissait la force, l'intensité. Elle vivait dans son corps la moindre vibration.

Issam, au contraire, était un chef d'orchestre qui ignorait tout de la sensation éprouvée en suçant l'embout d'un saxophone tout en le caressant, à serrer un hautbois contre son corps, à durcir ses doigts au contact des cordes d'une guitare, à frapper des cymbales l'une contre l'autre jusqu'à ce que les vibrations vous descendent jusqu'aux orteils, à sentir le lestage d'un clavier et la douceur de ses touches.

Le pastel, enfin, lui offrait un contact physique avec sa peinture, une relation charnelle.

Il éprouva un plaisir profond au contact velouté des bâtonnets dans le creux de sa main gauche, puis de sa main droite. Il regarda sa main tenant un bâtonnet. Il avait un doigt de plus, un doigt central qui commandait aux autres. Il y avait aussi le contact physique avec le papier. Du papier, il sentait la douceur pigmentée du grain et suivait le relief délicat. Du pastel, il adorait la tendresse émiettée, le mélange de dureté et de souplesse, la poudre si fine qui adhérait avec l'intensité graduée et changeante de ses désirs. Il aurait voulu qu'il existe un désert dont le sable des dunes aurait été aussi fin que la poudre de pastel. Il y aurait vécu heureux et très vieux. Il y serait mort, bientôt recouvert de sa poudre de rêves colorés.

Issam aimait aussi le bruit du bâtonnet de pastel quand on le coupe en deux, le léger crissement et la sensation de résistance granuleuse de l'extrémité appuyée sur la surface vierge. Appliqué à plat, la résistance était plus grande et Issam se pressait d'estomper avec son petit doigt. Il s'aidait parfois de son annulaire, plus puissant mais moins agile, et tous deux imprimaient alors la force et le mouvement voulus. Il avait du pastel plein les doigts et, parfois, il éclatait de rire en les regardant. C'était délicieux. C'était physique. C'était électrique.

Au fil des mois, le sens tactile d'Issam se développa si bien qu'il parvint à deviner, au seul contact de la poudre fine, la nature des pigments, de la gomme et des agents blanchissants ou noircissants. Les doigts d'Issam étaient devenus intelligents. Il n'utilisait que ses doigts pour l'estompe, jamais de tissu.

La symbiose avec la musique de sa sœur était presque parfaite. Issam peignait en rythme. Il peignait la musique en temps réel. Ses doigts sur le papier répondaient à ceux de sa sœur sur le clavier. Mais les choix n'étaient pas toujours judicieux.

— Il faudrait, leur dit Paul, qu'en regardant le tableau d'Issam achevé je puisse deviner ce qu'Ahlam a joué. Pas le nom du morceau, évidemment, mais du moins quel genre de morceau. Était-ce un morceau rapide avec des passages lents, des ponts, des silences ? Une marche militaire ou un menuet léger comme l'air ? Dis-moi, Issam, comment définirais-tu la musique ?

— Des notes agencées de façon harmonieuse, répondit-il.

— Et logique ! ajouta Ahlam en levant un bras.

— Tu n'as pas besoin de lever la main, Ahlam. On n'est pas à l'école. Bon, c'est pas mal. Sauf que vous ne remontez pas aux origines : la musique est l'art de combiner les sons et les silences. Et maintenant, que diriez-vous de la peinture ?

Issam et Ahlam réfléchissaient mais ne savaient pas quoi répondre. Finalement Issam se lança :

— C'est l'art de mélanger les couleurs pour faire quelque chose de beau.

— Ou de laid, pourvu que ce soit expressif et que ça crée des émotions. On peut aussi peindre la laideur. Mais, là encore, il faut saisir l'essence de la peinture. Et, la peinture, c'est essentiellement l'art de combiner les couleurs et le blanc. Maintenant, vous savez de quelle façon vous pouvez peindre et jouer ensemble. La musique est l'art de combiner les sons et les silences ; la peinture est l'art de combiner les couleurs et le blanc. Ce n'est pas un hasard si un blanc est un silence en musique et une absence de couleur en peinture. Dans la musique, le silence donne de la couleur aux notes. En peinture, le blanc donne de l'importance aux couleurs. Et enfin, très important : l'intensité d'un son peut se comparer à l'intensité d'une couleur ou d'une lumière. Issam, en essayant de suivre Ahlam, le fait de façon instinctive. C'est sa sensibilité qui s'exprime. L'étape supérieure serait de garder la sensibilité en y ajoutant juste ce qu'il faut de réflexion. Issam, parfois tu n'appuies pas ton trait alors qu'Ahlam met de la force dans ses notes. Et tu fais ça parce que tu n'es pas d'humeur. Tu n'as envie d'en faire qu'à ta tête. Tu t'es trop longtemps considéré comme un chef d'orchestre. Le chef d'orchestre, c'est Ahlam. C'est elle que tu dois suivre. Si tu veux qu'elle joue un passage de façon moins appuyée, tu n'as qu'à lui dire. Vous vous mettez d'accord avant. Tu ne pars pas de ton côté pendant. Vous devez ne faire qu'un pour que votre musique-peinture soit ressentie comme une œuvre unique.

Dans les mois qui suivirent, les progrès furent sensibles. Mais Paul devenait trop exigeant, en particulier à l'égard d'Issam. Il était si fasciné par les dons de son élève qu'il ne lui laissait aucun répit.

— Quand on a un talent comme le tien, on n'a pas le droit de faiblir. Ce serait un crime. Tu as de l'or dans les mains. Je sais que tu me surpasseras si tu t'en donnes les moyens. Le talent n'est pas tout. Le travail, la persévérance et la volonté sont tout aussi importants.

À plusieurs reprises, Paul organisa un spectacle à l'intention de Farhat, Fatima et de leurs amis. En juin 2003, pour les douze ans d'Issam, une centaine d'invités se réunirent sur la terrasse de la *Bayt el bahr*. Paul avait disposé un projecteur éclairant le chevalet et une lumière plus tamisée dirigée sur les artistes.

La représentation fut un grand succès. Les enfants interprétèrent un passage d'un nocturne de Chopin, *Ma Préférence* de Julien Clerc et *Just One of Those Things* de Cole Porter.

Les enfants firent la révérence et, alors que chacun pensait que le spectacle était terminé, Paul réclama l'attention :

— S'il vous plaît. Nous sommes ici pour fêter les douze ans d'Issam. Nora aurait été tellement fière de lui. Il devient un homme. Il est déjà un artiste accompli. Ahlam veut lui faire un cadeau très spécial. Issam, si tu t'en sens le courage, c'est un cadeau à peindre. Il te faudra du rose, du bleu, de la couleur sable et tout ce que ton cœur te dira.

Issam regarda sa sœur, intrigué. Il ignorait ce qu'elle allait jouer. Il lui faudrait intégralement improviser.

Il se sentait prêt.

Paul disposa un micro à hauteur d'Ahlam. Au début, elle ne chanta pas. Issam s'imprégnait de la mélodie. Il ne connaissait pas mais il aimait cette douceur. Il comprenait pour quelle raison Paul lui avait conseillé de choisir des teintes de rose et de bleu.

Ce n'était pas la vraie raison. Il la découvrit quand Ahlam se mit à chanter.

Rose le dromadaire au milieu du désert. Mais bleu le dromadaire qui franchit la mer.

Issam ne bougea pas. Il était pétrifié.

Blanc le dromadaire qui vole dans les airs…

Il fixait sa sœur. Elle ressemblait tellement à leur mère.

… sous la forme d'un nuage ou celle d'une page…

Il avait de l'eau dans les yeux. Mais un homme, ça ne pleure pas. Il se ressaisit et, tout à coup, se retourna vers le chevalet et se mit à peindre.

Ahlam reprit les premières mesures. Elle avait également des larmes le long des joues. Fatima avait saisi fermement la main de Farhat. Tout le monde retenait son souffle. Même si la plupart des invités ne pouvaient comprendre, tous ressentaient une émotion intense.

Rose le dromadaire au milieu du désert. Mais bleu le dromadaire qui franchit la mer.

La voix limpide d'Ahlam s'élevait. Issam ne peignait plus la musique. Il peignait la beauté de la voix de sa sœur.

Blanc le dromadaire qui vole dans les airs…

Le dromadaire se trouvait là où il n'y a rien. Il était dans les blancs du tableau. Sa forme était bien visible, dessinée par ce qui l'entourait : une tache blanche de la forme d'un dromadaire dans un ciel bleu qui avait la couleur pure du petit matin.

… sous la forme d'un nuage ou celle d'une page…
… Qu'on referme quand tes yeux se ferment.
Dors bien mon poussin.

Tout bascula soudainement. C'était si inattendu. Issam se mit à racler la feuille, à appuyer si fort qu'il déchira le papier. Et il continua avec frénésie, en pleurant à chaudes larmes. Bientôt il n'y eut plus rien. Le tableau était en lambeaux, le chevalet renversé, les bâtonnets de pastel roulaient sur la terrasse jusqu'aux pieds des invités. Issam partit en courant en direction de Branca. Farhat courut derrière lui en l'appelant.

Paul avait commis une erreur. Issam avait douze ans. À cet âge-là, à Kerkennah, on ne doit pas montrer ses sentiments. On ne doit pas pleurer. Seules les filles pleurent. Issam n'avait pas l'impression d'avoir donné un spectacle mais de s'être donné en spectacle. Il n'avait pas été à la hauteur.

Le sujet ne fut jamais abordé entre eux mais quelque chose s'était cassé. Paul s'en rendit compte. Issam était fier. Il écoutait toujours les conseils du maître. Il les suivait à la lettre. Leur relation personnelle, en revanche, avait perdu sa spontanéité, sa simplicité. Ils n'étaient plus complices.

Issam devint taciturne, renfermé. C'était l'adolescence. Rien de grave, pensait Farhat. Paul était plus inquiet. Le mal-être d'Issam avait une influence néfaste sur sa peinture. Elle manquait d'éclat et de jeunesse, au moment même où Ahlam, de son côté, s'épanouissait totalement, improvisait sur le clavier, inventait des arrangements et se mettait à composer.

À la fin de l'année 2004, Mohamed, le père de Nourdine et de Saber, mourut en prison. Il n'avait jamais été jugé. En guise de compensation, Saber fut libéré au début de l'année 2005.

Il arriva à Kerkennah par le ferry du matin. Toute sa famille était là pour l'accueillir. Issam avait accompagné son ami Nourdine.

Saber ne raconta pas grand-chose de sa vie en prison. En public, il ne parlait jamais du régime Ben Ali et n'abordait aucun sujet politique. Dès que quelqu'un parlait de la guerre en Irak, il changeait de sujet. Il savait qu'il était surveillé constamment par les sbires du régime. En le libérant, on l'avait bien prévenu. La prochaine fois, on lui casserait les reins et on jetterait son cadavre à la mer. Les membres de sa famille et ses amis trouvaient qu'il était devenu froid. Ils comprenaient qu'il ne veuille plus entendre parler des sujets qui l'avaient mené au fond d'un cachot. Pour autant, il était si dur, si peu chaleureux. Et puis, il faisait du sport tout le temps. Ses muscles s'étaient, disait-il, ankylosés en prison. À la vérité, c'était un véritable athlète aux muscles saillants, doté d'une force peu commune.

En avril 2005, il décida de partir à Sfax pour chercher du travail. Il ne revint pas. Une enquête fut menée et il fut établi qu'il était parti en Syrie. Tout le monde comprit qu'il avait rejoint l'Irak. Il avait menti à tous, y compris à sa mère. Dès sa sortie de prison, il n'avait eu qu'une idée en tête, rejoindre le groupe d'Al Zarkawi. Tant qu'il était surveillé, il n'avait aucune chance d'y arriver. Il fallait d'abord endormir la méfiance des policiers.

Nourdine était la seule personne à laquelle il avait parlé de son départ. Il se sentait proche de son petit frère. Lui seul pouvait le comprendre, et à lui seul il avait parlé des tortures en prison. On l'avait maltraité pour qu'il avoue ce dont il ne se doutait même pas. On voulait le nom de ses complices. Il n'en avait pas. On voulait connaître ses contacts avec Al Qaida et c'est à peine s'il savait de quoi on lui parlait. Il avait avoué qu'il détestait l'Amérique, et même qu'il détestait Ben Ali. Il avait avoué qu'il avait brûlé le drapeau américain à Remla. Il avait avoué que son cœur était rempli de haine mais qu'il n'y avait ni réseau ni complot, et que son père n'y était pour rien. Certes, c'était un salafiste qui voulait vivre comme au temps du Prophète et de ses premiers compagnons. Il pensait que l'Occident était pourri, qu'Israël devait être détruite, que les femmes, tentation du diable, devaient être intégralement voilées, qu'on devait les lapider si elles commettaient l'adultère, qu'il était permis de prendre les biens des mécréants en butin, que les voleurs devaient avoir la main tranchée. Et alors ? Tout cela était le message d'Allah transmis par le Prophète. Ceux qui n'écoutaient pas brûleraient en enfer. Saber avait le cœur plein de haine et de certitude. L'une confortait l'autre et inversement. Il n'y avait que du tourment, jamais d'accalmie. Seul le sang

86

pouvait purifier, seul le sang pouvait calmer. C'est tout ce qu'il réclamait, tout ce qu'il désirait : le sang.

Après, il y avait eu son père. Le vieil homme agonisait. Il était malade. Les geôliers lui disaient qu'il n'en avait plus pour longtemps. On le laissait mourir, sans médicaments, sans soins. Bientôt, il n'eut plus la force de se mouvoir, même pour aller uriner. Saber ne pouvait rien faire. Il était enchaîné à quelques mètres de là, impuissant. Pourquoi les avait-on laissés ensemble ? Par charité ou pour que le fils voie le père mourir ? Le père mourut, d'épuisement ou de renoncement.

Saber ne connaissait pas Al Qaida. Il n'avait aucun contact. Mais, en prison, il avait noué des relations. La prison lui avait ouvert des portes. Et, quand il était revenu à Kerkennah, il avait choisi Nourdine. Il lui avait parlé d'Al Qaida, des courageux *moudjahidin*. Il lui avait parlé de son devoir, de son obligation personnelle de musulman, de son départ en Irak pour combattre l'Amérique, mais il lui avait dit aussi qu'il était cher à son cœur, qu'il était sa seule véritable famille et qu'il viendrait le chercher quand le régime de Ben Ali serait tombé par la grâce de Dieu et qu'il y aurait enfin un État islamique en Tunisie. Il fallait être patient. Tant que les chiens étaient au pouvoir, il fallait les laisser aboyer sans rien dire. C'était trop dangereux. Il en savait quelque chose. Un jour béni viendrait où les apostats seraient brûlés et les *kouffar* égorgés. En attendant, la prudence et la *takiyya*[1] étaient les plus grandes vertus.

---

1. L'art de la dissimulation.

Depuis, Nourdine vivait avec ce secret. Il mourait d'envie de le partager avec Issam. Mais son frère lui avait recommandé la prudence, et Issam n'était pas prêt. Il était dans sa peinture, sous l'influence du mécréant. Un jour, se jura Nourdine, il trancherait la gorge du Français qui polluait la terre d'islam et pervertissait Issam.

Saber ne donna pas de nouvelles, ni à sa mère ni même à Nourdine. Il était totalement dans le jihad. Il ne tua pas un seul Américain. Les Américains ne sortaient plus. La seule occupation de son groupe était de tuer les chiites. Et lui, Saber, goûtait enfin au sang des infidèles. Pas celui qu'il avait pensé boire, mais c'était bon tout de même. Les chiites, finalement, c'était encore meilleur. Il fallait les tuer tous. Après, on s'occuperait des autres. Seule une *Oumma*[1] purifiée pouvait vaincre l'Occident. D'abord les chiites, puis les régimes apostats. Et après ce serait la révolution du véritable islam. L'Amérique et l'Occident mettraient le genou à terre et demanderaient grâce. Les *moudjahidin* tueraient leurs enfants et prendraient leurs femmes comme esclaves. La charia s'appliquerait partout sur terre. Avant, il fallait purifier, purifier, purifier par le sang. Se tenir prêt pour l'ultime combat et la fin du monde.

Mais la guerre s'enlisa. Al Zarqawi rejoignit le *firdaws*[2]. L'Irak n'était plus le bon endroit. Saber partit alors pour le Yémen.

---

1. La communauté des croyants.
2. Le paradis.

Chapitre neuf

Par le chant, les mots sont devenus mélodie. La poésie s'est alliée à la musique dès les débuts de l'humanité. Jamais, cependant, la poésie des mots n'a pu être mise en peinture.

Combien de fois Paul avait-il entendu ses parents discuter de ce sujet obscur ? Des années après leur mort, il avait trouvé le courage de se plonger dans l'amas invraisemblable de cahiers griffonnés au fil de leurs recherches artistiques. L'artiste qu'il était devenu était enfin en mesure de comprendre le génie de ses parents. Il fit sienne leur quête d'absolu, se lança à corps perdu dans la recherche et l'expérimentation. Des artistes oubliés dans des temps effacés avaient peut-être approché l'universalisme de l'art. Les progrès spectaculaires d'Issam et d'Ahlam le rappelaient à son projet initial : la peinture musicale d'un poème. Il eut le pressentiment d'une lumière déchirant les nuages. Il ressortit les notes de ses parents, relut Rimbaud, vit de la couleur dans chaque mot, de l'impressionnisme, du symbolisme. Mais aucun système, pas d'espoir de reproduction picturale. Rimbaud avait donné des couleurs aux voyelles : *A* noir, *E* blanc, *I* rouge, *U* vert, *O* bleu, mais…

C'est sur ce « mais » que Paul travaillait et que ses parents avaient travaillé avant lui.

Les voyelles… les voyelles ne faisaient pas un poème et les vers n'avaient pas forcément de couleur.

Ce fut Verlaine qui fut le déclencheur, perdu dans les dizaines de livres qui traînaient partout, dans chaque pièce de la *Bayt el bahr*.

> *De la musique avant toute chose,*
> *Et pour cela préfère l'impair*
> *Plus vague et plus soluble dans l'air,*
> *Sans rien en lui qui pèse ou qui pose.*

Rimbaud imposait les couleurs de ses voyelles. Le peintre n'avait plus le choix. Verlaine laissait la liberté au peintre de créer lui-même son système de couleurs. Pour cela, il suffisait de corriger l'erreur de Rimbaud. Ce n'étaient pas les voyelles qu'il fallait colorier mais les rimes. Paul savait ce qui se cachait derrière une rime, un vers, un poème : la finale du mot, la dernière voyelle audible d'un vocable.

Paul prit des feuilles et un stylo. Il devait coucher sur le papier ce qu'il venait de comprendre de façon confuse.

Les rimes se classent selon que la dernière voyelle sonore est ou non suivie de consonnes sonores. La rime est seulement vocalique quand la voyelle n'est pas suivie de consonnes audibles, par exemple le A de « chat ». Elle est consonantique dans le cas contraire, telle la rime AGNE de « champagne ». Le fondement

de la rime est donc vocalique, puisque les rimes conso-
nantiques se fabriquent à partir des rimes vocaliques.

Là, ça devient intéressant, pensa Paul. Il se remit
à écrire.

Il n'existe que onze rimes vocaliques dans la langue
française. Il s'agit donc d'un langage de base assez
simple. Langage de base… couleurs de base. Parallèle
à creuser. En poésie comme en peinture, la gamme
primaire, la gamme génitrice est réduite mais offre une
multitude de possibilités, de dérivés. Les teintes tirées
du mélange des couleurs de base sont multiples, les
rimes consonantiques découlant des rimes vocaliques
également.

Il fallut à Paul une semaine entière pour mettre
son système au point sur le papier. Ce n'était pour
l'instant que de la théorie, un ensemble de règles. La
poésie était pour Paul un univers ordonné et idéal
dans son ordonnancement. Ce n'était pas la beauté
qu'il y recherchait en premier lieu mais l'harmonie
entre des éléments hétérogènes, entre les mots, les
assonances, les contre-assonances, les rimes masculines, féminines et androgynes. C'était que l'on puisse
trouver par le mélange des mots et des sonorités une
harmonie quand même, une organisation intelligente visant à atteindre la perfection. Ce miracle lui
paraissait comparable à celui qu'il connaissait bien,
le mélange des couleurs, le mélange physique entre
elles pour donner naissance à autre chose, une autre

couleur, mais aussi le mélange des couleurs sur la toile ou le papier, leur choc, leur juxtaposition, leur alliance naturelle ou surprenante. Marier les mots et les couleurs, c'était aller bien plus loin que Rimbaud. C'était inventer la peinture toujours modifiable, toujours perfectible : une rime qui change ici, une couleur qui change là. Pas selon le caprice de l'artiste, mais selon des règles précises. Paul devait donc poser les axiomes de son système. Il attribua, selon ce que leur sonorité évoquait en lui, une couleur pour chacune des onze rimes vocaliques de base, au-delà des couleurs primaires. Le *a* était jaune, le *an* blanc, le *è* beige, le *é* vert, le *eu* bleu et le *i* gris. Le *o* serait orange, le *on* marron et le *ou* serait rouge. Pour le *u*, ce serait le noir, et le *in* serait rose.

Puis, Paul choisit pour chaque rime vocalique sept rimes consonantiques auxquelles il attribua des teintes voisines des couleurs de base. Il aurait pu en choisir davantage mais devait limiter la complexité de son système pour le rendre praticable.

Pour le bleu, il choisit les rimes *eube*, *eude*, *eugle*, *eule*, *eure*, *eurte* et *euve*, qui correspondaient respectivement au bleu outremer, de cobalt, de Prusse, marine, lunaire, roi et indigo.

Le marron prit les nuances de terre de Sienne brûlée, de café glacé, de chocolat, de pain d'épice, de briques séchées, de velours et de bois sombre au gré des rimes en *ombre*, *onde*, *ompe*, *onze*, *once*, *onstre* et *onte*. Les verts étaient anglais, d'émeraude, d'amande, de céladon, de Véronèse, de jade et d'olive mariés avec les *ecte*, les *ef*, les *eille*, les *elfe*, les *eme*, les *esse* et les *eve*.

Les jaunes étaient ocre, safran, de chrome, de zinc, de cadmium, miel et citron pour les *able*, les *abre*, les *adre* et les *agne*, les *aille*, les *ape* et les *avre*.

Le blanc cassé, le blanc d'argent, les blancs de plomb, de crème, de céruse, laiteux et d'Espagne résonnaient au son des *ambre*, *ande*, *ange*, *ampe*, *ance*, *ante* et *anvre*.

Les mots et les couleurs tournaient dans la tête de Paul tels des feux follets verts. Les rimes avaient des teintes pour la première fois dans l'histoire de la poésie et la peinture rimait pour la première fois de son histoire. Rouge laque cramoisie, beige cannelle, gris perle, orange tango, noir d'ivoire et rose lilas dansaient dans un ballet de couleurs et un tourbillon de mots. Paul avait décoché la première flèche de son arc-en-ciel.

Ce n'était qu'un début.

Paul décida de classer les couleurs de base en rimes féminines, masculines et androgynes. Les couleurs féminines étaient le rouge, le rose, le blanc et le jaune, les couleurs masculines, le vert, le bleu, le marron et le noir ; les couleurs androgynes, le gris, le beige et l'orange.

Il entreprit d'augmenter au fil des mois son nuancier de couleurs et de rimes consonantiques. Les premiers essais avaient démontré que son système était viable et qu'il offrait des possibilités infinies grâce à l'extraordinaire variété de couleurs et de rimes. Pour celles-ci comme pour celles-là, sa poésie-peinture, par tempérament, aspirait à créer des chocs impressionnistes, des contre-assonances dont il tirerait des contrastes saisissants de couleurs.

Il expliqua l'état de ses recherches à Issam et Ahlam. La jeune fille applaudit. Elle était fascinée, même si, pour l'heure, la musique était exclue du système. Issam était très réticent. Il excellait maintenant dans la peinture musicale. Peindre un poème lui paraissait moins spontané et trop technique. Il peignit néanmoins le premier tableau-poème. Paul avait écrit quelques vers naïfs. Il ne s'agissait que d'une expérimentation, une aquarelle qui figurait un chat jaune dans un arbre aux teintes ocre et safran prêt à bondir sur un oiseau nécessairement orange aux plumes légèrement assombries par des pointes de noir de liège. Comme le chat avait *chan* pour contre-assonance, Issam le voulut méchant avec des yeux entièrement blancs qui lui donnaient un regard cruel et, si l'arbre était de velours safran, il fit une exception pour la branche marron sur laquelle l'oiseau était posé, du fait de sa contre-assonance en *zon*. Comme l'oiseau avait aussi une contre-assonance en *zin*, il eut sous ses pattes, au pied de l'arbre, un tapis de raisin rose.

Il y eut beaucoup d'autres expériences de tableaux-poèmes, des heures et des heures durant. Quand Issam pensait avoir terminé, Paul voulait tout reprendre. Soit le résultat lui plaisait, soit il ne lui plaisait pas. Et, la plupart du temps, il ne lui plaisait pas. Une couleur était trop fade ou bien trop crue. La lumière était trop vive ou les contrastes trop rudes. Alors, Paul modifiait le poème. Il le réécrivait pour embellir le tableau ou lui donner plus de force. L'interaction continuelle entre le poème et le tableau était le point fort du système. Paul changeait les rimes pour obtenir les couleurs souhaitées. Mais le poème devait garder tout son sens et sa force. Il partait du principe que si le tableau n'était pas réussi, cela signifiait que le poème n'était pas bon. Il y avait pour lui une unité cosmique entre les mots et les couleurs. Elle ne pouvait être atteinte que si le poème et le tableau s'égalaient en beauté et en puissance et se répondaient l'un l'autre. C'est ainsi que le chat ne bondissait plus sur un oiseau orange mais sur un hibou couleur pourpre dont la contre-assonance en *bu* le faisait se tenir sur une branche noire d'ivoire. Et si les collines de mimosa restaient jaune soleil, si les ciels nuageux demeuraient bleus, la boue des chemins se parait du rouge le plus éclatant. Paul ne peignait plus : il réinventait les couleurs du monde. Il était Dieu aux premières heures de la Création distribuant les couleurs aux animaux, végétaux et minéraux. Il était un magicien muni d'une plume et d'un pinceau en guise de baguette.

Issam, cependant, se détournait peu à peu des folies créatrices de Paul. Quand sa main était guidée par la musique, il se sentait libre. Il gardait une large autonomie sur sa peinture. Certes, Ahlam lui donnait le rythme et l'intensité mais le reste lui appartenait. Au contraire, il se sentait enchaîné par le poème. Paul changeait une rime et l'obligeait ainsi à changer de couleur. Il devenait un peintre-marionnette. Et puis, le système devenait beaucoup trop compliqué. Peindre un tableau se transformait en une épreuve de force. C'était aussi complexe que l'envoi d'une fusée sur la lune. Paul n'avait de cesse d'étoffer sa palette de couleurs et de rimes. Il utilisait maintenant une nuance différente pour chaque lettre d'appui de chaque voyelle sonore. Pour la voyelle *A*, il avait les teintes de *ba*, *ca*, *cha*, *da*, *ea*, *fa* et ainsi de suite. Le nombre de ses rimes consonantiques dépassait les cinq cents ! Il jouait avec les rimes, les sous-rimes, les sous-rimes voisines, les assonances et les contre-assonances. Il passait des heures à préparer les couleurs car les nuances de teintes étaient souvent infimes.

Submergé par cet océan de données, Issam dit à Paul qu'il arrêtait. Paul argua qu'il ne s'agissait que d'une étape, mais Issam ne voulut rien entendre.

Ce fut Paul qui céda. Il céda parce qu'Issam était devenu un peintre si talentueux qu'il ne pouvait se résoudre à gâcher un avenir prometteur. Il céda parce qu'il avait fait une promesse à Nora. Il céda parce qu'il n'avait de toute façon pas trouvé la clé lui permettant d'associer Ahlam à son projet.

Les enfants se remirent au travail.

À vrai dire, ils n'étaient plus des enfants. Issam aurait bientôt dix-huit ans et Ahlam seize. Il était temps d'organiser leur avenir.

Paul aborda le sujet avec Farhat à l'occasion d'une petite virée du côté des bouées à rosé. Sur le brasero grillaient des poulpes.

— *Abibi*, tes enfants sont incroyablement doués. Je veux qu'ils partent en France avec moi. Ils seront bientôt prêts à donner des récitals de peinture musicale. Ce sera un succès extraordinaire. Personne n'a jamais fait ce qu'ils sont capables d'accomplir. Ils vont devenir riches et célèbres.

— *Akhi*, pourquoi tu me dis ça ? J'en ai déjà le cœur qui saigne. Mais je sais que Nora voulait que ses enfants quittent la Tunisie. Je suis certain qu'elle te l'a dit. Je suis certain qu'elle te l'a fait promettre. Ne proteste pas, je le sais. Nora était une intellectuelle, comme Fatima. Et, les intellectuelles, ça réfléchit trop, ça discute politique, ça veut changer le monde. Nora détestait le régime Ben Ali. Fatima déteste le régime Ben Ali. Tout le monde déteste le régime Ben Ali. Moi, je m'en moque. Je suis pêcheur à Kerkennah. Personne ne m'a jamais interdit de pêcher à Kerkennah. Rien de ce qui est beau n'appartient à Ben Ali. Lui, il a seulement le pouvoir et l'argent. Mais la beauté de Kerkennah, le soleil, la mer, le vent, il nous les laisse. Il ne peut pas nous les voler. Et c'est tout ce que je demande.

Farhat se tut. Il regarda au loin, vers Sfax.

— Mais je sais que les enfants de Kerkennah ne restent pas à Kerkennah. Alors, il vaut mieux la France que Sfax ou Tunis.

Chapitre dix

Même si Ahlam était devenue une jeune fille, elle fit des bonds d'enfant quand Paul lui parla de son projet.

— Aller à Paris ! Vivre là-bas ! Peindre !

Dans son exaltation, elle se précipita dans les bras de Paul, l'enlaça et l'embrassa sur les deux joues une demi-douzaine de fois. Elle avait fait cela de façon spontanée, mais c'était la première fois que Paul sentait la chaleur et la souplesse du corps d'Ahlam serré si fort contre le sien. Il fut troublé par la pression de ces deux petits seins fermes contre sa poitrine.

Fatima lui jeta un regard à la fois sévère et interrogatif.

— Jeune fille, un peu de tenue !

Fatima était cependant aussi heureuse que sa petite-fille. C'était une chance inespérée.

Issam était calme. Il avait écouté en silence.

— Et toi, mon garçon, que dis-tu de la proposition de Paul ? lui demanda Fatima.

— Oui, bien sûr. Ce serait très bien.

La réponse fut plate, sans intonation. Un trait horizontal sur la toile, ni fin ni épais, ni appuyé ni effacé.

Paul souligna qu'il restait beaucoup de travail avant le début de la grande aventure. Ahlam, cependant, en parla à ses copines qui répercutèrent l'incroyable nouvelle. Fatima en parla aussi à ses amies, qui ne furent pas en reste, si bien que, rapidement, tout Kerkennah fut au courant.

Issam n'en parla qu'à son ami Nourdine.

Nourdine, depuis quelques mois, avait entamé un travail d'approche. Malgré son impatience de faire partager à Issam sa renaissance dans l'islam véritable, il avait été prudent. Il ne disposait que de sa puissance de conviction, de sa science encore incertaine et de quelques écrits, vidéos et fichiers audio qu'un ami salafiste de Sfax lui mettait sur une clé USB. Il les montrait régulièrement à Issam, qui semblait de plus en plus réceptif. C'étaient surtout les atrocités commises sur des musulmans qui le touchaient. Il aurait été plus facile de surfer sur les sites islamistes, de faire découvrir à Issam ce jihad médiatique conçu pour ouvrir les yeux des musulmans encore aveuglés par les mensonges des médias officiels. Cependant, Internet était peu répandu à Kerkennah et les sbires de Ben Ali n'auraient eu aucune difficulté à repérer les connexions interdites. Nourdine, petit à petit, parvenait à toucher le cœur d'Issam, surtout quand il s'abandonnait à parler de ses rêves pour la Tunisie de demain et de son frère Saber. Son frère était un héros et il voulait qu'Issam le sache, le reconnaisse. Nourdine n'avait pas eu de nouvelles de Saber depuis son départ en Irak, mais il inventa. Il voulait tellement qu'Issam admire Saber comme lui l'admirait.

Saber, raconta Nourdine, était devenu l'émir d'une *katiba*. Il avait une centaine de *moudjahidin* sous ses ordres. Il avait combattu les Américains et en avait tué beaucoup. D'ailleurs, les Américains avaient perdu. Ils quittaient l'Irak. Ce n'était pas uniquement grâce à Saber, mais quand même, il y était pour beaucoup. Saber avait promis qu'il reviendrait et il reviendrait. C'était certain. Ben Ali allait voir ce qu'il allait voir. Après, on instaurerait la charia. On chasserait les apostats et les *kouffar*. On vivrait comme au temps du Prophète. Nourdine citait toutes les deux phrases un verset du Coran ou un hadith. Il en connaissait une vingtaine par cœur. Il ressortait toujours les mêmes. Au début, Issam avait été exaspéré par cette répétition monocorde, ce discours attendu, ces vérités puisées dans les textes mais jamais dans la réflexion personnelle. Il n'avait pas été élevé de cette façon, à chercher des réponses ailleurs que dans son cœur et sa raison. Cependant, cette musique qui répétait sans cesse les mêmes notes, ancrée dans la culture musulmane, hypnotisante et entêtante, était entrée en lui, avait fait tomber ses défenses. Pas toutes – il en restait, profondément enfouies, qui remontaient subitement à la surface comme des éruptions de raison.

Au fil du temps, Issam admit que le jihad pour défendre une terre d'islam était légitime. Il se dit prêt à faire quelque chose pour aider les musulmans opprimés. En revanche, Nourdine ne parvint pas à le convaincre d'abandonner la peinture.

— Issam, tu es mon meilleur ami. Je ne peux pas te laisser dans l'impiété. Selon Al Bukhâriyy, le Prophète

– *sallallâhou alayhi wa sallam* – a dit : « Les anges n'entrent pas dans une maison où se trouve un chien ou une image. » Tu n'as pas le droit de tenter d'imiter Allah. Il est le seul créateur. Écoute, Al Bukhâriyy a également rapporté ce hadith : « Ceux qui dessinent seront châtiés au jour de la résurrection. » Tu te rends compte, Issam ? C'est l'enfer pour toi si tu continues ! Allah, qu'il nous garde dans sa miséricorde, nous a dit par la bouche de son Envoyé – *sallallâhou alayhi wa sallam* : « Qui est plus criminel que ceux qui ont dessein de créer des êtres pareils à ceux que j'ai créés ? » Il y aussi ce hadith rapporté par Ahmad ibn Hanbal : « Ceux qu'Allah punira le plus sévèrement au jour du jugement sont ceux qui imitent ses créations. » Tous ces *dalils*[1] ne te suffisent-ils pas ?

Ces *dalils* ne suffisaient pas à Issam. Il était troublé, certes, mais la peinture faisait partie de son passé, de son présent et de ses projets d'avenir. Il ne se sentait pas la force de s'amputer d'une partie de lui-même. Il décida toutefois de recueillir un avis éclairé. L'imam de la mosquée de Remla l'Ancienne fut satisfait de sa venue. Il n'appréciait pas l'influence de plus en plus évidente de Nourdine sur Issam. Il lui expliqua qu'il fallait se méfier de ceux qui avançaient des vérités sans avoir acquis la science pour cela. Nourdine était excessif. La peinture et le dessin n'étaient pas interdits. Seule était interdite la reproduction des images humaines ou animales. Il lui rapporta une citation de l'envoyé d'Allah par Ibn Abbas :

---

1. « Preuves » tirées du Coran et des hadiths.

— Un jour, un peintre est venu demander conseil à Ibn Abbas, comme tu le fais aujourd'hui. Ibn Abbas lui a mis une main sur la tête et lui a rapporté les dires du Prophète – *sallallâhou alayhi wa sallam* : « Tout peintre ira en enfer. On donnera une âme à chaque image qu'il a créée et ces images le puniront dans la Géhenne. Mais si tu dois absolument faire des images, fais des arbres et tout ce qui n'a pas d'âme. »

— Cela veut-il dire que je peux peindre des paysages et des formes qui ne représentent pas un être existant ?

— Exactement. De nombreux *ouléma* considèrent que seule la peinture figurative des êtres vivants est interdite. Le reste est toléré si le peintre est modeste et n'adore pas sa peinture au point de se détourner d'Allah.

Issam rapporta à Nourdine le point de vue de l'imam. Il ne fut pas convaincu.

— Dans le doute, il vaudrait mieux abandonner la peinture. Le Prophète – *sallallâhou alayhi wa sallam* – a tout de même dit que tout peintre irait en enfer. Mais bon, au minimum, promets-moi de ne plus peindre d'êtres vivants.

— Je te le promets, dit Issam qui, de toute façon, n'aimait peindre que la musique de sa sœur.

Quand Issam vint parler à Nourdine de son projet de départ pour la France, ce fut comme si les portes de l'enfer s'ouvraient toutes grandes.

— Écoute, Issam. Allah, par la voix de son Prophète ultime – *sallallâhou alayhi wa sallam* – a ordonné aux musulmans de quitter les pays de *kouf-far* pour vivre dans un pays d'islam véritable. Il nous ordonne de faire l'*hijra* et toi tu veux aller en France. Tu veux faire l'inverse. Bientôt ce sera le jihad en Tunisie. Ton devoir de musulman, ton obligation personnelle est de participer à ce jihad. Si tu meurs, tu seras un *shahid* [1] promis au *firdaws* et à ses récompenses. Si tu ne meurs pas, tu vivras dans un pays d'islam véritable. Dans les deux cas tu es gagnant. Par contre, si tu vis en France, tu seras pire qu'un *kafir* et, au bout du compte, tu brûleras en enfer. Tout ce que tu fais est *haram* [2]. Issam, il est temps que tu t'en rendes compte.

— Tu parles encore de la peinture ?

— Bien sûr je parle de la peinture. Je t'ai déjà donné les *dalils*. Que te faut-il de plus ? Maintenant, je te parle sérieusement. Tu es d'accord qu'il n'y a qu'un seul Dieu et que Mohamed est son Prophète ?

— Évidemment, qu'est-ce que tu crois !

— Tu es d'accord qu'Allah nous a apporté son message divin par la bouche de Mohamed.

— Oui.

— Tu es d'accord que Mohamed a été éclairé par la grâce divine, a été choisi et que nous devons suivre son exemple, vivre comme il a vécu, faire ce qu'il a fait, imiter ses faits et ses gestes et surtout écouter ses paroles.

— Oui, mais où veux-tu en venir ?

---

1. Martyr.
2. Interdit, illicite.

— Du message divin, tu prends ce qui t'arrange et tu laisses le reste. C'est cela qui te conduit vers la mécréance. Je t'apporte les preuves que ta peinture est *haram* et tu préfères te boucher les oreilles.

— Toutes les peintures ne sont pas *haram* et tu le sais très bien. On a déjà discuté de ça et j'ai respecté ma parole. Je ne peins plus d'êtres vivants.

— Tu crois qu'en France tu ne vas peindre que des paysages ? Les *kouffar*, ils veulent des femmes nues. C'est ça qui fait vendre. Ou alors des portraits, et ça aussi c'est *haram*.

— C'est moi qui déciderai ce que je peins.

— Parce que là, avec le Français, c'est toi qui décides ? T'es un pion. En France, le shaytan[1] va t'avoir. Petit à petit, il va te manger l'âme. Tu me fais pitié, va. Qu'as-tu peint ces dernières années ? Hein ? De la musique, tu as peint de la musique. Et la musique, il n'y a pas plus *haram*. Moi, j'ai réfléchi : même si tu ne peins plus d'êtres vivants, tu peins la musique que tu entends. Comme la musique est *haram*, ta peinture est forcément *haram*.

— Avec toi, tout est *haram*. La musique, il y en a partout. Toi, tu passes ton temps à écouter des *anachids*[2]. C'est pas de la musique, peut-être ?

— Moi, j'écoute ce qui est *hallal*. Je n'ai pas envie de finir en enfer. La musique de ta sœur, elle n'est pas *hallal*. Elle appelle au péché. Elle amène au désir. Regarde ta sœur, même pas un voile dans les che-

---

1. Le diable.
2. Chants guerriers autorisés par l'islam.

veux. Elle porte des robes courtes et légères. Elle s'habille comme une pute.

Le coup partit brusquement. Nourdine se retrouva sur le sol avec du sang qui coulait de son nez.

— Chouf. Tu vois le jeu de shaytan ! Tu frappes ton meilleur ami.

Issam ferma les yeux. Il ne savait plus quoi penser. Nourdine en venait toujours aux mêmes sujets : l'islam, le jihad, le shaytan, la peinture, les *kouffar*, l'enfer, les musulmans tués dans le monde par l'Amérique, Israël et les croisés. Et maintenant, la musique. Il était convaincant.

— Pour la musique, tu peux donner des *dalils* ?

— Bien sûr, demain je te les donnerai. Euh… excuse-moi pour ce que j'ai dit sur Ahlam.

En réalité, Nourdine brûlait de désir pour Ahlam. Ce n'était pas bien. Par sa faute, il faisait des rêves érotiques et parfois se caressait dans son sommeil agité. Ses parents lui avaient enseigné que la femme était impure et que ses menstrues en étaient la preuve. Mais Ahlam était si belle. Nourdine ne supportait pas qu'elle s'offre à tous les regards sans en avoir aucun pour lui.

Ce soir-là, Issam ne décrocha pas un mot de tout le repas. Farhat aussi était taiseux et taciturne, ce qui ne lui ressemblait pas. Fatima et Ahlam échangèrent des regards interrogatifs. Quand Issam et Ahlam partirent se coucher, Fatima creva l'abcès.

— Bon, je te connais trop bien, mon fils. Dis-moi ce qui ne va pas.

Farhat expira fort.

— En fin de matinée, j'ai reçu la visite de l'imam.

— Celui de la mosquée de Remla l'Ancienne ?

— Oui.

— Ça ne m'étonne pas. Mon fils, je sais déjà ce qu'il t'a dit, cette face de crapaud. Il t'a dit qu'il n'était pas convenable qu'Ahlam vive en France, qu'elle n'est pas mariée et qu'elle vivrait dans le péché, qu'elle ne se couvre même pas le corps et les cheveux, et patati, et patata. Mais tu as vu comme elle est belle, ta fille ? Encore plus belle que Nora, Allah ait son âme. Je ne pensais pas que je verrais un jour une fille plus belle que Nora. Je ne pensais même pas qu'une fille pouvait être aussi belle. Sa beauté est le témoignage de la grandeur de Dieu. Et ce serpent honteux ! Il n'ose pas assumer ses idées par peur de Ben Ali et ose critiquer les choix de ta fille !

— Oui, je sais. Mais il n'est pas le seul. Beaucoup de fidèles de la mosquée pensent comme lui.

— Oh, oui, et même pire. Qu'est-ce que ça peut nous faire ? Maudit soit le jour où cette vermine sortira de son trou. J'espère bien que je serai morte avant. Tu sais le fond du problème, c'est que tu as refusé tous les prétendants d'Ahlam et leurs parents t'en veulent autant que leurs fils.

— Ce n'est pas moi qui refuse toutes les propositions, c'est Ahlam.

— Et c'est tant mieux. Ahlam a seize ans. Elle a bien le temps. Tu imagines ce joyau marié à un jeune coq de Kerkennah qui s'empressera de la couvrir des pieds à la tête… Pas de bijoux mais d'un tissu épais… pour être le seul à en profiter. Ta princesse dépérirait. Sa lumière s'éteindrait peu à peu. Ce n'est pas son avenir. Ce n'est pas ce qu'aurait voulu Nora.

— Nora, elle m'a bien épousé, moi, un simple pêcheur.

— Non, pas un simple pêcheur mais mon fils, un garçon éduqué, intelligent, sensible, un père attentionné qui cherche le bonheur de ses enfants. C'est ce garçon-là que Nora a épousé. Alors reste ce garçon-là. Quant à Ahlam, il faut qu'elle parte. Elle aura une vie exaltante, des amoureux. Pas un, vois-tu, mais plusieurs. Oh, je vois ta mine, l'idée même que ta fille ait des amoureux te chagrine. Mais ta fille est faite pour la musique, le succès et l'amour. Ça se voit dans chacun de ses gestes, dans sa silhouette si fine, dans ses beaux cheveux ondulés, dans ses yeux si profonds et brillants. L'homme qui deviendra son mari devra la mériter. Il faudra qu'il soit exceptionnel lui aussi. Et puis, tu constateras que cette vipère d'imam ne t'a pas parlé d'Issam. Qu'un garçon parte chez les mécréants, passe encore, mais une fille…

Chapitre onze

Le lendemain, Issam retrouva Nourdine au café de la place de la Mairie. Ils burent du thé, puis Nourdine fit signe à Issam de le suivre. Ils sortirent de Remla et trouvèrent un endroit, derrière une maison ocre à l'abandon, pour discuter sans être vus. Nourdine sortit quelques bouts de papier gribouillés.

— Tu as les *dalils* ?

— Bien sûr que je les ai. Écoute. Tu as d'abord ce verset dans la sourate Luqman. Allah le Très-Haut a dit : « Tel homme ignorant se procure des discours futiles pour égarer les autres hors du chemin de Dieu et prendre celui-ci en dérision. Voilà ceux qui subiront un châtiment ignominieux. »

— Où tu vois que ça parle de la musique ?

— Parce que Ibn Abbas, Ibn Masoud et Ibn Omar ont affirmé que le mot *lahw* ne signifiait pas à proprement parler le « discours futile » mais la chanson. Il y a aussi de nombreux hadiths. Surtout celui-ci, rapporté par Bukhâriyy : « Il y aura parmi ma communauté des gens qui considéreront comme licites la fornication, la soie, le vin, les instruments de musique et les chansons. » Si c'est pas une preuve,

109

ça ! Tu en veux d'autres ? Écoute, ce n'est pas ce qui manque. Voilà ce qu'a dit Ibn Omar à son esclave affranchi Naji : alors qu'il se trouvait avec le Prophète – *sallallâhou alayhi wa sallam* –, celui-ci s'est bouché les oreilles en entendant la flûte d'un berger. La musique est l'instrument du shaytan, Issam. Il n'y a pas le moindre doute. Ibn Taymiya a été formel sur le sujet : tous les instruments de musique sont interdits à l'exception du *daff*, le tambour lors des fêtes et des mariages. C'est la seule exception.

— J'ai du mal à croire que la musique soit interdite. C'est tellement beau quand Ahlam joue et chante.

— Bien sûr que c'est beau ! C'est fait pour. Allah le Très-Haut a dit à Shaytan : « Excite par ta voix ceux d'entre eux que tu pourras. » Or, Moudjahid a dit que le mot « voix » signifiait « la musique, la danse et les choses futiles ». Les femmes, la musique, la peinture, les vêtements d'or et de soie sont beaux parce que ce sont des pièges du shaytan. Ils doivent être tentants pour te tenter. L'envoyé d'Allah – *sallallâhou alayhi wa sallam* – nous a dit ce qu'il fallait faire pour résister à la tentation. Si tu ne suis pas son chemin, tu ne résisteras pas. Et si tu ne résistes pas, tu brûleras en enfer. Même le Prophète – *sallallâhou alayhi wa sallam* – s'est bouché les oreilles pour ne pas entendre la flûte envoûtante du berger. Mais toi, monsieur Issam, tu crois être plus fort que lui et ne pas céder au shaytan ?

— Non, mais j'ai du mal à accepter que ce qui est beau puisse être mauvais.

— Parce que tu confonds le beau et le bien. Le bien est ce que nous enseigne Allah. Le beau est souvent un subterfuge du shaytan. Et tu sais très bien ce qu'il adviendra des mécréants qui se seront détournés de la parole d'Allah. Tiens, lis ce que le messager d'Allah a dit – *sallallâhou alayhi wa sallam* –, selon Abou Malik Al Ashari : « Des gens de ma communauté boiront de l'alcool. On jouera pour eux des instruments de musique et des chanteuses chanteront. Allah les engloutira dans la terre et les transformera en singes et en porcs. » Tu imagines Ahlam en singe ou en porc ? Et c'est valable pour toi aussi, car « celui qui écoute une chanteuse aura du plomb fondu coulé dans les oreilles ».

— Qu'est-ce que je peux faire ? Comment vais-je pouvoir expliquer ça à mon père, à Ahlam, à Paul ?

— T'as pas d'explications à donner à un *kafir*. Quant à Ahlam, ce n'est pas à une femme de décider. Pour ton père, c'est autre chose. Il faut la jouer fine. Tu vas lui dire que tu as réfléchi et que, pour l'instant, tu veux faire des études à Sfax après le bac, que tu as toujours rêvé de le faire.

— De faire quoi ?

— Des études d'informatique

— Pourquoi d'informatique ?

— Parce que nous serons ensemble. Moi, je vais m'inscrire… Nous partirons tous les deux. Et parce que…

— Parce que quoi ?

— Parce qu'il faut choisir une formation utile pour la cause. Al Qaida a besoin d'ingénieurs, de scientifiques et d'informaticiens. On peut faire le jihad autrement qu'en se faisant tuer en cinq minutes.

— Je croyais que le martyre était ton désir le plus cher.

— Évidemment, mais rien ne presse. Avant, il faut être utile. Un *shahid* va au *firdaws* mais, après, il ne sert plus à rien.

— Et tu crois que mon père va accepter mon changement de projet ?

— Bien sûr, si tu arrives à lui faire croire que c'est vraiment ce que tu veux. D'ailleurs, c'est vraiment ce que tu veux, non ? Sortir de la mécréance et suivre le sentier de la caravane ?

— Oui, je te l'ai déjà dit, mais ça ne va pas être aussi simple.

— Pourquoi ?

— Parce que mon père n'a pas d'argent pour les études, pour le logement à Sfax.

— Ah, ah, qu'est-ce que tu es bête ! Tu n'as qu'à faire cracher le *kafir*. Tu vas voir, c'est lui qui va tout payer. Sinon, Allah y pourvoira. En plus, tu vas sauver ta sœur du même coup.

— Comment ça ?

— Si tu ne pars pas en France, elle ne partira pas non plus. D'abord parce que le Français n'aura plus son duo de rêve et, d'autre part, parce que ton père ne laissera pas partir sa fille si tu n'es pas à ses côtés pour l'aider et la surveiller.

— Mon père a toute confiance en Paul.

— Pas à ce point. Une jeune fille tunisienne qui part en France sans *marham*[1] avec un *kafir* célibataire de… Il a quel âge, maintenant, ton *kafir* ?

— Il est né en 1974… Ça lui fait quelque chose comme trente-cinq ans.

— Moi, je te dis que ton père ne voudra pas. Mais le plus important… Écoute-moi bien… le plus important est que personne ne se doute de tes motifs réels.

Pendant plusieurs jours, Issam n'osa pas en parler à Farhat. Nourdine revenait à la charge sans cesse. Il lui disait que c'était un moment difficile à passer qui le mènerait sur le chemin de la pureté. Mais Issam oubliait ses bonnes résolutions dès qu'il se trouvait face à son père. Il ne savait pas quels mots employer, par où commencer. Pendant ce temps, Paul prenait des contacts, faisait saliver le monde de la peinture. L'Américain était enthousiaste. Il imaginait une tournée mondiale. Il y aurait ceux qui paieraient pour voir le spectacle, les droits des retransmissions télévisées et, surtout, la vente des tableaux musicaux peints sur scène. Bien entendu, avant de s'engager à financer le projet, il désirait assister à une représentation privée à Kerkennah.

Un soir, alors que la famille était réunie, Paul expliqua que l'Américain viendrait bientôt et qu'il faudrait être à la hauteur. Les doigts d'Ahlam se

---

1. Un homme de la famille qui puisse surveiller la jeune femme et l'accompagner quand elle sort.

mirent à trembler d'impatience. Issam comprit qu'il était au pied du mur. Il demanda à son père de lui parler seul à seul. Il savait qu'il n'aurait pas la force de le faire devant Fatima, Paul et, surtout, Ahlam. Le père et le fils sortirent de la maison.

— Père, je sais que vous ne voulez que mon bonheur. Ce que je vais vous dire va peut-être vous faire de la peine. Dans ce cas, pardonnez-moi. Je dois vous dire la vérité parce qu'Allah, par la bouche de son Envoyé, nous a prévenus que désobéir à ses parents était un péché capital. Je ne veux pas continuer la peinture. Je ne veux pas partir pour la France, ni pour les États-Unis. Je veux rester avec vous.

Farhat écarquilla les yeux. Il n'en revenait pas. C'était la première fois que son fils lui sortait une référence religieuse. Et c'était aussi la première fois qu'il parlait d'abandonner la peinture.

— Qu'est-ce que tu as ? De quoi tu parles ? Toi, abandonner la peinture ! C'est ta passion ! Qu'est-ce que tu feras ici ?

— Je ne veux pas partir loin de Kerkennah. J'aimerais faire des études d'informatique à Sfax. Comme ça, je reviendrai tous les week-ends et parfois en semaine.

Farhat n'arrivait pas à réfléchir. Il ne savait pas ce qu'il devait répondre. Dans ce que disait Issam, il y avait quelque chose qui lui plaisait : garder son fils près de lui. Pour autant, il ne comprenait pas. La peinture était si importante pour Issam. D'où venait ce changement ?

— Mon fils, depuis des années tu travailles dur pour devenir un grand peintre. Paul t'a appris tellement de choses. Que t'arrive-t-il ?

Issam eut envie de tout dire à son père. Lui dire qu'il était devenu un vrai musulman et qu'il ne pouvait plus tricher. Mais Nourdine lui avait maintes fois répété qu'il ne fallait pas mentionner la religion. Il voulait faire des études d'informatique et rien d'autre.

— Il y a des choses que l'on aime lorsque l'on est enfant et que l'on délaisse quand on devient adulte. Je suis un homme maintenant, et ces futilités ne m'intéressent plus.

— La peinture, une futilité ? C'est toute ta vie !

— Non, ma vie commence maintenant. Je veux faire des études. La peinture me prend trop de temps et ne m'amuse plus.

Farhat réfléchit. Même s'il ne comprenait pas, il n'avait rien à dire. Peu à peu, alors qu'Issam s'était éloigné de quelques mètres, Farhat découvrait tout ce que signifiait le choix de son fils. Fini les grands projets, les tournées internationales et l'espoir d'autre chose qu'une vie dans une Tunisie corrompue. Fini le rêve de Nora. Quant à celui d'Ahlam… Comment pourrait-elle accepter ? Et Paul ? Avait-il pensé à Paul, à toute l'énergie qu'il avait mise pour transmettre son savoir et son talent ?

— Tu vas le leur dire quand ?

Issam avait imaginé que son père s'en chargerait, mais celui-ci lui avait posé la question sur un ton qui n'incitait guère à lui demander ce service. Comme il avait fait le premier pas, il était préférable d'en finir.

Issam retourna dans la maison. Farhat le suivit. Chacun avait la mine grave car chacun avait compris que le moment était important. Issam expliqua qu'il ne voulait plus faire de la peinture parce que l'envie avait disparu. Ce qu'il souhaitait, c'était faire des études d'informatique. Paul et Fatima attendirent d'avoir bien compris ce qu'Issam venait de leur annoncer. Ils voulaient avaler la nouvelle, la digérer, pour ensuite trouver quelque chose à répliquer. Ahlam, moins tempérée, éclata très vite :

— Qu'est-ce que tu racontes ? T'es complètement fou ? Qui t'a mis ça en tête ? Hein, qui t'a mis ça en tête ? C'est ce demeuré de Nourdine, ce nain d'un mètre cinquante qui gonfle tout le monde avec ses prêches à la con ? C'est pas vrai ! Ne me dis pas que tu es sérieux !

Ahlam s'était rapprochée de son frère et commençait à lui donner des tapes sur la poitrine du plat de la main. Elle le faisait de plus en plus violemment.

— Salaud, salaud, tu ne vas pas me laisser tomber, dis ? Tu ne vas pas me laisser tomber ?

— C'est quoi cette histoire de Nourdine ? demanda Fatima. C'est lui qui t'a convaincu ?

— Pas du tout. Il n'a rien à voir là-dedans. J'en ai assez de perdre mon temps avec cette futilité.

— Parce que l'art c'est de la futilité selon toi ? reprit Fatima, de plus en plus exaspérée. Il ne s'agit pas d'un loisir. Tu es un peintre et tu as un talent exceptionnel. Paul a passé neuf ans à t'enseigner des choses magnifiques. Et, au moment où toi et ta sœur vous allez pouvoir vous envoler, vous épanouir, découvrir le monde, voir d'autres gens, tu veux tout laisser tomber ? Dis-moi, tu avais combien de chances de vivre ce que tu as vécu, de tomber sur un peintre comme Paul, connu dans le monde entier et qui pourtant a décidé de s'occuper de toi et ta sœur ?

Ahlam avait cessé de frapper Issam. Elle pleurait à chaudes larmes. Paul ne disait rien. Il essayait d'attraper le regard d'Issam mais celui-ci le fuyait. C'était étrange. Il n'arrivait pas à être surpris. Son projet avait mûri sur la durée. C'était un investissement à si long terme qu'il n'avait jamais cru, au fond de lui, qu'il le mènerait à bout. Quand l'horizon est trop lointain, on ne pense pas pouvoir l'atteindre, d'autant qu'il s'éloigne quand on s'en approche. Ces derniers jours, l'horizon avait été si proche qu'il aurait été possible de le toucher. Le rêve devenait réalité. C'est à cet instant précis que les rêves s'évaporent, au moment du réveil. Alors, Paul resta calme. Il n'y avait qu'une chose à dire, qu'une chose à tenter, quelques mots, pas plus :

— As-tu pensé à Ahlam ?

Issam répondit brusquement, sans réfléchir :

— Oui, j'ai pensé à elle. Justement, ce n'est pas bien pour elle de continuer la musique. Ce n'est pas un métier pour une musulmane.

— *Feuuuuuh !*

Fatima émit un sifflement.

— Tu peux nous répéter ça ?

— Parfaitement, une musulmane a d'autres choses à faire que de perdre son temps à jouer de la musique.

— Et tu proposes quoi pour ta sœur ? demanda Fatima, au bord de l'implosion.

— Elle devrait épouser un bon musulman, faire des enfants et respecter…

— Respecter quoi, Issam ?

— Respecter les préceptes de notre religion.

Issam hurla ces derniers mots avant de quitter la maison en claquant violemment la porte.

— J'espère que vous avez compris, dit Ahlam.

Farhat, Paul et Fatima n'avaient rien vu, rien compris. C'était si soudain. Maintenant, le voile se déchirait. Personne n'avait jamais considéré Nourdine comme une menace. Tout le monde savait sur l'île que, de père en fils, cette famille était salafiste jusqu'au bout des ongles, mais Nourdine était si insignifiant, petite crevette de Kerkennah, qu'il faisait plutôt pitié. Farhat avait encouragé son fils à lui apporter son soutien lors des récentes épreuves qu'il avait traversées. Farhat s'approcha d'Ahlam et fit quelque chose qu'il ne faisait jamais. Il la prit dans ses bras et la serra fort, très fort. Il n'y avait que Nora qui prenait ainsi ses enfants dans ses bras.

Si elle avait été là ! Elle aurait su comment faire avec Issam.

Ahlam s'était remise à pleurer. Farhat sentait également que ses yeux commençaient à le piquer. Alors, il s'écarta légèrement :

— Ahlam, tu peux nous expliquer ? Tu as remarqué quelque chose ?

Ahlam hésita. Elle n'avait eu que de mauvaises vibrations, rien de concret. C'était seulement la façon dont son frère s'était mis à la regarder ces derniers mois.

— Vous savez, Père, ces derniers temps, Issam me regarde méchamment. Ses yeux lancent des accusations. Il pense que je ne cache pas assez mon corps.

— Il te l'a dit ?

— Non, il me l'a fait comprendre. On est au même diapason. Paul le sait bien.

— Eh bien, moi, j'ai parfaitement compris, dit Fatima. Issam n'a pas besoin de me faire un dessin.

Les jours suivants, il fallut bien se rendre à l'évidence : Issam ne changerait pas d'avis. Le frère et la sœur ne se parlaient plus. Issam fuyait le plus possible la famille. Fatima avait réussi à bloquer son petit-fils dans un coin du salon mais n'avait rien pu en tirer à part quelques phrases laconiques : « C'est ma vie », « Je veux faire des études à Sfax. » Paul, pour sa part, avait commencé à réfléchir à l'avenir d'Ahlam. Elle était en parfaite symbiose avec Issam et il était impossible de trouver un peintre capable d'atteindre le niveau de son frère… à part… C'était une évidence, mais Paul hésitait. Il faudrait qu'il revienne à la lumière, se mette en scène. Il devrait affronter tout ce qu'il avait quitté et qui ne lui manquait vraiment pas. Pourtant, il était le seul à pouvoir remplacer Issam. Après tout, c'était son projet, sa création, et c'était lui le maître. Il lui faudrait du temps, certainement, pour trouver la spontanéité et la rapidité d'Issam. Mais c'était possible, tout à fait possible. Quant à Issam, il irait étudier, puisque c'était son choix. De toute façon, il n'était déjà plus là. Il n'était qu'un fantôme qui entrait et sortait, passait sans se retourner et évitait les regards.

Quand Ahlam essaya une dernière fois de raisonner son frère, quelque chose se brisa pour de bon. Elle n'aurait pas dû essayer. Elle serait restée sur un vague espoir. Elle n'aurait pas entendu les paroles ni subi les gestes de trop.

— J'ai honte, Ahlam. Tu t'habilles comme une Française. Tu exhibes ton corps sans aucune pudeur. C'est quoi, cette robe ?

— Dégage, connard, t'es pas mon père.

Alors, pour la première fois, les deux doigts de la main se séparèrent. Issam, avec des yeux de fou, se précipita sur sa sœur. Il la jeta au sol. Sur la plage déserte, Issam cherchait quelque chose. Ses yeux roulaient, embrassaient l'espace. Il vit une algue fournie et longue, comme une corde épaisse gorgée d'eau. Il la ramassa. Ahlam était étendue, le ventre sur le sable, pleurant de tout son corps en soubresauts convulsifs. Et Issam commença. Le premier coup ne fut pas violent. Un coup d'essai. L'algue était un bon fouet. Elle avait claqué dans l'air, vibré sur les épaules d'Ahlam en projetant des centaines de gouttelettes qui ressemblaient à des perles de cristal. Issam recommença et ne put s'arrêter. Il fouettait l'air et il fouettait le dos de sa sœur. Il criait *shaytan, shaytan*. Chaque coup était une décharge électrique pour la jeune fille. Elle était terrorisée. Une fois, juste une fois, elle tenta de tourner la tête pour comprendre ce qui lui arrivait, mais l'algue lui brûla le visage.

Alors elle enfouit sa tête dans le sable. Protéger son visage, protéger son visage ! Que le dos supporte, qu'il soit lacéré, mais pas son visage. De toute façon, elle allait mourir. Au bout de trois minutes, elle en était certaine. Quelque chose avait emporté son frère, était entré dans son corps, avait pris possession de son esprit. Ce ne pouvait être vraiment lui, pas Issam, pas son frère adoré, pas celui qui se blottissait contre elle, la nuit tombée, quand la tempête soufflait. Elle n'avait jamais aimé personne comme lui. Il était son double. Quand elle jouait, il lui jetait un regard tendre et peignait la beauté du monde. Elle regardait sa nuque, son dos, ses bras qui dessinaient l'espace. Issam était son héros… devenu son bourreau. Maintenant, Ahlam ne sentait plus rien. Sans doute Issam frappait-il encore. Pas sûr. Ahlam eut un sursaut. D'où lui venait-il ? Du visage tendre de sa mère, des histoires qu'elle leur racontait, Issam à droite dans le lit, elle à gauche, Nora au centre. Au temps du bonheur. Et maintenant ?

— Issam, c'est la robe de *maman* !

Elle avait hurlé. Elle avait craché tout l'air de ses poumons en dégageant sa tête du sable. Elle hurla encore plus fort :

— Issam, c'est la robe de maman que je porte, celle à fleurs !

Celle à fleurs ? Celle à fleurs ! Issam se souvenait. Qu'elle était belle, maman, avec cette robe à fleurs qui accrochait le soleil ! Tout le monde la regardait. Il n'y avait rien de mal dans le regard des gens, seulement de l'admiration et de la tendresse, le plaisir de voir la beauté qui effleure le sol.

Issam avait laissé tomber son fouet d'algues à ses pieds. Il était taché de sang. Que faisait-il au juste ? Et après, ce serait quoi ?

Ahlam resta longtemps sur la plage, inerte. Elle n'avait pas perdu connaissance mais ne savait pas comment le monde allait tourner désormais. La nuit tomberait-elle ? Le jour viendrait-il ? Était-il possible que le monde existe après ça ? Puis, lentement, elle se redressa. Assise sur le sable, elle laissa le vent du large la recoiffer. Elle avait besoin de revivre. Elle se sentait morte. La nuit tombait doucement. Bientôt, si elle ne faisait rien, son père ou Fatima la chercherait et la trouverait. Il faudrait qu'elle explique. À cette pensée, la honte et la peur l'envahirent. C'était un curieux mélange de sentiments. Pourquoi avait-elle peur ? Pourquoi avait-elle honte ? Il lui semblait que, si elle racontait ce qui s'était passé, il n'y aurait plus jamais de retour en arrière. Son enfance serait effacée, Nora serait morte pour de bon et la famille serait pulvérisée. Elle comprit ce qu'elle devait faire. Elle hocha la tête de bas en haut avec résolution. Elle ne dirait rien. Elle serait forte. Elle laisserait du temps au temps et Issam à ses démons.

Chapitre douze

Issam souriait en regardant Ayman. Il faisait nuit.
La fenêtre grande ouverte n'apportait que des bouf-
fées de chaleur. La seule lumière était celle de l'ordinateur qui éclairait le visage d'Ayman. Ce visage
était très doux, presque lisse. Il n'avait pas de défaut.
C'était le visage d'un homme de vingt-cinq ans qui
ne se laissait pas emporter par les sentiments. Issam
trouvait qu'il ressemblait à Ben Laden sur les photos
anciennes, un mélange de détermination et de douceur. La voix d'Ayman ressemblait également à celle
du Lion de l'islam, une musique douce et ferme.

Sans Ayman, Issam aurait sombré. Il n'avait jamais
accepté ce qu'il avait fait à sa sœur. Ce soir-là, il n'avait
pas osé rentrer chez lui. Il avait marché toute la nuit.
Et puis, comme un aimant, il s'était retrouvé devant
la maison de Nourdine. Ce n'était pas l'endroit où
il aurait voulu être car il en voulait à son ami. Il lui
en voulait sans comprendre pourquoi. Il savait seulement qu'il avait été heureux et que, maintenant, il
ne l'était plus. Bien sûr, sa sœur était une mécréante
qui n'avait que la musique et Paul dans son cœur.
Mais, qu'avait-il fait d'autre lui-même ? La planète

Issam avait tourné autour des bâtonnets de pastel. Rien d'autre n'avait eu d'importance. Maintenant qu'il savait, Issam comprenait à quel point le shaytan savait se moquer des hommes. Alors, il essayait de détester Paul, mais il n'y arrivait pas. Il avait cette faiblesse de ne pas parvenir à effacer les moments de bonheur et d'exaltation qu'il avait connus grâce au Français.

Le cœur d'Issam était ballotté par une tempête de sentiments contradictoires quand il avait frappé à la porte de Nourdine, après une nuit de marche sans but. Il lui avait tout expliqué mais celui-ci, sans finesse, lui avait assené le coup fatal.

— Tu as eu raison. Ta sœur ne méritait que ça.

Qui était-il pour dire cela ? Il n'était rien comparé à la grâce d'Ahlam. Rien n'avait plus de valeur aux yeux d'Issam que sa sœur. Et cette petite crevette ne savait dire que cela. Qu'avait-il dit d'autre ? Ah, oui ! Que les femmes devaient être battues quand elles ne respectaient pas les hommes. Issam eut envie de frapper Nourdine. Il ne le fit pas. Ce qu'il avait détesté en battant sa sœur, c'était la violence qui l'avait possédé. Il avait laissé la haine l'envahir et ce n'était pas digne d'un bon musulman. Ahlam ne respectait pas la *sunna*, soit ! Mais avait-il essayé de la convaincre avant de la frapper ? Même pas.

Nourdine, cependant, avait fait à Issam le plus beau des cadeaux. Dès le lendemain, il l'avait conduit chez Ayman, à Sfax. Et la vie d'Issam avait retrouvé un sens.

Ayman, c'était l'inverse de Nourdine. Il essayait de convaincre. La *dawa*[1], disait-il, était plus importante que le jihad. Nourdine, pour sa part, ne parlait que de jihad. Il ne rêvait que de *katiba*, de kalach et de combats. Mais Nourdine n'était rien. Seul Ayman comptait. Devant lui, Nourdine s'aplatissait. Il l'appelait parfois *Cheikh*, ce qui déplaisait à Ayman. Quand Issam avait raconté à Ayman ce qu'il avait fait à sa sœur, celui-ci, contrairement à Nourdine, avait désapprouvé. La violence inutile était pire que l'inaction. Il fallait certes combattre dans le sentier d'Allah, mais l'efficacité était primordiale. Allah n'avait pas besoin d'idiots. Il lui fallait des *moudjahidin* réfléchis et justes. Ce qui importait, c'était le résultat. Ceux qui se défoulaient en croyant servir la cause étaient ses pires ennemis. Ayman avait été à bonne école. Il avait vécu à Londres et avait côtoyé Rachid Ghannouchi. Il avait appris que la ligne droite n'était pas toujours le chemin le plus court. L'important était de gagner les cœurs… et de recruter des frères de valeur. Quand Nourdine lui avait présenté Issam, Ayman avait compris qu'il avait devant lui une recrue de choix. Issam était perdu. Il ne savait plus où aller. Il avait le talent, la beauté, l'intelligence. Il était capable de réfléchir à ses actes. Aux yeux d'Ayman, il valait dix Nourdine. Car Ayman avait besoin de lieutenants. Des Nourdine, il en avait tant.

Issam lui avait tout raconté : le bateau de Farhat, la mort de Nora, Paul, la peinture et la musique qui

---

1. La prédication.

ne faisaient qu'un, son amour de sa sœur et sa colère contre son impiété.

— Dis-moi, Issam, pourquoi es-tu en colère contre ta sœur ?

— Parce qu'elle n'écoute pas la parole de Dieu.

— Mais comment le pourrait-elle ? Elle n'est qu'une femme, et, comme toutes les femmes, elle est faible et impure. Comment veux-tu qu'elle fasse dans un monde impie où la tentation est partout ? C'est à nous de construire une société islamique. En attendant, tu ne peux pas lui demander d'être propre au milieu de la fange. Tu ne dois pas lui en vouloir. Bientôt, quand elle aura le choix entre la voie d'Allah et celle des mécréants, elle sera responsable. Et elle devra être punie si elle s'obstine. Pour l'instant, elle n'est qu'une enfant perdue dans une société de mécréance. C'est pour elle que nous travaillons. Et pour tous les autres. Méfie-toi de tes colères. Elles sont mauvaises conseillères. Viendra un jour où elles seront les bienvenues. Pour l'instant, il nous faut de la prudence et de la patience.

— Que dois-je faire ? Je ne veux plus retourner chez moi.

— Nourdine m'a dit que tu voulais étudier l'informatique. C'est tout à fait ce qu'il nous faut.

— Oui, mais je n'ai pas d'argent.

— Dieu et les frères y pourvoiront.

Ayman avait dit vrai. Quelques jours après leur première rencontre, Issam entra à l'Institut supérieur d'informatique et de multimédia de Sfax. L'institut dépendait de l'université. Avec plus de mille cinq cents étudiants, il en était l'un des fleurons. Les garçons et les filles s'habillaient à l'occidentale, s'allongeaient sur l'herbe, discutaient de tout sauf de politique et flirtaient comme sur n'importe quel campus. Aucun kamis et aucun voile n'étaient visibles. Ayman mit en garde Issam. Il n'admettait aucune imprudence dans son groupe, pas le moindre signe ostentatoire. Sous l'ère Ben Ali, la moindre erreur pouvait être fatale.

— Je peux tout de même prier ? demanda Issam.

— Bien sûr, nous sommes tous musulmans. Même celles qui mettent du rouge à lèvres et qui se laissent tripoter après les cours. Tu prieras comme les autres le vendredi. Mais c'est tout.

Ayman décida qu'Issam partagerait sa chambre universitaire. Nourdine revendiquait cet honneur, mais Ayman sut y faire. Issam était ignorant en religion. Il avait besoin d'apprendre. Nourdine avait un niveau au-dessus et serait très utile en encadrant Abdelmalik. Nourdine fut flatté et eut à cœur de surveiller Abdelmalik.

Abdelmalik était arrivé dans le groupe quelques mois avant Issam. Il avait toujours vécu à Sfax mais s'était retrouvé à la rue après l'arrestation de son père, un militant d'En Nahda un peu trop actif aux yeux du régime. La police avait fait les choses en grand. Le père avait été arrêté, la maison incendiée, la sœur d'Abdelmalik violée et étranglée. Abdelmalik n'avait que dix-huit ans. Quand il avait appris la nouvelle, il avait volé un couteau de boucher dans le but d'égorger le premier policier qui croiserait sa route. Fort heureusement, Ayman avait su trouver les mots justes. Il lui avait promis que, un jour, il pourrait égorger tous les policiers qu'il voudrait. Pour l'instant, ça ne servait à rien. Depuis, Abdelmalik était aux ordres d'Ayman. Il avait même voulu lui prêter la *baya*[1]. Ayman avait refusé. Il n'était pas son émir. Il n'était que son ami. Ayman était flatté mais éprouvait un malaise devant la ferveur mystique d'Abdelmalik à son égard. L'adoration, à part celle de Dieu, est un grand péché et Abdelmalik s'y complaisait. Le caractère exalté d'Abdelmalik trouvait un écho dans son apparence. Avec ses cheveux ébouriffés, son mince collier de barbe, ses grands yeux ronds étonnés et son air juvénile, il ressemblait à un jeune chat de gouttière un peu fou. Sa maigreur accentuait la grâce efféminée de sa silhouette. Certains jours, des tics nerveux parcouraient son corps. Il s'agissait le plus souvent d'un tremblement accentué de la tête et, quand il était assis, d'une jambe droite en mouvement constant.

Le cinquième membre du groupe était une énigme. Tout en lui semblait hors d'atteinte. Son corps efflanqué avait la sécheresse des déserts de pierre. La peau fripée de son visage faisait penser à la mue d'un serpent. Il avait des yeux très bleus qui, au lieu d'apporter de la chaleur à son visage, le rendaient encore plus froid et inaccessible. Il ne parlait jamais, ne regardait personne fixement.

---

1. Serment d'allégeance à un émir.

Issam avait bien tenté de nouer le dialogue mais Khaled ne desserrait pas les dents. Comme, de surcroît, il était manifeste qu'Ayman ne s'intéressait pas à lui, chacun prit l'habitude de l'ignorer. Un jour, cependant, Khaled fut sur la sellette. Jamais Issam n'avait vu Ayman dans cet état. Khaled était parti dans sa famille à Sousse pendant une quinzaine de jours. Quand il était revenu, il portait la barbe. Le groupe était réuni dans la chambre d'Ayman, qui jeta un regard noir sur Khaled. Puis, il prit un couteau. Issam pensa qu'il allait égorger Khaled. Au lieu de ça, Ayman le plaqua au sol et entreprit de le raser. Il le fit sans mousse, sans savon, sans eau. Khaled se débattit au début, mais Ayman le maintenait si fortement qu'il finit par se laisser faire.

Début novembre 2010, Issam ouvrit son cœur.

— Ayman, je te suis infiniment reconnaissant pour ce que tu fais pour moi, mais j'ai une question.

— Je m'y attendais. Vas-y, pose-la. Sinon, je peux le faire moi-même.

— Qu'attends-tu de moi ? Tu me loges, tu payes mes études. Et je ne sers à rien.

— Patience. Ça va venir.

— Non, je ne peux plus attendre.

— Tu sais, c'est normal que j'observe avant d'accorder ma confiance. Nos ennemis sont partout.

— Je sais, mais bon, tu me connais maintenant.

— Et toi, tu me connais ?

— Je crois.

— Tu crois ? Jusqu'à quel point ?

— J'ai confiance.

— Et en Khaled, tu as confiance ?

— Khaled, c'est autre chose.

— Oui, c'est autre chose. Tu sais, Khaled est dérangé. Il est parti faire le jihad et quelque chose s'est cassé en lui. Je l'ai récupéré parce qu'un ami me l'a demandé. Je le regrette. Je n'aurais pas dû. Il est vraiment imprévisible.

— Qu'est-ce qu'on peut faire ?

— Ne demande pas ce qu'on peut faire mais ce que tu peux faire.

— C'est-à-dire ?

— Tu veux que j'aie vraiment confiance en toi ?

— Oui ! Et je veux servir la cause.

— Dans ce cas, débarrasse-moi de Khaled. Il est devenu trop dangereux pour le groupe.

Issam ne répondit rien. Il avait reçu un coup de massue. Si Ayman lui avait demandé de mitrailler un commissariat, il l'aurait fait. Mais ça ! Tuer un frère. Tuer un frère qu'il ne connaissait même pas. C'était trop dur. C'était trop demander. Tuer un musulman, c'était *haram*. Issam erra sur le campus. Quand il revint, Ayman dormait profondément. Il était beau. Il avait les traits si fins et si apaisés. Il avait été si bon pour lui. Et s'il avait raison ? Khaled était une menace pour le groupe, et donc pour la cause. Ayman ne se trompait pas. Il fallait faire ce sacrifice. Issam prit son couteau et le regarda fixement. C'était un couteau de chasse avec une lame dentée. Il le regarda encore en le faisant tourner dans sa main droite. Dieu, que ce couteau lui paraissait lourd ! C'était son épreuve pour mériter la confiance d'Ayman. Il agirait le lendemain.

Au matin, Ayman lui demanda s'il avait passé une bonne nuit. Issam lui répondit qu'il avait réfléchi et qu'il acceptait de tuer Khaled. Ayman, l'air détaché, lui répondit qu'il allait le chercher immédiatement. Issam était sous le choc. Il pensait avoir le temps. Ayman revint avec Khaled quelques minutes plus tard. Khaled semblait surpris.

— Ayman m'a dit que tu voulais me parler.

Issam réalisa qu'il n'avait pas pris son couteau. Khaled était devant lui et il ne savait pas quoi lui dire. Et puis, l'inspiration lui vint.

— Je t'en prie, assieds-toi. Il faut que je te parle. Je vais faire du thé. Tu en veux ? Et toi, Ayman, tu en veux ?

Issam partit dans la cuisine faire le thé. Son couteau était dans le tiroir où il l'avait laissé la veille au soir. Il le prit et le glissa dans son jean, derrière son dos. Il fit le thé. Curieusement, ses mains ne tremblaient pas. Il était surpris d'être aussi calme.

Quand il revint dans la chambre, Khaled et Ayman étaient assis en tailleur. Ils attendaient le thé. Issam évita le regard d'Ayman. Il ne voulait pas qu'il puisse lire dans ses yeux la moindre hésitation. Il s'approcha de Khaled, lui servit le thé, passa dans son dos pour aller servir Ayman et, à ce moment précis, sortit son couteau.

— Stop, cria Ayman. C'est bon. Maintenant, j'ai confiance.

Issam ne comprenait pas. Le rire de Khaled lui ouvrit l'esprit.

— Allez, remets-toi de tes émotions. Et pardonne ce stratagème mais, je te l'ai déjà dit, la prudence avant tout. C'est la seule façon de durer et de servir la cause.

Issam hésita. Ayman éclata de rire.

— Pose-la, ta question. Tu vois, je sais encore quelle question te brûle la langue.

— Et si...

— Et si tu n'avais pas sorti ton couteau ?

Khaled sortit une longue lame brillante.

— Si tu n'avais pas sorti ton couteau, dit Ayman, Khaled l'aurait fait. Bienvenue chez Al Qaida !

Issam avait réussi son épreuve, comme Nourdine et Abdelmalik avant lui. Il ne demanda pas si quelqu'un avait échoué car il aurait alors dû demander ce qu'on avait fait de lui. L'ambiance était si joviale et détendue qu'Issam chassait les idées qui auraient pu corrompre ce moment idéal. Un bref instant, avant qu'Ayman le prenne contre son cœur, il pensa à ce qu'il s'apprêtait à faire : devenir un assassin, tuer un musulman uniquement parce qu'Ayman le lui avait demandé. Mais n'était-ce pas cela, faire partie d'un groupe et, au-delà, de la *Oumma* ?

Khaled se révéla plutôt sympathique, maintenant qu'il ne jouait plus un rôle. Il parlait, il racontait. À vingt-trois ans, il avait déjà vu tant de choses. Il avait fait le jihad en Irak, et même au Yémen, au nez et à la barbe des autorités tunisiennes. Avant de revenir en Tunisie, il s'était assuré, grâce à un ami policier, qu'il n'était pas recherché. C'est au Yémen qu'il avait fait la connaissance de Saber. Issam était surpris. Nourdine ne lui avait jamais dit que son frère avait rejoint Al Qaida en péninsule Arabique. Mais Nourdine ne l'avait appris lui-même qu'au retour de Khaled. Lorsque Khaled parlait de Saber, des étoiles brillaient dans ses yeux. Ils avaient la même intensité que ceux d'Abdelmalik quand il prononçait le nom d'Ayman. Nourdine avait entendu les histoires rapportées par Khaled une douzaine de fois. Ce soir-là, cependant, quand Khaled se mit à parler de Saber, Nourdine était bouche bée comme la première fois. Khaled parlait pour Issam, mais il s'amusait de l'admiration que Nourdine portait à son frère.

— Nourdine, ça ne t'ennuie pas que je raconte encore l'histoire de l'oued asséché ? Tu la connais par cœur.

— Non, c'est toujours un bonheur de l'entendre. C'est comme un verset du Coran. Tu ne t'en lasses pas.

— Tout doux, Nourdine, sermonna Ayman en riant, tu es à la limite du blasphème. Nous admirons tous Saber, mais tout de même ! Ses exploits ne peuvent pas être comparés à ceux du Prophète.

Les cinq hommes étaient assis en tailleur, leur tasse de thé devant eux. Khaled se leva pour éteindre une lumière. Il ne restait plus qu'une petite lampe, un halo de lumière très pâle qui permettait seulement de ne pas renverser les tasses. Il se rassit. Quand le silence fut profond, il commença.

— C'est le cheikh Al Awlaki en personne qui m'a présenté Saber. Comme nous étions de la même région de Tunisie, il pensait à juste titre que nous avions beaucoup de choses à nous dire. Mais, ce n'était pas tout. Il voulait former un groupe en Tunisie pour des actions à venir. La Tunisie lui paraissait être un terrain prometteur. Il ne pensait pas à des attentats mais, dans un premier temps, au jihad médiatique. Il disait qu'il fallait préparer la société tunisienne car son élite était fortement occidentalisée, qu'il s'agisse des sbires du régime Ben Ali, corrompus jusqu'à l'os, ou de l'opposition laïque, pétrie de grands principes mécréants. Al Awlaki n'ignorait pas l'aura de Ghannouchi et d'En Nahda. Il se méfiait cependant des Frères musulmans, toujours prêts à pactiser avec le shaytan sous prétexte de stratégie politique à long terme. Al Awlaki nous répétait souvent que le jihad était le plus haut sommet de l'islam. C'est, disait-il, l'acte le plus vertueux pour un musulman puisque celui-ci sacrifie sa vie et sa richesse, tandis que les Frères musulmans louvoient dans les couloirs du pouvoir en espérant obtenir des avantages pour eux-mêmes. Quelles que soient leurs bonnes intentions initiales, ils participent sciemment à un système corrompu et, par ce seul fait, se corrompent eux-mêmes. Néanmoins, nous dit Al Awlaki, les Frères musulmans peuvent être utiles sur le terrain de la *dawa*. En Tunisie, il est urgent de recruter et de former de petites cellules. Ces dernières années, de nombreux frères d'Al Qaida en Tunisie ont été tués ou arrêtés, comme Abou Iyadh. Al Awlaki nous expliqua qu'il souhaitait la création d'un site islamiste dédié à la situation en Tunisie. Je lui ai alors parlé de toi, Ayman. Il te connaissait déjà sous ta *kounia*[1] d'Abou Hafs pour ton action efficace sur les sites Al Mourabitoune et Shoumoukh al islam. Dès que ce site sera prêt à fonctionner, nous a-t-il assuré, il recevra l'accréditation d'Al Fajr, la centrale médiatique d'Al Qaida, et le soutien logistique de Shoumoukh. Ainsi, tous les frères sauront que ce nouveau site est une émanation d'Al Qaida. Saber, enflammé par ce projet, demanda à Al Awlaki l'autorisation de repartir avec moi en Tunisie pour le mener à bien. Al Awlaki, avec sa grande sagesse, le lui refusa. Saber était bien trop connu des services du *taghout*[2]. Il risquait d'être arrêté et de compromettre la réussite de notre plan. Al Awlaki me confia donc la tâche de revenir en Tunisie, de prendre contact avec Ayman et de l'aider à fonder cet organe médiatique tunisien.

— On sait déjà tout ça. Raconte-nous l'histoire de l'oued asséché, dit Nourdine avec impatience.

— Excuse-moi, Nourdine, mais Issam ne connaît pas cette histoire et il fallait bien lui expliquer de quelle façon j'ai fait la connaissance de Saber et ce que nous faisons ensemble. Mais, c'est d'accord. Je vois que tu es aussi impatient qu'un enfant.

Nourdine n'apprécia pas cette remarque. Il était souvent raillé pour son manque de maturité. Or, il était très susceptible. Et puis, il s'agissait de son frère

---

1. Pseudo, alias.
2. Dans ce contexte, mot qui désigne un régime impie.

et il adorait entendre conter ses exploits. Les discussions sur les objectifs stratégiques du groupe ou sur les différences entre les salafistes et les Frères musulmans lui passaient très au-dessus de la tête.

— Pour faire plaisir à Nourdine, et même si ça n'a aucun rapport avec ce que je viens de dire, voici l'histoire de l'oued asséché. Saber et moi devions nous rendre dans le village de Shihara, dans les montagnes du nord Yémen. Le village de Shihara est très connu en raison du pont de pierre qui relie deux sommets montagneux permettant d'y accéder. C'est un pont très ancien d'une vingtaine de mètres de long et d'environ deux mètres de large. En dessous, le vide est impressionnant, une gorge à pic de trois cents mètres. Ça donne envie d'y jeter quelques mécréants.

Nourdine fit entendre son rire aigu. Les autres se contentèrent de sourire à la plaisanterie de Khaled. Celui-ci reprit son récit.

— Cette mission était dangereuse car la région était plus ou moins contrôlée par les apostats. Qui plus est, il n'existait pas de route et il fallait emprunter les oueds asséchés pour pouvoir rouler à peu près convenablement. Saber conduisait notre Toyota comme un professionnel des rallyes. Le temps était lourd, le ciel noir, et un violent orage se faisait entendre au loin, dans les montagnes. Alors que nous nous trouvions dans une partie où l'oued était entièrement enserré dans la montagne, nous fûmes repérés et pris en chasse par des militaires yéménites. Saber roulait sans retenue et les militaires étaient trop éloignés pour tirer dans notre direction. Nous creusions une distance qui paraissait décisive quand Saber me fit remarquer qu'il était l'heure de la prière de la mi-journée. C'était indiscutable, mais il n'était pas possible de s'arrêter pour faire la prière sans que nos poursuivants nous rejoignent. Saber me répliqua que nous allions faire vite, quitte à faire une prière plus longue au coucher du soleil. J'allais protester quand Saber arrêta le véhicule au milieu de l'oued. Il m'indiqua une plate-forme légèrement surélevée contre la paroi rocheuse, sur le côté droit de l'oued. « De là, nous pourrons voir nos poursuivants arriver. »

» J'étais abasourdi. Incapable de protester, je suivis Saber. Nous escaladâmes avec difficulté cinq mètres de paroi rocheuse avant de nous retrouver sur une curieuse niche d'à peu près un mètre de profondeur et deux de longueur. Saber étendit son manteau sur le sol et commença à prier. J'en fis autant, mais avec distraction. Je regardais la progression rapide des militaires. Dans cinq minutes à peine, ils seraient à notre hauteur et n'auraient aucun mal à nous abattre. J'en fis la remarque à Saber, qui me répondit simplement qu'il n'avait pas fini. Je résolus de continuer à prier également, puisqu'il me semblait que cette prière serait la dernière. J'avais donc tout intérêt à ne pas la bâcler. L'orage se faisait entendre, de plus en plus proche et de plus en plus violent. On entendait le bruit du tonnerre et celui de la pluie ruisselante. Bientôt, il y eut un vacarme assourdissant, quelque chose d'indéfinissable, une sorte de grognement continu bien plus puissant que le martèlement de la pluie. Je regardai en direction de ce roulement de tambour. La route de terre et de pierres encastrée dans la roche montait en lacets autour de la montagne. Elle s'enroulait vers les hauteurs comme un serpent le long d'un bras. Tout à coup, je vis surgir une masse brunâtre surmontée d'une écume beige. Un torrent d'eau, de pierres et de boue remplit l'oued sous nos pieds. Toute la pluie du ciel se déversait avec une violence inouïe en suivant le lit de la rivière. Elle charriait les milliers de cailloux et de roches éclatées qui le tapissaient. L'oued, totalement sec quelques secondes auparavant, se remplissait en bouillonnant, à tel point qu'il menaçait d'atteindre notre îlot au flanc de la montagne. Plus bas, notre Toyota avait été emportée en un instant comme un fétu de paille, ainsi que les véhicules de nos poursuivants. Saber acheva enfin sa prière, se releva et cria : « *Allahou akbar !* » En dessous, le torrent s'apaisa. Il n'y eut bientôt qu'une rivière paisible et peu profonde. Le soleil réapparut.

Quand Khaled eut achevé son récit, chacun resta silencieux et pensif. La narration de Khaled avait captivé l'auditoire qui, pourtant, la connaissait déjà, à l'exception d'Issam. C'était si beau. Ayman esquissa un sourire, jeta un regard rapide à Khaled, puis demanda à Issam :

— Que penses-tu de cette histoire, mon frère ?

Issam hésita. Nourdine était présent et il ne voulait pas le blesser. D'un autre côté, il ne voulait pas mentir à Ayman.

— Je pense que Saber n'aurait pas dû s'arrêter pour la prière. Il a mis en danger sa vie et celle de Khaled.

Nourdine fut choqué. Pendant une ou deux secondes il eut du mal à réaliser ce que son ami avait osé dire. Comment pouvait-il ternir ainsi l'action héroïque de Saber ? La colère remplaça la stupeur.

— Comment peux-tu dire cela ? J'aurais dû m'en douter. Tu as été élevé par un mécréant qui ne t'a appris que le péché. Tu as entendu Khaled ! Il est évident qu'Allah est venu au secours de Saber parce que c'est un pur qui a fait passer son devoir de musulman avant sa propre sécurité. C'était l'heure de la prière.

Nourdine hurlait presque. Ayman lui décocha un violent coup de poing au visage. Nourdine se retrouva sur les fesses, le nez en sang. Il ne comprenait pas.

— Écoute, Nourdine ! Il y a mille cinq cents étudiants sur ce campus et, parmi eux, au moins deux cents espions de Ben Ali. Les fenêtres sont ouvertes et tu bêles comme un mouton que l'on va égorger. Si tu recommences, tu seras le mouton que j'égorgerai. Maintenant, tu la boucles. Quant à toi, Issam, explique-toi.

Issam commençait à avoir peur. Il y a un instant, chacun buvait son thé dans la bonne humeur. Puis, chacun avait écouté avec recueillement et ferveur l'histoire de Khaled. Issam avait cru qu'il pouvait dire ce qu'il pensait et voilà que la violence revenait.

— Ayman, je te respecte profondément. Nourdine, je t'aime comme un frère. Khaled et Abdelmalik, je ne vous connais pas suffisamment, mais mon cœur me dit que vous êtes de vrais musulmans. Je ne voulais pas faire de peine à Nourdine ni mettre en doute le courage de Saber. Je suis convaincu qu'Allah, dans sa grande bonté et clairvoyance, est venu au secours de Saber et de Khaled. Cependant, il n'était pas nécessaire de mettre le Très-Miséricordieux dans l'obligation d'intervenir. En plein combat, il est autorisé de reporter la prière. Tous les musulmans savent cela. Ayman, tu as dit toi-même que c'était le résultat final qui comptait. Il nous faut être prudents. La *takiyya* est notre salut jusqu'au moment béni où nous serons prêts pour le jihad victorieux. Saber n'a pas été prudent. Le Très-Grand a sans doute apprécié sa piété, mais aurait pu désapprouver son imprudence.

Ayman regarda longuement Issam. Il ne s'était pas trompé. À dix-neuf ans, le petit Kerkennien était la perle rare qu'il recherchait. Il avait plus d'intelligence que Saber et Nourdine réunis n'en auraient jamais. Même s'il méprisait la petite crevette, il devait admettre qu'elle lui avait offert un joyau inestimable. Issam avait franchi l'épreuve du feu quand il lui avait demandé de tuer Khaled. C'était de loin l'épreuve la plus difficile. Pourtant, quelques instants plus tard, Issam avait été capable de raisonner posément, de peser le pour et le contre. Ayman, en regardant Issam, se disait qu'il aurait aimé voir ses tableaux. Ils devaient être captivants, à défaut d'être *hallal*. Enfin, il touchait à son but. Son groupe prenait forme. Khaled était un roc, Abdelmalik lui était totalement dévoué, Issam possédait la pointe de génie et d'invention pour accomplir de grandes choses. Nourdine était un boulet, mais il était le frère de Saber. Impossible de s'en débarrasser. L'émir du groupe, c'était Saber.

Il le savait et Khaled le savait. Les autres l'ignoraient. Mais Saber était loin. Il était très difficile d'entrer en contact avec lui depuis que les Américains avaient débuté leur programme de dronage intensif.

— Bon, reprit Ayman, il est temps d'expliquer les grandes lignes de notre projet à Issam. Khaled a commencé. Désolé, Nourdine, mais, dans notre groupe, du moins dans un premier temps, il n'y aura pas de kalach, juste des claviers d'ordinateur. Nous allons créer un organe médiatique tunisien à destination des Tunisiens. Oui, je sais que beaucoup de nos frères n'ont pas Internet. Mais il y a le bouche à oreille, les clés USB. L'important, c'est de commencer. Même si la route promet d'être longue. Nous avons le temps et la vérité pour nous. Notre site va s'appeler « *Salafia almiyya wa jihadiyya*[1] ». Il devra propager la *dawa* tout en appelant au jihad. Ces deux outils sont complémentaires. Le jihad doit servir la *dawa* et inversement. Cela signifie que toute parole devra être réfléchie et que toute action sera le fruit de cette réflexion.

— Concrètement, comment allons-nous procéder ? Avec quel matériel ?

— Où crois-tu être, Issam ? Tu es à l'Institut supérieur d'informatique et de multimédia de Sfax. On a tout ce qu'il faut.

— Oui, mais ils vont remonter nos adresses IP.

— Écoute, Issam, cet institut dispose de plus de trois cents ordinateurs à disposition des étudiants.

---

1. « Salafisme de la science religieuse et salafisme jihadiste. »

Nous allons leur injecter le logiciel TOR. Avec ça, les adresses seront où nous voudrons qu'elles soient.

— Ils arriveront à remonter, c'est sûr.

— Tu as raison, mais ça prendra du temps. De plus, nous attendrons d'être prêts pour ouvrir le site. Toutes nos vidéos seront prêtes. Tous les textes seront traduits en dialecte local et en français. On va préparer tranquillement le contenu avant de balancer quoi que ce soit sur la toile. Al Fajr va nous fournir la documentation générale dont nous avons besoin. Comme les fichiers sont, la plupart du temps, en arabe littéraire, il nous faudra les traduire et sous-titrer les fichiers audio et vidéo pour les rendre accessibles au plus grand nombre. Le plus important de notre travail n'est cependant pas là. Nous devons créer un site tunisien pour les Tunisiens, quelque chose qui leur parle, et ne pas nous contenter de la propagande généraliste d'Al Qaida. Il faut faire du cousu main. Nous allons montrer le régime Ben Ali tel qu'il est, faire des interviews d'anciens détenus, émouvoir avec des récits de femmes violées par les policiers, raconter de quelle façon les petits commerçants sont rançonnés par les autorités. Il nous faut des témoignages, beaucoup de témoignages, des paroles choc, des images fortes. Nous dénoncerons les privilèges, les corruptions, la pourriture d'une société qui ne suit pas la *sunna*, la déliquescence des mœurs sous le régime de Ben Ali. Ce ne sera pas difficile, il suffira de filmer les touristes presque nus sur la plage qui se complaisent dans la promiscuité, les bars des grands hôtels où l'alcool coule à flots, les boîtes de nuit où les mécréants viennent chercher du sexe, les Tunisiennes dans leur coupé décapotable qui jettent un regard méprisant sur nos sœurs voilées. Et nous ferons également quelques vidéos violentes pour terroriser le *taghout*.

— Des vidéos de quoi ? demanda Nourdine.

— Nous ne ferons rien qui puisse mettre le groupe en danger. Cependant, nous devons montrer quelle est la réponse appropriée à la mécréance. Mais nous ferons cela en dernier et nous avons le temps d'y réfléchir. *A priori*, je pense qu'il suffira d'enlever une personnalité, un représentant du régime, comme un policier ou un député, et de l'égorger devant la caméra.

Le visage de Nourdine s'illumina. Cette partie du plan lui plaisait. Ayman reprit ses explications.

— Dès que le contenu sera prêt, nous ouvrirons le site et diffuserons à partir des ordinateurs de l'institut. Quand ils auront découvert les véritables adresses IP, nous serons loin.

— Tu penses qu'il leur faudra combien de temps ? demanda Issam.

— Environ un mois. Ces chiens n'y connaissent rien. Ils demanderont aux Américains ou aux Français. Les mécréants finiront par jeter un œil. Ils découvriront que ça provient de l'institut mais, après, il leur faudra trouver qui est derrière. Comme ce sera trop compliqué et surtout trop long, le régime Ben Ali arrêtera tout le monde, mille cinq cents étudiants, y compris les petits bourges occidentalisés, les fils et filles de notables, et ça va mettre un souk impressionnant. Je les vois déjà, ces chiens de policiers, en train de torturer une étudiante en jupe courte dont le vernis à ongles n'est pas encore sec.

— Bon, supposons que ça se passe comme prévu. Comment faire pour travailler sur tous les ordinateurs de l'institut ?

— C'est cela qui va être le plus long. Il est trop risqué d'injecter le logiciel TOR à distance. Quelqu'un s'en rendra nécessairement compte si on utilise un mail. Autrement dit, il va falloir charger physiquement le logiciel sur chaque ordinateur. Avec une clé USB, ça prend environ dix secondes. Chacun de nous aura une clé USB qui contiendra non seulement le logiciel TOR mais également le logiciel Teamviewer, qui permettra ensuite de prendre le contrôle à distance des ordinateurs de l'institut. Dans cette clé, il y aura aussi un programme de mise en sommeil. Autrement dit, les logiciels seront indétectables tant que nous ne les aurons pas activés. Les étudiants, ceux qui auront été torturés et les autres, n'auront plus qu'à rentrer chez eux. Et ce n'est pas tout. Nous n'allons pas choisir nos fausses adresses IP au hasard. Elles ne seront pas localisées à Hong Kong ou à Kuala Lumpur, mais bien plus près.

— C'est-à-dire ? demanda Issam avec intérêt.

— Nous allons fictivement émettre depuis les autres universités tunisiennes. Des frères m'ont fourni les adresses IP nécessaires. Nous allons faire croire que les ordinateurs coupables se trouvent à Tunis, Gabès, Gafsa, partout où on enseigne l'informatique. Le régime va penser que des étudiants font vivre le site depuis tous les campus à la fois. Il va paniquer. Il y aura un goût de révolution qui va le faire disjoncter. De toute façon, Ben Ali ne sait faire que cela. Partout dans le pays des étudiants vont être arrêtés, torturés, emprisonnés avant même que la police ne débarque à Sfax.

— J'ai quand même du mal à comprendre comment on va parvenir à capter les internautes. On est en Tunisie. Les Tunisiens ont peur. Pourquoi iraient-ils se connecter sur notre site ? C'est trop dangereux pour les utilisateurs.

— Issam, tu n'as pas compris. Ce ne sont pas prioritairement les jeunes Tunisiens salafistes que nous allons toucher. Les ordinateurs de l'institut sont en relation avec les principales sociétés tunisiennes dans le cadre des partenariats économiques. Les étudiants de l'institut, en tout cas ceux qui finissent leur cycle, sont tous en apprentissage dans une entreprise tunisienne ou occidentale implantée en Tunisie. Tous les secteurs clés de la société tunisienne, économie, politique, médias, sont concernés. Par le biais des ordinateurs de l'institut, nous allons entrer dans les ordinateurs de toute l'*intelligentsia* tunisienne et ce sont eux qui relaieront notre site... Inch'Allah. Le jour du lancement, les ordinateurs de l'institut vont balancer à toutes les adresses enregistrées un mail contenant un lien vers notre site. Et ce n'est que le début ! Quand nous serons partis, n'importe lequel d'entre nous pourra gérer le site depuis un ordinateur dans un autre pays, et même prendre possession de n'importe lequel des ordinateurs de l'institut. Ils ne vont rien comprendre. Ils vont s'arracher les cheveux et, finalement, ils vont devoir couper toutes les connexions internet de l'institut. D'ici là, notre site aura fait le buzz et ce sont les ordinateurs de l'institut qui auront fait sa promotion.

Le visage d'Ayman s'était éclairé en présentant son projet. Dans sa bouche, tout semblait possible, y compris un Pearl Harbour électronique à l'échelle de la Tunisie.

— Mais il nous faudra du temps, de la patience et de la prudence. Aucun d'entre nous ne doit éveiller le moindre soupçon. À commencer par toi, Issam.

— Comment ça ?

— Qu'est-ce que tu crois ? Tu quittes Kerkennah du jour au lendemain. Ton père ne sait même pas où tu te trouves. Il pourrait aller voir la police pour signaler ta disparition. C'est trop dangereux. Dès demain, tu retourneras dans ta famille. Tu seras doux et aimant. Tu t'excuseras auprès de ta sœur. Tu expliqueras que tu es entré à l'institut. Tu demanderas la bénédiction de ton père.

— Et le Français ?

— Tu le remercieras de ce qu'il a fait pour toi. Tu lui diras simplement que tu as choisi une autre voie.

— C'est que…

— C'est quoi, Issam ?

— Je ne m'en sens pas le courage.

— Pas le courage ! Tu as compris notre projet. Avant de parvenir à nos fins, nous risquons d'être arrêtés mille fois. Tu aurais le courage pour cela mais pas celui d'embrasser ton père et ta sœur ?

Chapitre treize

Farhat ne s'était pas rendu à la police. Qu'aurait-il pu dire ? Mon fils s'est fait embrigader par des sala-fistes, s'il vous plaît, retrouvez-le ? Pour qu'ils le mettent en prison, le torturent et lui rendent son corps quelques années plus tard ? Farhat n'avait rien fait parce qu'il ne pouvait rien faire.

Ahlam, pour sa part, n'avait rien dit, pas même à Paul.

Depuis le départ d'Issam, le temps s'était arrêté. Ahlam ne faisait plus de musique. Farhat ne parlait plus. Fatima essayait de mettre un peu de gaieté mais, avec un cœur trop lourd, elle n'y parvenait pas. Paul était dans l'attente. Il était inutile de demander à Ahlam de se remettre au travail tant qu'Issam ne donnerait pas de nouvelles. Il fallait tourner la page, c'était une évidence, mais le point d'interrogation empêchait de passer au chapitre suivant. Même Kerkennah semblait moins belle. L'eau était opaque, le ciel lourd. La bouée à rosé n'était plus hissée sur le bateau. Farhat attendait. Au fond de son cœur, il était persuadé qu'Issam était parti faire le jihad. C'en était fini des rêves de gloire artistique. Farhat ne viendrait jamais applaudir son fils et sa fille à Paris, Londres ou New York. Il en avait pourtant rêvé ! Paul lui aurait prêté un costume et lui aurait fait son premier nœud de cravate. Il aurait eu un siège au premier rang et serait allé dans les loges à la fin du spectacle. Des journalistes auraient tenté de lui arracher quelques mots, mais il n'aurait rien dit. Il aurait été fier, si fier. Maintenant, son fils allait mourir ou devenir un assassin, ou les deux. Farhat se demanda s'il préférait que son fils meure ou devienne un assassin. Il réfléchit longuement à la question et souhaita sa mort. En arriver là ! Souhaiter la mort de son seul fils. Si seulement Nora était encore en vie.

Parfois, cependant, il doutait. Peut-être la police l'avait-il arrêté ? Ce ne serait pas la première fois. Beaucoup d'histoires circulaient sur des disparitions imputables au régime. Les corps n'étaient jamais retrouvés. À tout prendre, Farhat aurait signé pour cette fin, bien plus honorable. Issam aurait été l'une des nombreuses victimes de Ben Ali. Ça, c'était bien. Farhat en était venu à se raccrocher à cette histoire qui ne faisait pas revenir son fils mais préservait l'honneur de la famille.

Quand Issam refit son apparition, il y eut un flottement. La famille était à table et Issam n'avait pas frappé. Fatima et Farhat furent les premiers à le voir, rasé de près avec une belle chemise blanche et un jean bleu flambant neuf. Ahlam tournait le dos à la porte mais vit la stupeur sur les visages de son père et de sa grand-mère. Elle se retourna et n'eut aucune hésitation. Elle se leva d'un bond et s'engloutit dans les bras de son frère.

— Issam ! Issam, tu es revenu ? C'est toi, c'est bien toi ?

Ahlam pleurait de joie et, tandis qu'elle pleurait, Issam pensait à ce qu'il lui avait fait. Elle l'aimait toujours. Était-ce possible ? Et pour quelle raison était-il si ému ? Il sentait les soubresauts des sanglots qui provoquaient des tremblements le long du corps de la jeune fille. Il comprenait toute la peine qu'il lui avait faite. Il sentait surtout cet incroyable amour qu'il avait lui-même, jadis, ressenti pour elle. Peut-être, un court instant, éprouva-t-il l'envie de tout recommencer, de redevenir Issam de Kerkennah, le jeune prodige siamois de sa sœur ? Mais son cœur s'était endurci. Il était en service commandé. Pour lui, il passait une épreuve, sans doute plus difficile que les autres, mais une épreuve et rien de plus. Ses premiers mots furent stupides. Il le ressentit dès qu'il les prononça.

— Paul n'est pas là ?

— Pourquoi, c'est lui que tu viens voir ? demanda Farhat.

— Non, non, ce n'est pas ce que je voulais dire. C'est vous que je viens voir. Je vous dois des explications.

— Des explications ? reprit Farhat sur un ton sec.

— Et des excuses.

— Des excuses ! Pourquoi ? Pour être parti du jour au lendemain sans un mot ? Pour nous avoir brisé le cœur ?

149

Ahlam s'écarta de son frère. Elle l'avait embrassé. Elle l'avait serré à l'en étouffer et elle se rendait compte que les bras de son frère étaient restés ballants. Elle l'avait enlacé mais pas lui. Il ne voulait pas d'elle dans ses bras. C'était évident. Alors, elle retourna sur sa chaise. Elle se sentait épuisée, soudain vide d'émotions. En face, ce n'était pas son frère. C'était autre chose. Fatima n'avait toujours rien dit. Farhat avait dit ce qu'il avait à dire. Et maintenant, Issam racontait son histoire. Il était heureux. Il étudiait à l'institut. Tout était pour le mieux. Il reviendrait de temps en temps. Il le promettait. Pouvait-il dormir ici cette nuit et emporter quelques affaires le lendemain ? La machine qui parlait n'avait pas d'émotions ou les cachait soigneusement. Farhat ne demanda même pas qui payait les études et le logement. Il ne demanda pas pour quelle raison Issam avait disparu du jour au lendemain. Il écoutait le long monologue de son fils. Chacun comprenait quelle comédie se jouait. Les choses étaient claires. Issam n'existait plus.

Le lendemain matin, quand Issam se réveilla, la maison était vide. Il comprit. C'était mieux ainsi. Il mit quelques affaires dans un sac et se dirigea vers la *Bayt el bahr*. Il lui restait une chose à faire. Avec Paul, il avait décidé de ne pas tricher. De toute façon, cela n'avait servi à rien avec les autres. Et puis, Paul, c'était si particulier. Jamais il n'était parvenu à effacer ce bonheur, ce réconfort et cet espoir qu'il lui avait offerts après la mort de Nora. Peu de gens auraient été capables de faire ce qu'il avait fait pour lui et sa sœur. Malgré tout ce que pouvait dire Nourdine, Paul était autant que lui et Ahlam la victime du shaytan.

La maison était silencieuse. Seule la mer faisait entendre ses clapotis éternels. Issam marcha sur la terrasse. Il se souvint du spectacle donné pour ses douze ans et de sa crise de nerfs. Il n'était qu'un enfant. Il en avait voulu terriblement à Paul mais Paul n'y était pour rien. Aussi loin que remontaient ses souvenirs, Paul n'avait voulu leur faire que du bien, tout en les menant vers le péché, jusqu'à ce qu'il veuille faire de lui et de sa sœur des singes savants en Occident. Sans ce projet démesuré, peut-être que rien ne se serait passé. Il aurait continué à peindre la musique de sa sœur sous la direction de Paul. Ils auraient entassé les tableaux. Ils auraient passé le temps. Ils auraient vécu heureux à Kerkennah. Mais non, il fallait que Paul voie grand. Il fallait qu'il décide à leur place. Il avait tout compliqué.

Issam regardait la mer. Paul avait ouvert la porte-fenêtre et observait Issam.

— Issam, je suis heureux que tu sois venu.

Issam répondit sans se retourner.

— Tu sais, Paul, malgré tout ce qui nous sépare, ce qui nous lie est plus fort.

— Je ne crois pas.

Issam se retourna.

— Pourquoi dis-tu ça ?

— Parce que tu refuses ton talent et que je n'accepte pas qu'un tel talent soit perdu.

— Talent ! Tu appelles ça du talent !

— Un don, si tu préfères, celui de créer.

— Nous y voilà. Exactement les mots qui fâchent et que je ne voulais pas entendre. L'homme n'est pas Dieu. L'homme n'a pas le droit de créer.

— Répète, Issam. J'ai dû mal entendre.

— Arrête ton cinéma. Tu as très bien entendu.

— L'homme n'a pas le droit de créer ? C'est toi qui dis ça ?

— L'homme n'est pas Dieu. L'homme n'a pas le droit de créer, ni même de copier la création du Tout-Puissant. Et ce n'est pas moi qui dis cela. C'est Dieu lui-même, par la voix de son Prophète – *sallallâhou alayhi wa sallam*.

— L'homme a juste le droit d'être un esclave, c'est ça ? Alors, sois un esclave.

— Je ne suis pas un esclave ! Dieu m'a libéré.

— De quoi étais-tu prisonnier, Issam ?

— Du péché.

Paul soupira. Que répondre à cela ?

— Pourquoi Dieu t'a-t-il donné ce talent fabuleux ?

— Pour me tester. Pour voir si je pouvais résister.

— Quel orgueil ! Tu crois vraiment que Dieu t'aurait donné ce don uniquement pour te mettre à l'épreuve ?

— Oui.

— Comme la pomme sur l'arbre ?

— Oui.

— Et pourquoi faire ? Que fait l'homme depuis qu'il est sur cette terre ? Il crée. Il n'arrête pas de créer. C'est ainsi qu'il se différencie des animaux. L'homme a construit des maisons, des villages, des villes, des ports, des bateaux pour traverser les mers, des avions pour traverser les airs. Mais il a aussi créé l'art, façonné des statues, peint la beauté, fait s'envoler des notes inoubliables. L'homme est fait pour créer. Dieu l'a fait à son image parce qu'il voulait que l'homme crée. Et c'est là que toi et tes petits copains ramènent leur fraise et prétendent que l'homme n'aurait pas le droit de créer parce qu'il n'aurait pas le droit de copier Dieu ! Mais personne ne copie Dieu. Si je peins un corps ou un visage, Issam, je ne copie pas Dieu, je lui rends hommage en peignant la beauté de son œuvre. Et son œuvre la plus belle, Issam, ce ne sont pas les paysages, ce sont les êtres vivants.

— Tout ce que tu diras ne servira à rien, Paul. Tu as tort. Je ne fais que te dire ce qui est écrit dans le Coran et les hadiths.

— Sais-tu au moins pourquoi ?

Issam ne sut que répondre. En réalité, il savait ce qui était écrit mais n'en savait pas la raison. Il n'avait jamais pensé à approfondir la question. Il lui fallait apprendre. Il était ignorant – confiant dans sa foi et dans la parole du Prophète, mais ignorant. La conscience de son ignorance lui fit perdre toute morgue. Il eut soudain un élan de tendresse envers Paul. Il s'approcha de lui et fit quelque chose qu'il n'avait offert ni à Ahlam, ni à Fatima, ni à son père. Il le serra dans ses bras. Puis il s'éloigna de quelques mètres, fouilla dans un sac et en sortit une boîte de crayons de pastel.

— Tiens, Paul, je te les rends. Je n'en ai plus besoin.

Paul regarda Issam s'éloigner. Il ouvrit la boîte de crayons. Certains étaient cassés en deux, d'autres avaient été utilisés jusqu'à devenir des têtes d'épingle. Il avait offert cette boîte à Issam.

Dès le lendemain du départ d'Issam, Ahlam voulut se remettre au travail. Paul n'attendait que cela. Mais il avait peur également. Il n'avait jamais ressenti une telle appréhension. Jusqu'à présent, tout lui avait réussi. Il avait certes connu un passage à vide que Kerkennah avait su guérir. Pour autant, il n'avait pas douté. Aujourd'hui, c'était différent. Pour la première fois, il lui semblait qu'il devait gravir une montagne. Le couple Issam-Ahlam avait été éblouissant. La symbiose entre ces deux êtres était si forte. Ils avaient touché à la grâce et à l'unicité de l'art. Paul en avait été l'artisan. C'est de lui qu'était venue la voie. C'était lui le créateur. Issam, cependant, transcendé par sa sœur, était allé au-delà de ce que Paul avait cru possible. Paul ne pourrait pas atteindre ces sommets. À moins d'inventer encore. Et, pour l'instant, il était sec. Le système unique lui échappait encore et toujours. Comment intégrer la musique dans son projet ? Comment ne pas la laisser en simple serviteur de l'inspiration du peintre ?

Les débuts furent laborieux. Ahlam se mettait au piano, commençait à jouer. Paul avait les couleurs, le rythme, la technique, mais rien de plus. Aucune inspiration. Ahlam le sentait bien et jouait d'une façon de plus en plus mécanique, désespérée de faire naître l'étincelle chez Paul. Le calvaire dura quinze jours. Rien n'en sortit que de la souffrance. Ce fut Ahlam qui trouva les mots.

— Paul, tu n'es pas dans l'état d'esprit nécessaire. Je pense qu'il faudrait faire un break. Si l'on y pense, nous avons vécu trop de moments difficiles ces derniers temps pour retrouver l'insouciance qui nous permettra de nous accorder. Tu devrais aller à Paris te ressourcer. Tu reviendras fort dès que tu en auras assez de la France. Alors, tu retrouveras le charme de Kerkennah et l'envie de peindre. Et, qui sait, tu auras peut-être le déclic, l'idée lumineuse que tu cherches ?

Ahlam avait parlé avec une grande tristesse dans la voix. Elle aurait tant voulu retrouver avec Paul la complicité qu'elle avait connue avec son frère. Le problème résidait sans aucun doute dans la perte de l'insouciance. Si elle pouvait ne plus penser à Issam quand elle jouait pour Paul et si Paul ne cherchait pas à égaler la spontanéité d'Issam, alors l'espoir serait permis.

Paul savait tout cela. Il ne fallait pas qu'il s'obstine. Chaque fois qu'Ahlam se mettait à jouer, il se souvenait d'Issam en train de peindre. Le spectre de ses souvenirs était trop présent. Les gestes d'Issam le hantaient et paralysaient les siens.

Repartir à Paris était la meilleure solution. Paul pourrait oublier quelque temps son projet et peindre des choses plus conventionnelles. Quand l'envie et le courage reviendraient, il pourrait affronter de nouveau son obsession d'unicité. Peut-être était-ce d'ailleurs une idée absurde. Ou même le fruit d'un orgueil démesuré ? Il repensa à sa discussion avec Issam. N'essayait-il pas de concurrencer Dieu ? L'unicité de l'art face à l'unicité de l'islam ? Cette pensée le fit sourire. Et si l'unicité de l'art était précisément un reflet de l'unicité de Dieu, une sorte de témoignage que les hommes porteraient autrement qu'en récitant machinalement la *chahada*[1], un superbe hommage, une découverte mystique essentielle ? Pour une idée pareille, les amis d'Issam le couperaient certainement en deux. Paul sourit encore. N'était-ce pas ainsi que Zeus avait puni les hommes quand ils avaient voulu grimper jusqu'à l'Olympe ? Il les avait attendus et, chaque fois qu'un homme s'était présenté, l'avait coupé en deux. Les moitiés d'hommes étaient retombées, éparpillées sur la surface de la terre et, depuis, chaque moitié d'homme cherchait son autre moitié. En faisant cela, cependant, Zeus avait créé l'amour et le désir. L'homme cherchait désespérément sa moitié pour pouvoir s'unir à elle et retrouver son unité. Paul n'avait pas encore trouvé sa moitié, la femme qui pourrait le rendre heureux. Curieusement, il vit un court instant l'image d'Ahlam. Elle s'imposa d'elle-même. Il la chassa aussitôt. C'était absurde. Ahlam était devenue une très belle jeune femme, mais elle n'avait que dix-sept ans. L'image de l'enfant qu'il avait connue s'imposa. Elle était la fille de Nora, la

---

1. La profession de foi du musulman, le premier pilier de l'islam : « Il n'y a de Dieu que Dieu et Mohamed est son Prophète. »

petite poupée dont le rire espiègle charmait toute la famille. C'était aussi son élève depuis si longtemps.

Décidément, pensa Paul, je déraille totalement, il est temps de changer d'air.

Paul partit donc pour Paris.

Ahlam, de son côté, voyait s'évanouir l'avenir qu'elle avait imaginé si fort. Dans quelques mois, elle aurait dix-huit ans. Dans quelques mois, elle aurait son bac et devrait penser à la suite. Qu'allait-elle faire ? Elle ne pouvait se résoudre à abandonner la musique. Elle espérait toujours que Paul lui fasse parcourir le monde. Elle était parvenue à l'imaginer devant le chevalet, à la place d'Issam. C'était un grand maître, un artiste fabuleux, et elle n'imaginait son avenir qu'à ses côtés. Le temps lui parut très long. Elle ne comprenait pas pourquoi Paul lui manquait tant. Les semaines passèrent. Il lui avait laissé les clés de la *Bayt* et elle venait tous les jours faire du piano après le lycée. Mais elle se sentait si seule dans cette grande maison vide. Elle s'inquiétait beaucoup pour Farhat et Fatima. Ils semblaient éteints, l'un comme l'autre. Ils étaient devenus vieux et gris. Tout cela par la faute d'Issam. Il avait brisé sa famille et ses rêves pour rien, absolument rien. C'était pitoyable et absurde. Ahlam ressentait tout le poids de la Tunisie, ce pays sans avenir avec d'un côté un régime abject et, de l'autre, quelques fous en recherche de chimères. Elle ne voulait plus vivre là, plus vivre ainsi. Il fallait que Paul revienne, qu'il revienne très vite, sinon elle deviendrait grise elle aussi, une fleur fanée. Et tous ces garçons qui la courtisaient, qui rendaient visite à son père pour la demander en mariage. Aucun ne lui plaisait. Aucun ne pouvait lui offrir autre chose que la Tunisie. Autrement dit, rien d'autre qu'une vie à courber l'échine, à quémander les miettes que le régime voudrait bien leur donner. C'était insupportable, désespérément médiocre. Peut-être était-ce pour cette raison qu'Issam et tant de jeunes se tournaient vers le radicalisme ? Revenir au fondamental pour échapper à l'absurdité. Une vision simple du monde : Dieu au-dessus, et l'homme fait pour lui obéir. Des règles à respecter à la lettre et aucune question à se poser. Mais Ahlam ne pouvait pas. Elle se posait trop de questions. Elle était le loup affamé qui n'envie pas le chien bien nourri dont le cou est tenu par une laisse. Nora vivait en elle. Elle lui avait donné la force d'âme et le goût de la liberté. Chaque fois qu'elle doutait, Nora était là, avec son sourire éclatant. En un sens, elle était plus présente et utile que Farhat qui s'éteignait doucement. Il ne faisait plus rire les touristes. Il ne remontait plus le rosé. Il ne vendait plus d'éponges. Il prenait l'argent qu'on lui tendait sans même dire merci.

Et Fatima, Fatima la battante, Fatima la maîtresse femme ? Elle ne disait plus rien. Elle n'avait plus de rêves. Elle était un poisson mort sur la plage. Son abdication était totale. Un jour, elle montra à Ahlam la profondeur du néant dans lequel elle était tombée.

— Tu sais, ma fille, il faut que tu penses à te marier. Mohamed est venu demander ta main à ton père. Il est très prometteur. L'un de ses oncles est commissaire de police à Tunis. Tu imagines ?

Ahlam imaginait trop bien. Le neveu entrerait dans la police, comme son oncle. Ils partiraient vivre à Tunis. Ils auraient Internet et une T.V. couleur. Son mari doublerait son salaire avec les bakchichs des commerçants du souk. Ahlam en avait les larmes aux yeux.

— Comment peux-tu me proposer cela, grand-mère ?

— Ma fille, Paul ne reviendra pas. Et, même s'il revient, il ne t'emmènera jamais avec lui à Paris, à New York, à Rome ou je ne sais où. Tu as fait un beau rêve. Maintenant, ouvre les yeux. Tu es tunisienne. Tu es belle et intelligente. Tu pourrais continuer tes études après le bac, t'inscrire dans une grande école. Et, pour ça, il te faut un mari qui a des relations.

Chapitre quatorze

Paul revint à Kerkennah à la fin du mois de novembre 2010, après deux mois d'absence. Dès qu'Ahlam apprit la nouvelle, elle se précipita à la *Bayt el bahr*. Elle avait envie de lui sauter au cou. Elle avait eu si peur.

Mais Paul n'était pas seul. Une jeune femme était avec lui. Paul la lui présenta. Elle s'appelait Sophia. Elle était mannequin. Selon l'estimation rapide d'Ahlam, elle devait avoir une vingtaine d'années. Elle était grande et fine, avec des jambes interminables et des seins incroyables. À côté d'elle, Ahlam se trouvait toute petite et maigrichonne.

— J'ai demandé à Sophia de venir quelques jours pour me servir de modèle. J'ai besoin de me remettre aux portraits. Mais ça ne change rien à nos projets, Ahlam. J'ai seulement besoin de retrouver l'inspiration. Tu peux continuer à venir quand tu veux pour faire du piano.

Et ce fut tout. Rien de plus. Paul ne prit pas Ahlam dans ses bras. Ahlam repartit avec un poids sur le cœur. Elle ne comprenait pas d'où lui venait cette douleur. Elle n'avait jamais ressenti cela. Elle dut s'arrêter de marcher pour parvenir à respirer.

Ahlam rentra en pleurs chez elle. Les pleurs lui enlevaient le poids sur sa poitrine. Ça lui faisait du bien. Farhat était à la pêche, mais Fatima était là. Ahlam lui raconta. Son récit était entrecoupé de sanglots. Fatima prit Ahlam dans ses bras.

— Oh, ma pauvre petite. Je te l'avais bien dit. Je t'avais mise en garde.

— Qu'est-ce qui m'arrive, grand-mère ?

— Voyons, Ahlam ? Tu ne le sais pas ? Tu as un chagrin d'amour, ton premier, et c'est celui qui fait le plus mal.

Un chagrin d'amour ? Ahlam n'avait jamais imaginé qu'elle pouvait être amoureuse de Paul !

— Mais, grand-mère, je ne suis pas...

— Bien sûr que si. Je pense même que tu es amoureuse de lui depuis très longtemps. Maintenant, c'est différent parce que tu es une jeune femme. Avant, tu l'aimais comme un enfant peut aimer ce qui brille. Tu ne savais pas ce que ça signifiait. Et puis, le désir est arrivé. Pourquoi crois-tu que tu ne t'intéresses à aucun garçon ? Tu es la plus belle fille de Kerkennah et tu ne regardes personne. Tous les garçons sont fous de toi et tu ne vois rien. Tu ne vois rien parce que tu ne vois que Paul. Avant, Issam te faussait un peu la vue. Il faisait partie de ton univers. Paul restait au second plan. Mais Issam n'est plus là. Dans tes rêves, il ne reste que Paul.

— Que dois-je faire, grand-mère ? J'ai trop mal.

— Ma petite, je vais te dire quelque chose qui va te faire encore plus mal : il faut que tu l'oublies. Il faut que tu épouses un brave garçon de Kerkennah. Choisis le plus beau. Tant pis s'il n'a pas de relations. Et même, tu pourrais rester à Kerkennah. Tu pourrais épouser un pêcheur. Après tout, c'est bien ce que ta mère a fait.

Ahlam repoussa sa grand-mère.

— Non, non, je ne veux pas. Ma mère ne voulait pas que je fasse comme elle. Si Paul ne m'aime pas, je ne veux aimer personne.

— Alors, bats-toi pour l'avoir.

Fatima avait prononcé ces mots avec force. Elle aurait voulu être encore capable de se battre pour un homme, pour un fils, pour une cause, pour n'importe quoi. Elle regretta aussitôt de les avoir prononcés. Ça n'avait aucun sens. Ahlam souffrirait encore plus.

Les jours suivants n'apportèrent aucun réconfort à Ahlam. Elle ne s'approcha pas de la *Bayt el bahr* et délaissa le piano. Ce fut Paul qui vint la trouver. La famille allait passer à table. Farhat accueillit son ami avec chaleur. L'accueil de Fatima fut plutôt froid. Quant à Ahlam, elle joua l'indifférence. Paul insista pour qu'Ahlam revienne faire du piano en lui promettant que, dans quelques jours, ils pourraient reprendre leurs exercices, mais Ahlam se contenta de marmonner des « peut-être », « si j'ai le temps ». Malgré toute sa sensibilité d'artiste, Paul ne comprit pas quelle tempête s'agitait dans le cœur de la jeune fille. L'idée qu'elle puisse être amoureuse de lui ne lui avait jamais traversé l'esprit. La principale raison de l'aveuglement de Paul était qu'il se sentait heureux. Il avait recommencé à peindre comme à ses débuts et se sentait renaître.

La visite de Paul, cependant, n'avait pas été inutile. Il avait apporté des cadeaux de Paris, des parfums et des robes, et Ahlam avait fini par sourire, vers la fin du dîner, en observant la complicité de son père et de Paul. Le lendemain, après l'école, elle décida de venir à la *Bayt*. Elle n'avait pas fait de piano depuis plusieurs jours et ses doigts la démangeaient. Il n'y avait pas que ses doigts. La curiosité la démangeait tout autant. La nuit commençait à tomber quand elle arriva devant la *Bayt*. Elle sourit en regardant la sole au-dessus de la porte bleue. Elle frappa mais personne ne répondit. Pourtant, elle avait vu de la lumière. Elle prit sa clé et ouvrit la porte. Il n'y avait pas un bruit. Dans le patio, il n'y avait personne. Elle se dirigea vers le salon. La porte était ouverte. Vers la droite, elle vit le dos de Paul et, devant lui, le chevalet. Il peignait. Elle s'avança. Encore plus à droite, au fond de la pièce, Sophia était allongée sur le canapé, entièrement nue. Elle posait. Son corps magnifique reposait sur le côté. Sa main gauche, placée sous le menton, soutenait sa tête langoureusement. Elle avait les lèvres légèrement entrouvertes et des yeux de braise. Elle regardait Paul intensément. Ses longs cheveux blonds recouvraient ses épaules et la moitié de sa poitrine. Paul était très concentré. Ses gestes étaient précis. Le regard de Sophia avait quelque chose de magnétique. Ahlam eut un frisson. Sophia était tellement femme, tellement sensuelle. Comparée à elle, elle n'était qu'une petite fille. Elle voulut partir mais quelque chose la retint. C'était Paul, sa longue silhouette musclée, le mouvement de ses épaules, la beauté de son dos. Car Paul était torse nu et ses muscles répondaient à chacun de ses gestes. La vision du dos de Paul en plein travail donna des frissons à Ahlam. Il était à la fois gracieux et animal. Elle se sentit entrer dans un état second. C'était à la fois agréable et angoissant, une perte de contrôle en douceur, un glissement lent vers des sensations inconnues et enivrantes. Ahlam comprit qu'elle avait envie de lui, de ce corps lisse et musclé. C'était une envie impérieuse et c'était la première fois qu'elle prenait conscience de son propre désir. Elle avait désiré Paul avant, mais sans comprendre et de façon fugitive. À ce moment précis, elle comprenait. Elle aurait voulu qu'il se retourne, vienne vers elle, la déshabille et lui fasse l'amour sans un mot. Ahlam s'assit et prit ses genoux dans ses bras. Comme elle désirait cet homme ! Elle ferma les yeux un instant. Quand elle les rouvrit, Paul n'était plus devant le chevalet. Elle le chercha du regard. Il avait rejoint Sophia. Elle était toujours allongée sur le canapé. Paul était à genoux devant elle. D'un geste lent, il la fit pivoter. Elle était maintenant face à lui, assise sur le canapé. Paul se redressa et fit tomber son pantalon de lin blanc. Ahlam ne voyait plus que les fesses de Paul. Celui-ci se remit sur les genoux. Sophia avait écarté les jambes. Paul la pénétra d'un coup. Elle soupira. Ahlam voyait ses mains sur les épaules de

Paul tandis qu'il venait en elle de plus en plus rapidement. Elle voyait les mouvements saccadés des fesses de Paul qui se creusaient puis reprenaient leur forme. Des larmes se mirent à couler sur les joues d'Ahlam. Il fallait qu'elle parte, qu'elle quitte cette pièce. Elle en avait conscience mais n'y parvenait pas. Elle n'avait jamais vu un couple faire l'amour. Elle était fascinée. Fascinée et terrifiée.

Sophia referma ses jambes autour de la taille de Paul, juste au-dessus des fesses. Maintenant, c'était elle qui imposait le rythme, de plus en plus rapide et de plus en plus exigeant. Elle gémissait. Paul n'était plus qu'un corps musclé qui la possédait. Ahlam aurait voulu se boucher les oreilles mais les soupirs de Sophia la fascinaient tout autant que la vision des deux corps enlacés. Ahlam parvint enfin à se détacher de l'image de Paul que caressaient les longues mains de Sophia. Elle réussit à rejoindre la porte à quatre pattes et se retrouva à l'air libre. Elle respira profondément. Elle se releva, s'appuya sur le mur de l'entrée, attendit que ses jambes puissent la porter et se mit à courir.

Chapitre quinze

Le 17 décembre 2010, Mohamed Bouazizi s'immola par le feu. C'était un geste de désespoir et rien de plus. Ni lui ni personne n'imaginait alors ce que ce geste allait provoquer. Ce n'étaient que quelques fruits et légumes confisqués mais aussi la goutte d'eau. Le trop-plein se déversa soudain sur la Tunisie. Une grande partie de la société tunisienne, y compris les islamistes, qu'il s'agisse des Frères musulmans ou des salafistes, se contenta d'observer ce mouvement inattendu et spontané. Dans la rue, il y avait le reste de la Tunisie, des jeunes pour la plupart, des laissés-pour-compte du régime. Certains avaient bac plus quatre ou cinq et s'étaient retrouvés, à la fin de leurs études, sans aucun avenir. D'autres, comme Bouazizi, avaient passé leur vie à chercher le dinar manquant. Ce qui était certain, c'est qu'aucun islamiste ne participait au mouvement. Ceux qui descendaient dans la rue réclamaient la démocratie, autrement dit l'hérésie. Ayman comprit très vite qu'il fallait surtout ne rien faire. Il n'avait pas de consigne car il n'arrivait pas à joindre Al Awlaki, mais c'était une évidence. Dans la rue, les slogans de la révolution n'avaient rien de religieux. Des filles défilaient aux côtés des hommes en short et tee-shirt. Parfois, certaines paradaient de façon impudique sur les épaules d'un homme, les cuisses ouvertes. Et que réclamait cette populace ? Des élections ! Cette révolution contrariait Ayman et tout son groupe. Son projet était tombé à l'eau et, maintenant, il était dans l'attente. Si un ordre était venu de se faire exploser au milieu de la foule, il l'aurait fait de bon cœur. Mais pourquoi faire ? La moindre action aurait été portée au crédit de Ben Ali et aurait précipité sa chute trop tôt. Le 14 janvier, quand Ben Ali quitta le pays, Ayman se mit de nouveau à espérer que la *Oumma* se décide à agir. Pourtant, il ne se passa rien. Ayman doutait. Et puis, il se souvint de ses discussions londoniennes avec Khaled Ghannouchi. Peut-être fallait-il le laisser faire ? Après tout, les salafistes n'avaient rien à perdre. On verrait bien le résultat. Le retour de Ghannouchi était déjà annoncé. Mais quelle attitude adopter quand il débarquerait à Tunis ? L'acclamer ou le conspuer ?

Si Ayman parvenait à garder la tête froide, les membres de son groupe ne comprenaient pas cette inaction. Issam voulait participer aux manifestations. Khaled voulait poser des bombes en plein défilé. Nourdine voulait tirer sur tout ce qui bougeait, d'un côté ou de l'autre. Quant à Abdelmalik, il n'avait pas d'avis et attendait la décision d'Ayman. Celui-ci ne prit aucune décision. Il expliqua au groupe que la situation était trop confuse. Certes, Ben Ali était un apostat. Mais ceux qui l'avaient renversé se complaisaient dans la mécréance démocratique. La seule question était Ghannouchi. Fallait-il le soutenir ou non, au moins dans un premier temps ?

Sur ce point, les avis divergeaient. Selon Khaled, Ghannouchi, proche des Frères musulmans, était un lâche qui voulait prendre le pouvoir par les élections au lieu de se battre. Son projet était d'adopter la méthode des mécréants pour, soi-disant, instaurer la charia. Comment d'un péché pouvait naître un État islamique ? Ayman était plus réservé. Il avait côtoyé Ghannouchi et expliqua au groupe que l'objectif restait le même : imposer la charia. Certes, les méthodes différaient : l'élection ou les armes. Nourdine était pour les armes. La seule chose qui l'intéressait était de tenir une kalach.

Le 18 février, Abou Iyadh fut libéré, ainsi que la plupart des salafistes et des membres d'En Nahda. Ayman fut soulagé. Des ordres viendraient bientôt. Il n'avait pas aimé cette période incertaine. Il aurait voulu que les choses se passent comme prévu. C'était à la *Oumma* de renverser Ben Ali, et non à une bande de crève-la-faim et d'étudiants. Au lieu de cela, il avait assisté à des scènes de liesse, des drapeaux tunisiens brandis comme des trophées alors qu'aucun drapeau noir n'était visible. Cette révolution ressemblait à une révolution occidentale, à la française. C'était indécent, contraire à l'islam et, en quelque sorte, ni plus ni moins qu'un vol. Depuis des années, les islamistes avaient été les seuls à lutter contre le régime Ben Ali. Ils en avaient payé le prix fort : arrestations, tortures, viols, exécutions. Aujourd'hui, les jeunes défilaient en parlant de droits de l'homme, d'élections et de Constitution. Constitution ! Quelle Constitution ? La seule Constitution était la *sunna* ! Aucune autre n'était nécessaire.

Issam considérait les événements avec davantage de philosophie, ce qui énervait Khaled. Pour Issam, la chute du régime Ben Ali était une bonne chose dont il fallait se réjouir, même si la *Oumma* n'y était pour rien. Et puis, de grandes perspectives s'ouvraient à eux, plus grandes en tout cas que ce projet de piratage informatique, ingénieux, sans doute, mais dont le résultat n'aurait été qu'une goutte d'eau dans l'océan. Il fallait donc se réjouir et chercher comment profiter de la situation.

— Comme Ghannouchi veut le faire ! s'indigna Khaled.

— Exactement, répliqua Issam. Il a raison. S'il gagne les élections, il pourra faire passer des réformes et parvenir à…

— Arrête tout de suite. Les élections sont *haram*. Les compromis ne servent à rien. À ce jeu, Ghannouchi se fera avoir. L'Occident a créé ce système pour empêcher l'application de la loi divine. Jamais Al Qaida n'a admis la légitimité des élections. Les plus grands oulémas condamnent ce système pervers et idolâtre.

— Khaled a raison, dit Ayman, les élections sont impies. Pour autant, nous n'en sommes pas responsables. Laissons Ghannouchi profiter de la chute de Ben Ali et peut-être sera-t-il possible pour nous de profiter de la chute de Ghannouchi ? De toute façon, la ligne n'est pas encore fixée et il ne nous appartient pas de décider seuls.

La ligne fut fixée par quelques signes explicites. Abou Iyadh lança à la volée quelques phrases aux journalistes qui semblaient indiquer, dans un premier temps, une neutralité bienveillante envers En Nahda. Mais Ayman restait incertain. Il aurait voulu recevoir des consignes d'Al Awlaki. Celui-ci restait injoignable. Il avait échappé à plusieurs frappes de drones et ne se risquait plus à toucher un clavier.

Puis il y eut une embellie. Abou Iyadh annonça la création d'Ansar el Charia en avril 2011. Le message lancé à Ghannouchi était explicite. Les salafistes entendaient surveiller les agissements d'En Nahda. Il n'était pas question de renoncer à l'application de la charia. Le *round* d'observation avait commencé.

À la fin du mois d'avril, Ayman rencontra Abou Iyadh et son bras droit, Abou Ayoub, à Tunis. Khaled avait organisé la rencontre. Abou Iyadh était parfaitement informé des projets d'Ayman et de son groupe. Il lui proposa d'intégrer une nouvelle structure médiatique, Al Qayrawan Media Foundation, destinée à promouvoir la mise en place d'un État islamique en Tunisie. Ayman lui répondit qu'il devait en discuter avec ses frères. Abou Iyadh lui donna trois jours pour donner sa réponse.

De retour à Sfax, Ayman exposa à ses amis la proposition d'Abou Iyadh. Seul Issam hésitait.

— Sommes-nous certains qu'Abou Iyadh a l'aval d'Al Qaida ?

— Issam, il est devenu difficile de savoir qui dirige Al Qaida. Cela fait très longtemps que je n'ai pu avoir aucun contact direct avec Al Awlaki. Quant à en avoir avec le Lion de l'islam ou Al Zawahiri, il ne faut pas y compter. Ce qui est certain, c'est qu'Abou Iyadh a toujours suivi la ligne d'Al Qaida. Il a appartenu au Front islamique tunisien quand Ghannouchi le dirigeait avant de partir en Afghanistan en 2000. On dit qu'il a rencontré le Cheikh en personne et a participé à l'organisation de l'assassinat de Massoud. Si quelqu'un est capable de savoir ce qu'il faut faire, notamment vis-à-vis d'En Nahda, c'est bien lui.

À l'unanimité, il fut décidé d'intégrer la nouvelle structure. Dès le lendemain, Ayman transmit la nouvelle à Abou Iyadh. Il obtint que son équipe garde une relative autonomie. Elle serait chargée de recueillir des témoignages sur la cruauté du régime Ben Ali envers les salafistes. Le but était de démontrer que la révolution n'avait eu lieu que grâce au travail de fond effectué par les frères depuis des décennies. Il fallait renverser la vapeur. La Révolution de jasmin était bien trop laïque et démocratique. Après tout, c'étaient les islamistes qui avaient le plus souffert du régime Ben Ali, et Al Qayrawan Media Foundation devait le mettre en image.

Une autre tâche était assignée au groupe d'Ayman. Il devait animer des salons de discussion sous la supervision d'un proche d'Abou Iyadh, qui lui-même était en relation étroite avec le cheikh Atiyallah

Al Libi, seul susceptible d'accorder au nouveau site l'accréditation d'Al Fajr. Les rubriques de ce forum furent choisies avec soin. Il s'agissait d'être prudent sans l'être trop, rester dans la ligne d'Al Qaida sans compromettre les premières avancées d'Ansar el Charia, qui venait d'être légalisé. C'est pourquoi, dans l'immédiat, il était proscrit d'appeler au jihad en Tunisie. La guerre sainte pouvait être glorifiée en Irak, au Yémen ou au Waziristan, mais la Tunisie restait un terrain d'expérimentation.

La première rubrique du forum était relative à l'ensemble des communiqués et publications des groupes jihadistes dans le monde. Les internautes pouvaient ainsi commenter les sujets de l'actualité jihadiste mondiale et apporter leur soutien. La seconde était dédiée à la *dawa* et au *tawhid*[1]. Elle devait permettre la diffusion des enseignements des savants et ouvrir des discussions dogmatiques. Une rubrique était consacrée à la famille musulmane. Ce devait être un forum s'adressant particulièrement aux femmes. La quatrième rubrique appelait chaque victime du régime Ben Ali à apporter son témoignage. La dernière rubrique était spécifique à la situation politique en Tunisie et, notamment, à la nécessité d'établir un État islamique. C'était de loin le forum le plus sensible. Ayman décida que, au regard de son expérience, Khaled en serait le superviseur et le modérateur tandis que lui-même surveillerait les

---

1. L'unicité, celle d'Allah dans ses actions, dans celles de ses serviteurs et dans ses noms et attributs.

échanges des internautes sur le premier forum. Issam et Abdelmalik étaient chargés de modérer la seconde rubrique. Le salon de discussion dédié à la famille musulmane fut confié à une jeune femme, Aicha, désignée par Ansar el Charia.

Issam s'attela à sa tâche avec ferveur. C'était un trait de son caractère. Il ne faisait pas les choses à moitié. Mais il était inquiet car il n'avait pas les connaissances théologiques suffisantes. Ayman réussit à le convaincre.

— Mon frère, ton rôle va se limiter à lire ce que postent les internautes. Tu dois veiller à éviter les provocations dans un sens ou un autre, tout en faisant respecter la ligne salafiste du site. Si tu as un doute, tu n'auras qu'à m'en parler ou en parler à Khaled. De toute façon, les décisions les plus importantes, comme le bannissement d'un membre inscrit, doivent recevoir l'aval de l'administrateur du site.

L'administrateur du site, Abou Mohamed Al Tounsi, était une référence en matière religieuse. Il était également très proche d'Al Khatib El Idrissi, l'idéologue d'Ansar el Charia, et tout à fait indiqué pour assurer une ligne dogmatique conforme aux impératifs politiques de son mouvement. Ansar el Charia se voulait en effet attentiste. Dans l'immédiat, le mouvement salafiste se considérait comme l'aile verte d'En Nahda, bienveillante mais vigilante.

Le site venait d'ouvrir quand Al Qaida se retrouva en deuil. Oussama Ben Laden était mort. Les internautes ne parlèrent que de cela, quelle que soit la rubrique. Ayman et son groupe, caméra en main, arpentèrent les rues de Sfax et des villes voisines pour filmer le désarroi, la tristesse et la colère des musulmans.

La qualité des reportages assura des débuts encourageants au forum. Le système fonctionnait. Les vidéos mises en ligne sur la première rubrique avaient été abondamment commentées. C'est ainsi que les salons de discussion devaient fonctionner. Des documents écrits, audio ou vidéo, étaient postés et chacun pouvait les commenter sous le contrôle du modérateur. Cela créait une émulation de groupe susceptible de faire naître des vocations ou d'intensifier les ardeurs jihadistes des internautes.

À condition de veiller soigneusement au contenu de ce qui était posté.

Issam se sortit plutôt bien de sa tâche. Non seulement il visionnait tous les documents et lisait tous les commentaires de la rubrique dont il était chargé mais, en outre, il n'hésitait pas à se plonger dans des ouvrages de référence pour apprécier l'orthodoxie de telle ou telle assertion. Abdelmalik ne lui servait pas à grand-chose, à part à faire le thé. Nourdine aurait sans doute été plus utile. Ayman avait cependant décidé qu'il n'était pas apte à la modération. Il lui avait assigné des tâches sur le terrain qui, du reste, convenaient mieux à ses goûts. Nourdine était devenu cameraman. Il devait ramener des images frappantes ou insolites, quitte à les trafiquer un peu.

C'est ainsi que, pour les premières manifestations d'envergure de l'après-Ben Ali, il réussit l'exploit de filmer une foule compacte qui semblait ne brandir que les drapeaux noirs du jihad, quel que soit l'angle de vue. Une dizaine de frères salafistes s'était prêtée à cette mise en scène. Tout était une question de cadrage. Il ne fallait pas filmer les dizaines de drapeaux tunisiens, mais seulement les drapeaux noirs supportant la *chahada*. De même, Nourdine s'efforçait d'éviter les jeunes femmes, cheveux au vent à l'allure de Marianne, et plaçait intelligemment quelques sœurs voilées au cœur du cortège. Nourdine s'en tirait donc très bien. Ayman en fut surpris. Il avait voulu s'en débarrasser et voilà que la petite crevette lui ramenait des images bien pensées et, surtout, bien montées. C'était somme toute logique, pensa Ayman. Nourdine était un être sournois et faux. Il était fait pour camoufler la vérité. Khaled disait en souriant qu'Ayman exploitait à la perfection les compétences des membres de son groupe.

Au début du mois de juin 2011, Issam rencontra des difficultés avec un membre inscrit sous l'alias d'« Abou Jihad ».

Abou Jihad était toujours à la limite. Sous couvert de *dawa* et de *tawhid*, il ne parlait que du jihad armé. Il le faisait avec finesse en évoquant le « *tawhid* de l'action », si bien qu'Issam ne savait pas trop s'il fallait intervenir. D'un côté, le forum était ouvertement salafiste. De l'autre, tout appel au jihad armé en Tunisie était interdit. Mais Abou Jihad fustigeait les partisans du *tawhid* politique, autrement dit En Nahda et les Frères musulmans. Or, les consignes étaient claires. Il ne fallait pas s'en prendre à En Nahda jusqu'aux élections d'octobre.

Au début, les piques d'Abou Jihad étaient limitées et Issam ne jugea pas nécessaire d'avertir Ayman, jusqu'à ce qu'un incident plus sérieux ne survienne.

À l'occasion d'une discussion bon enfant, un internaute avait vanté les mérites de l'islam et de l'unité entre les croyants. Il dépeignait la *Oumma* de façon idyllique, presque romantique. Toute *fitna*[1] en était exclue. Cela avait irrité Abou Jihad, en particulier lorsque l'internaute avait décrit l'islam comme une religion de paix et de tolérance. Abou Jihad n'y alla pas de main morte. Il cita la plupart des versets et hadiths qui appelaient à la plus extrême violence envers les mécréants. En lisant les longs post d'Abou Jihad, Issam eut un pressentiment. Il dépeignait l'islam sous un jour si implacable et violent, même si toutes les références étaient rigoureusement exactes, qu'il ne pouvait que poursuivre un but précis.

Il décida d'en avertir Ayman. Celui-ci fut très contrarié. C'était comme si Abou Jihad avait soigneusement répertorié tous les versets et les hadiths les plus violents dans le but d'effrayer les visiteurs du forum. Il saisit du problème Abou Mohamed Al Tounsi et, à sa grande surprise, celui-ci décida de ne pas bannir du site Abou Jihad. Issam fut troublé. Dans ces conditions, à quoi servait un modérateur s'il ne pouvait pas modérer ? Il voulut arrêter. Ayman lui demanda de continuer. Ses doutes démontraient

---

1. Discorde entre musulmans.

qu'il avait les compétences requises, même s'il fallait se plier à la ligne éditoriale du site. Après tout, c'était ainsi dans toutes les rédactions.

Issam se laissa convaincre sans trop de difficultés. Il s'était pris de passion pour cette fonction de modérateur qui lui permettait d'approfondir ses connaissances de l'islam. Délaissant ses études, il demeurait devant son écran des heures durant. Il en oubliait Kerkennah, Farhat, Fatima et Ahlam. Il ne les avait pas revus depuis sa tentative maladroite de renouer le contact. Il avait effacé Paul et la peinture de sa mémoire.

Une discussion animée sur le forum raviva la plaie. Il y était question du licite dans l'islam et, en particulier, dans les arts. Un argumentaire détaillé d'Abou Brahim, un habitué du forum très apprécié pour sa science religieuse, captiva Issam.

« La musique, certaines peintures, la danse et le chant sont utilisés par les mécréants pour pervertir les musulmans. Ils veulent ainsi les attirer vers le mode de vie superficiel de l'Occident, fait de divertissements inutiles. Ce faisant, ils parviennent à les détourner du Très-Haut en leur offrant des joies éphémères et des plaisirs puérils qui ont en commun de les pousser à la luxure.

— Cher frère, peux-tu m'expliquer en quoi les arts poussent à la luxure ? demanda une internaute du nom d'Oum Layla.

— C'est très simple, ma sœur. La musique, la danse et le chant provoquent le désir. La peinture fait de même quand elle figure des êtres humains, en particulier quand les corps et les visages sont dénudés. À quoi te sert-il de porter le niqab si ta voix, ton chant ou ta musique ont le pouvoir de provoquer le désir ? Tout ce qui peut éveiller le désir sexuel est interdit par l'islam car ces plaisirs amènent à l'adultère et à la fornication.

— Et si une femme chante, danse ou joue d'un instrument pour son mari ?

— Dans ce cas, l'islam le permet car il est autorisé d'éveiller le désir de son époux. »

C'est alors qu'Abou Jihad s'invita dans la discussion.

« J'ai beaucoup de respect pour toi, Abou Brahim, mais ce que tu dis n'est pas exact. Toute musique est interdite, avec un instrument ou par le chant. Quant à la danse, elle n'est que l'expression corporelle et obscène de la musique. Les seules exceptions sont les chants guerriers et le tambour lors des mariages.

— Rien dans le Coran et la *sunna* n'interdit à une femme de charmer son mari. À lui seul elle peut dévoiler son corps. Il est donc logique qu'elle puisse lui dévoiler ses autres charmes, rétorqua Abou Brahim.

— Pardonne-moi, Abou Jihad, reprit Oum Layla, mais j'ai une petite fille de trois ans. Je lui chante des berceuses. Je ne vois pas où est le mal.

— Tu l'habitues au plaisir et au superficiel. Tu devrais plutôt lui réciter des versets du livre saint.

— La psalmodie du Coran est aussi une musique.

— Ma sœur, comment oses-tu comparer la beauté du livre saint à de la musique ? Tu devrais lire le

Coran et les hadiths sur la question. Quand tu chantes, même une berceuse pour ta fille, tu t'écoutes toi-même. Tu testes la beauté de ta voix et ton pouvoir de séduction. »

Abou Brahim abandonna la discussion. Elle tournait à l'affrontement entre Abou Jihad et Oum Layla.

« Je n'en crois rien, écrivit Oum Layla. Ne me dis tout de même pas que chanter une comptine à sa fille de trois ans est *haram* !

— Bien sûr que si », affirma Abou Jihad.

Il y eut un blanc assez long. Puis Oum Layla reprit :

« Cher frère, je ne voulais pas m'emporter ni te manquer de respect. Cependant, peux-tu m'expliquer ? J'avoue que je ne comprends pas.

— Si tu chantes, ta fille aimera le chant et elle chantera à son tour. Elle ne comprendra pas que le chant est *haram*. »

Oum Layla ne savait pas quoi répondre. Elle choisit de changer de sujet.

« Et le dessin ou la peinture ?

— Sur ce point, les choses sont très simples. Il est interdit de peindre les êtres vivants. Tous ceux qui reproduisent des images humaines ou animales seront voués à la géhenne car ils font preuve d'immodestie en voulant imiter Dieu, unique créateur.

— Oui, mais Allah a aussi créé les fleurs et les arbres. Pourtant, il est permis de les dessiner.

— C'est toléré, sans plus, car ce sont des créations sans âme, de moindre niveau. Dieu ne leur a pas donné la vie et la conscience.

— Pardonne-moi d'insister, Abou Jihad. Ma fille de trois ans dessine son père, sa mère, sa maison, les animaux. Tous les enfants font cela dès que tu leur donnes un crayon, parfois même avant de savoir parler. Comment une chose aussi naturelle pourrait être *haram* ?

— Le Très-Haut l'a interdit et son enseignement nous a été donné par le Prophète. Il y a des choses que nous ne pouvons pas comprendre mais que nous devons admettre car le Très-Haut sait mieux que nous. Pour quelle raison Allah nous a-t-il délivré son message par la voix de son Prophète ? »

Oum Layla était désemparée. Aucune réponse ne lui venait à l'esprit.

« Tu vois, Oum Layla, tu ne sais même pas l'essentiel. Allah nous a délivré son message pour que nous le suivions. C'est la seule raison. C'est simple et logique.

— Oui, admit Oum Layla.

— Alors pourquoi ne veux-tu pas suivre son message ? Pour quelle raison argumentes-tu sans fin alors que les dalils sont parfaitement clairs sur le sujet ? »

Issam n'était pas intervenu. Il avait trouvé le débat passionnant. À un moment, il s'était souvenu de Nora, penchée vers lui, qui lui chantait *Rose le dromadaire*. Ce qu'avait dit Oum Layla lui avait paru si sensé qu'il aurait voulu qu'elle gagne le combat contre Abou Jihad.

Cette joute verbale ne passa pas inaperçue. Elle fut abondamment commentée sur le forum les jours suivants. Certains donnèrent raison à Abou Jihad, d'autres à Oum Layla. Plusieurs femmes annoncèrent qu'elles continueraient de chanter des berceuses à leurs enfants et les laisseraient dessiner leurs parents et tous les animaux qu'ils voudraient. Le débat fut si animé qu'Abou Mohamed Al Tounsi en eut vent. Ses récriminations furent acerbes. Ayman les répercuta à Issam. Il n'avait pas été assez vigilant. En tant que modérateur, il aurait dû adresser un avertissement à Oum Layla et mettre fin à la discussion.

La décision de l'administrateur tomba comme un couperet : Oum Layla fut bannie du forum et Issam se vit retirer ses fonctions de modérateur.

Chapitre seize

À Kerkennah, la Révolution de jasmin avait trouvé son égérie. Ahlam était partout. Dès les premiers jours, elle avait été en première ligne, d'abord à Remla avec une centaine de lycéens et lycéennes, puis à Sfax, où elle avait participé à une manifestation qui s'était terminée violemment. Farhat avait tenté de refréner ses ardeurs. Il appréciait ce qu'elle faisait mais trouvait cela trop dangereux. Après la chute du régime de Ben Ali, un vent de liberté avait soufflé sur la Tunisie et sur Kerkennah. Dans les cinq cafés de Remla, les discussions allaient bon train. On rattrapait le temps perdu en parlant de politique pendant des heures. Chacun avait un avis sur tout et se surprenait à oser l'exprimer. Même les femmes pouvaient parler, et Ahlam ne s'en privait pas. Puis, il y eut un moment de calme et d'incertitude. On reprenait son souffle et on le retenait. C'était un mélange de joie en raison de ce qu'on venait de quitter et d'incertitude pour ce qu'on allait trouver. Les moments qui suivraient seraient décisifs. Les élections des membres de l'Assemblée chargée de donner une Constitution au pays étaient fixées au 23 octobre 2011, et il n'y avait que l'Occident pour ne pas s'inquiéter d'une victoire d'En Nahda. En Tunisie, quelques semaines seulement après la chute de Ben Ali, on savait que l'Amérique avait joué le cheval En Nahda. Aux États-Unis, la presse les qualifiait complaisamment d'islamistes modérés. Les Américains avaient toujours joué la carte des islamistes conservateurs, depuis leur alliance avec les Saoudiens. Pour eux, un bon régime musulman était un régime conservateur politiquement et libéral économiquement. Ils avaient toujours promu les islamistes à partir du moment où ceux-ci respectaient l'ordre établi et le libre-échange mondial. Ahlam se révoltait contre la notion d'islamisme modéré. Pour elle, c'était une expression absurde. Comment un islamiste pouvait-il être modéré ? Le soir, au dîner, elle s'enflammait sur le sujet. Farhat tentait bien d'argumenter – dans le seul but de la calmer. Quant à Fatima, elle avait repris des couleurs. Elle croyait voir le bout du tunnel et, pour tout dire, s'amusait du spectacle d'Ahlam crachant des flammes. Il fallait au moins ça, se dit-elle, une révolution, pour qu'Ahlam oublie Paul.

Ahlam n'avait plus le temps de penser à lui. Ce qui se passait dans son pays était si exaltant ! Elle devait faire partie de ce mouvement. D'autres prendraient le train en marche, monteraient dans les derniers wagons. Pour sa part, elle voulait être dans la locomotive. Elle qui, hier, ne voyait aucun avenir, avait l'impression que tout était devenu possible. À condition d'être là et de ne pas se faire voler la révolution par les anciens du régime ou par les islamistes.

En juin, Ahlam eut dix-huit ans. Farhat et Fatima voulaient faire les choses en grand. Ahlam était réticente mais elle finit par accepter. Elle n'avait aucun argument à opposer. À la vérité, elle faisait tout pour éviter Paul tout en mourant d'envie de le revoir. Elle savait que son « modèle » était reparti en France et que Paul était de nouveau seul. À plusieurs reprises, ses pas l'avaient dirigée vers la *Bayt el bahr*, mais elle s'était arrêtée à quelques mètres, derrière un palmier. Elle était restée là à observer, espérant apercevoir sa longue silhouette. Elle aurait voulu le voir sur la terrasse en train de peindre et s'approcher doucement, comme elle le faisait avec Issam lorsqu'ils étaient enfants, sur la pointe des pieds et retenant son souffle. Elle ne comprenait pas pour quelle raison Paul, de son côté, n'avait pas essayé de la revoir.

Paul n'osait pas. Il avait compris que, le soir où il n'avait pas su résister aux regards incendiaires de Sophia, Ahlam les avait surpris. Ce n'était pas difficile à deviner. La porte d'entrée était grande ouverte alors qu'il était certain de l'avoir fermée. Or, seule Ahlam avait la clé, depuis que Paul la lui avait donnée pour qu'elle puisse faire du piano en son absence. Elle avait dû être choquée par ce qu'elle avait vu et Paul avait préféré laisser passer un peu de temps. Puis, il y avait eu tous les événements et le temps s'était accéléré. Maintenant, songeait Paul, il devait crever l'abcès. Après tout, il n'y avait pas mort d'homme. L'anniversaire d'Ahlam était le moment idéal pour se faire pardonner.

Mais que pouvait-il lui offrir ?

Paul sortit sur la terrasse de la *Bayt el bahr*. La nuit était noire. Il entendait la mer sans la voir. Il pouvait tout juste deviner une masse sombre, plus opaque que la nuit, juste en face de lui. Paul chercha en tâtonnant l'une des chaises de la terrasse. Il n'avait pas envie d'allumer la lumière. Il s'assit et alluma une cigarette. Paul fumait rarement mais il aimait, la nuit, créer ce minuscule point lumineux et chaud qu'il n'était jamais parvenu à peindre correctement. Dans l'obscurité, cette lueur rouge ressemblait à la vie dans un désert froid ou à une petite planète chaude au milieu de l'univers, comme une promesse fragile qui menaçait de s'éteindre. Il fallait aspirer pour qu'elle survive. C'est à ce prix qu'elle brillait et, plus elle brillait, plus elle se consumait. En vivant pleinement, elle s'acheminait plus vite vers sa fin. Le rêve de Nora aussi s'était envolé en volutes de fumée.

Que pouvait-il lui offrir ?

Et s'il l'emmenait en Europe avec lui ? Il lui ferait découvrir Paris, Londres, Rome, Madrid, Vienne. Il lui présenterait des pianistes virtuoses. Peut-être l'un d'eux la prendrait-il sous son aile ? Paul réalisa qu'il n'avait pas envie de cela. Il n'avait pas envie qu'Ahlam lui échappe, qu'un autre homme prenne son avenir en main. De toute façon, Ahlam ne voudrait pas. Depuis la révolution, elle avait changé. Elle était devenue une jeune femme engagée, exaltée. Elle avalait la révolution goulûment. Elle n'en perdait pas une miette. Paul lui enviait cette énergie, ce désir de changer le monde. Toute sa vie avait tourné autour de l'art. Et sa vie avait tourné en rond autour d'un centre dont il n'avait jamais pu se rapprocher. Pour quelle raison le monde ne l'intéressait-il pas ? Pour quelle raison admirait-il l'engagement d'Ahlam alors qu'il se sentait incapable de s'impliquer dans une cause, aussi juste soit-elle ? Était-ce parce qu'elle avait dix-huit ans et lui trente-sept ? Non, Paul avait toujours été ainsi, indifférent à la politique, aux soubresauts d'un monde qui pouvait bien s'écrouler tant qu'on le laissait peindre. Aurait-il eu vingt ans pendant la Seconde Guerre mondiale qu'il n'aurait été ni résistant ni collabo. Il aurait peint, voilà tout. Pourtant, qu'il le veuille ou non, il subissait les conséquences de la folie des hommes. Elle lui avait volé Issam, et Ahlam menaçait d'être emportée à son tour. La passion de l'histoire en marche l'emportait sur celle, statique et intemporelle, de la musique.

Alors, que pouvait-il lui offrir ?

La cigarette de Paul s'était consumée. Elle ne brillait plus. Pour la première fois, Paul réalisa à quel point il avait été égoïste. Obnubilé par son projet, il avait enchaîné Issam et Ahlam à son art. Il leur avait fait croire que rien d'autre n'avait d'importance. Ils n'étaient que des enfants quand il avait décidé de résumer leur vie à une palette et à une partition. Il avait voulu les mettre hors du monde parce qu'il avait vécu ainsi lui-même. Et, maintenant, ils se jetaient dans le monde réel à corps perdu. Paul se souvenait. Combien d'heures durant Ahlam et Issam étaient-ils restés enfermés, chaque jour, dans la *Bayt el bahr*, tandis que les autres enfants jouaient au-dehors ?

Combien de fois avaient-ils recommencé les mêmes exercices sous sa surveillance impitoyable ? Avant l'école, après l'école, les jours fériés, les vacances. Paul, tel un Ben Ali des notes et des couleurs, les avait privés d'une vie normale. Il leur avait volé leur enfance. Et, le pire, c'est qu'il n'avait pas fait cela pour eux, pas même pour Nora. Il était inutile de se mentir. Il avait fait cela pour lui. Sa route avait croisé celle de deux enfants artistiquement surdoués dont il avait voulu tirer profit. Il avait voulu réaliser son propre rêve, pas celui de Nora. Il s'était comporté comme un entraîneur sportif qui découvre que la petite gymnaste d'un mètre quarante en face de lui sera championne olympique s'il lui vole sa vie et sa liberté… et s'il fait en sorte qu'elle ne grandisse pas.

Que pouvait offrir à Ahlam le monstre qu'il était devenu ?

Le soir de l'anniversaire, il y avait tellement d'électricité dans l'air que les invités étaient survoltés. Ce n'était pas seulement un anniversaire que l'on fêtait mais aussi, dans l'esprit de chacun, un *nouveau monde*. Les amis d'Ahlam étaient tous nés sous le régime de Ben Ali. Ils n'avaient connu que cela. Leurs parents leur avaient certes parlé du temps de Bourguiba avec, perceptible dans la voix, une nostalgie teintée de prudence, mais le régime de Ben Ali semblait immuable.

La fête commença dans la tradition. Un groupe de tambours et de flûtes joua du folklore tunisien. Plus tard dans la nuit, sous le regard désapprobateur des anciens qui avaient tenu à rester pour surveiller leurs enfants, les jeunes se mirent à danser sur des rythmes endiablés dans une euphorie presque frénétique. Une piste de danse avait été installée sur la plage, entourée de buffets bien garnis. Les garçons de Kerkennah faisaient tourner Ahlam sans répit tandis qu'elle leur faisait tourner la tête. Farhat était assis le plus loin possible de la sono. Toute cette agitation, cette musique moderne, ce bruit, c'était trop pour lui. Il aurait souhaité un peu plus de tenue et de retenue. Les jeunes d'aujourd'hui étaient infernaux ! Fatima, au contraire, s'amusait à observer cette jeunesse débridée. Elle regardait ces beaux jeunes hommes qui n'avaient d'yeux que pour Ahlam dans sa robe rouge moulante. Et puis, elle regardait le visage inquiet de Paul, en retrait. Pas une fois Paul ne fit danser Ahlam et pas une fois Ahlam ne s'approcha de Paul. Les deux amoureux s'ignoraient. C'était si évident, pensa Fatima, qu'il était invraisemblable que personne ne s'en soit rendu compte. Paul ressemblait à une statue. Immobile, à l'écart de la piste de danse, il regardait les jeunes Kerkenniens prendre Ahlam par la taille, la faire virevolter et lui glisser quelques mots doux. Ahlam souriait mais ne répondait rien. Fatima observait attentivement le visage de Paul. Elle voulait analyser chacune de ses expressions. Voyait-il toujours Ahlam comme une enfant, la fille de Nora ? Prenait-il conscience de la belle jeune femme qu'elle était devenue ? Se doutait-il qu'elle l'aimait ? Dans ce cas, pourquoi restait-il immobile ? Le spectacle de l'indécision de Paul ravissait Fatima. Si Farhat avait été aussi peureux, jamais Nora ne serait tombée dans ses filets de pêcheur. À moins que ! Bien sûr, se dit Fatima, non seulement Paul ignorait ce qu'Ahlam ressentait pour lui, mais de plus il ignorait ce qu'il ressentait pour elle. Curieux Français ! Incapable de lire dans les yeux amoureux d'une fille de dix-huit ans. Fatima se demanda ce que Nora en aurait pensé. Difficile à dire. Elle contempla Ahlam avec tendresse. Elle venait de s'arrêter, à bout de souffle, après plus d'une heure de danse ininterrompue. Après chaque danse, un nouveau cavalier avait pris le relais. Mais Ahlam était épuisée et dut éconduire le nouveau prétendant. Elle s'approcha de la longue table où des boissons de toutes les couleurs attendaient la soif des danseurs. La soirée touchait à sa fin et Paul se décida. Il rejoignit Ahlam, qui était enfin seule.

— Bon anniversaire, Ahlam.

Ahlam n'avait pas vu Paul approcher. Elle sursauta puis lui jeta un regard furtif.

— Merci. J'espère que tu ne t'ennuies pas trop.

— Non, je te regardais. Tu es si jolie ce soir.

Jolie ! Paul lui avait parlé comme un père qui flatte sa fille. Pour quelle raison, en sa présence, avait-elle l'impression d'avoir encore sept ans ?

— Je voulais te donner ton cadeau avant de rentrer. Tout à l'heure, je ne voulais pas te déranger. Tu étais avec tous tes amis. Et puis, mon cadeau est un peu…

190

— Un peu ? demanda Ahlam en prenant l'enveloppe que Paul lui tendait.

— En fait, je voulais t'offrir le piano, mais tu n'as pas d'endroit assez grand où le mettre. Alors voilà !

Ahlam jeta à Paul un regard à la fois intrigué et inquiet. Puis elle ouvrit l'enveloppe, un peu à contrecœur. C'était un document officiel. Elle commença à le lire mais ne parvenait pas à comprendre. Le titre était pourtant clair : « Donation par acte notarié ».

— Qu'est-ce que c'est ? demanda Ahlam.

— C'est une donation de la *Bayt el bahr*.

— À qui ?

— Eh bien, à toi ! À qui veux-tu ? Comme ça, tu auras de la place pour le piano. Tu n'as qu'à aller chez le notaire pour accepter la donation.

— Et toi ? fit Ahlam, abasourdie.

— Moi, je pense que je vais repartir en France.

Ahlam écarquilla les yeux. Puis la colère l'envahit.

— Qu'est-ce que ça veut dire ? Tu veux faire comme Issam, me laisser tomber ? Et notre projet, qu'en fais-tu ? J'y crois pas. C'est pas possible.

Ahlam était hors d'elle, furieuse. Paul était totalement pris de court par sa réaction.

— Mais, je croyais que tu ne voulais plus…

— Tu croyais ! Monsieur Paul Arezzo croyait ! Mais que veux-tu que j'en fasse de ta *Bayt el bahr* si tu… si tu n'es… De toute façon, tu ne comprends jamais rien !

Ahlam tourna les talons et traversa la piste de danse à la vitesse de l'éclair. Elle disparut au milieu des invités. À ses pieds, Paul vit l'acte notarié. Il le ramassa et se dirigea lentement vers la *Bayt el bahr*. Fatima avait assisté à toute la scène. Elle ignorait ce qui avait provoqué la colère d'Ahlam mais ne tarderait pas à le découvrir. Ahlam n'avait jamais su lui mentir.

Chapitre dix-sept

Le résultat des élections d'octobre plongea Ahlam dans un profond désarroi. Même si En Nahda n'avait pas la majorité absolue, elle avait gagné les élections. Comment les Tunisiens avaient-ils pu confier la charge de rédiger une Constitution à des islamistes qui considéraient les femmes comme des sous-hommes et la démocratie comme un tremplin pour instaurer la charia ? Après une période d'abattement, Ahlam reprit du poil de la bête. Avec quelques amis, elle décida de créer une association de défense des droits des femmes qui, en relation avec d'autres associations poursuivant le même but, devait multiplier les colloques et les interventions dans la région de Sfax. À Kerkennah, les habitants les considéraient avec un mélange de bienveillance et d'amusement. Lors d'un prêche, l'imam de la mosquée de Remla l'Ancienne les appela les « Jasmina ». L'expression resta.

À Sfax, la première conférence de l'association fut houleuse. Quelques partisans d'En Nahda et une poignée de salafistes s'étaient invités et conspuèrent les intervenants. Il n'y eut toutefois aucune violence, même si Ahlam se moqua des kamis et des niqabs qui refaisaient leur apparition maintenant que Ben Ali n'était plus là. Au fil des semaines, toutefois, l'association eut de plus en plus de difficultés à trouver des salles. En Nahda avait commencé à placer ses hommes un peu partout, à la tête des principales administrations et des principaux organismes publics. À Remla, l'imam de la vieille mosquée fut remplacé, ainsi que le chef de la police. À l'université de Sfax, et notamment à l'Institut supérieur d'informatique et de multimédia, de nombreux étudiants affichaient ouvertement leurs convictions salafistes. Ayman et ses hommes avaient eux aussi abandonné le jean et les baskets pour revêtir de longs kamis blancs. Les barbes avaient commencé à repousser. Sous l'impulsion d'Ansar el Charia, quelques étudiants parcouraient les rues de Sfax pour repérer les tenues indécentes. Si, la plupart du temps, ils ne s'en prenaient que verbalement aux hommes et aux femmes trop court vêtus à leur goût, quelques violences physiques furent à déplorer. Le plus souvent, les descentes des islamistes étaient programmées et parfaitement mises en scène. Nourdine était très sollicité. Il était souvent accompagné d'Issam ou d'Abdelmalik et mettait en image les rappels à l'ordre des vrais musulmans. Issam s'était endurci. Il voulait retrouver la confiance d'Ayman, qui semblait se méfier de lui. Cela n'avait rien à voir avec son éviction de l'équipe de modération, mais l'activisme d'Ahlam le rendait suspect aux yeux de l'administrateur du site et des cadres d'Ansar el Charia. Ayman avait bien essayé de prendre la défense d'Issam. Après tout, il n'était pas responsable de sa sœur. Cet argument n'avait pas porté ses fruits. Que pouvait-on attendre d'un frère qui n'était pas capable de faire respecter la loi divine dans sa propre famille ? Issam souffrait terriblement de cette situation et en voulait à Ahlam. Alors, il cherchait comment se racheter aux yeux des siens. Après mûre réflexion, il en vint à la conclusion qu'il devait faire ses preuves sur le terrain, non plus avec un micro, une caméra et un clavier d'ordinateur mais avec un foulard et un bâton. Ayman fut tout d'abord réticent. Il trouvait qu'Issam valait mieux que ça. Les « comités de sécurité », comme les appelait Ansar el Charia, étaient des repaires de voyous qui cherchaient un moyen de se défouler et de goûter à la toute-puissance. Il finit toutefois par céder en réalisant que ces sorties musclées pouvaient donner lieu à des images intéressantes pour le site. Nourdine fut très enthousiaste à l'idée de partager cette expérience aux côtés d'Issam.

Issam prit part à plusieurs virées nocturnes avec conviction et sang-froid. Il put bientôt afficher à son tableau de chasse deux bars et une boîte de nuit entièrement dévastés. Nourdine n'en avait pas perdu une miette. Issam, le visage cagoulé, s'était déchaîné sur les bouteilles d'alcool, les tables, les chaises et les sonos, en hurlant des *Allahou akbar* aussi puissants que des coups de tonnerre.

Au début de l'année 2012, une mission inhabituelle lui fut confiée. Elle devait se faire sans caméra. Il s'agissait de corriger un professeur de l'université de Sfax qui avait obligé l'une de ses élèves à retirer son niqab pour assister au cours. La loi interdisait le port du voile mais, à plusieurs occasions, des étudiantes s'étaient, par provocation ou par stratégie, présentées à l'université en niqab.

Pendant deux jours, Issam surveilla les allées et venues du professeur. Il ne semblait pas être sur ses gardes. Le mardi, son dernier cours finissait plus tard que les autres jours, vers 19 heures. Il quittait le campus en voiture et vivait dans une rue très fréquentée, avec notamment une épicerie en bas de son immeuble. En revanche, le trajet de l'université à son domicile devait faire environ trois kilomètres et, sur le parcours, les deux premières rues à la sortie du campus étaient sombres et quasi désertes. Le plan s'imposait de lui-même.

Le mardi suivant, Issam attendit la nuit. Le parking du campus était presque vide. Issam, en dix secondes à peine, creva les quatre pneus de la voiture du professeur. Puis il sortit tranquillement du campus, où deux frères l'attendaient. Les trois hommes se postèrent dans la rue choisie pour attendre leur victime, chacun à des endroits différents. Issam se plaça dans une petite ruelle attenante à la rue. Ses deux complices prirent position aux deux extrémités de celle-ci. Issam, en patientant, imagina la tête qu'avait dû faire le professeur en découvrant ses quatre pneus crevés. Il avait certainement hésité un moment avant de se décider à rentrer à pied. Camouflé à l'intersection de la ruelle et de la rue, Issam jeta un rapide coup d'œil. Il vit, à soixante mètres environ, la silhouette du professeur.

Il n'était pas seul. Un étudiant l'accompagnait. Issam avait décidé de reporter l'opération quand il constata que le frère posté au début de la rue s'était mis à suivre les deux hommes. C'était absurde. Il suffisait que l'un d'eux se retourne pour l'apercevoir, cagoulé et porteur d'un gros bâton. C'était même inévitable, car Issam pouvait entendre, dans le silence de la nuit, le pas rapide et déterminé de son complice. Le professeur l'entendit également. Il tourna la tête et hurla à son compagnon de s'enfuir. Les deux hommes, pourchassés par le troisième, se mirent à courir. Le professeur se trouvait à un ou deux mètres devant l'étudiant. En deux secondes il fut à la hauteur d'Issam, qui sortit de la ruelle et lui asséna un coup de bâton en plein visage. Sous la violence du choc, accentuée par la vitesse de sa course, le professeur fut projeté en arrière. L'étudiant avait continué à courir. Issam regarda dans sa direction. Inutile de le poursuivre, pensa-t-il. Ils étaient là pour le professeur. Mais le frère posté à l'autre extrémité de la rue arrêta net la course du jeune homme. Issam entendit un bruit terrifiant d'os broyés, comme si une boîte crânienne venait d'exploser en mille morceaux.

Le lendemain, la mort de Nabil, étudiant en droit de vingt ans, fit la une des journaux. Le professeur était hospitalisé, avec le nez brisé et un traumatisme facial, mais sa vie n'était pas en danger. Les chefs des principaux partis laïcs accusèrent immédiatement En Nahda d'être responsable de ce drame, au moins indirectement, en raison de son double jeu et de son soutien aux salafistes. Issam était effondré. Il s'attendait à être exclu de l'organisation. Il n'en fut rien. Après tout, En Nahda portait le chapeau et ce n'était pas pour déplaire aux dirigeants d'Ansar el Charia, que l'attitude trop conciliatrice de Ghannouchi énervait de plus en plus. Bien loin de minimiser l'événement, Al Qayrawan Media Foundation voulut lui donner un grand retentissement en pointant également la responsabilité d'En Nahda. Avec sa politique des petits pas et ses hésitations constantes, Ghannouchi attisait l'impatience des musulmans qui l'avaient porté au pouvoir afin qu'il mette en place une Constitution fondée sur la charia. Ghannouchi devait considérer ce drame comme un avertissement. S'il ne conduisait pas rapidement la Tunisie dans la voie de la *sunna*, les débordements se multiplieraient.

Le vendredi suivant, après la première prière, Ayman fit venir Issam et Abdelmalik.

— On déménage. Vous avez deux heures pour faire votre valise.

— Mais où va-t-on ? demanda Issam.

— À la sortie ouest de la ville. Nous allons nous installer dans une grande propriété. Nourdine et Khaled y sont déjà. Je n'en sais pas plus, sauf que c'est un ordre. Une voiture va venir nous chercher pour nous y conduire.

— Ça veut dire qu'on arrête les études ? questionna Abdelmalik.

— Oui. De toute façon, on ratait tous les cours.

Comme prévu, un véhicule les attendait à la sortie du campus. C'était une Mercedes-Benz classe G flambant neuve.

— Waouh, on nous prend pour des Saoudiens ! s'exclama Issam en faisant le tour du véhicule. Ça, c'est de la bagnole.

— Et encore, t'as pas vu l'intérieur, dit Abdelmalik qui venait de s'engouffrer à l'arrière. Y a même un petit frigo.

Issam et Abdelmalik étaient surexcités. Ayman ne disait rien. Il était inquiet. Il sentait que de grands changements se préparaient.

Après une heure de route, ils arrivèrent devant une propriété entourée d'un mur d'au moins deux mètres de hauteur. Plusieurs gardes se tenaient de chaque côté du portail d'entrée. Ils étaient armés de kalachnikov et firent descendre les occupants de la Mercedes. S'ensuivirent une fouille minutieuse du véhicule, le passage d'un détecteur de métaux, et même une inspection visuelle en dessous de la Mercedes. Ayman, Abdelmalik et Issam furent fouillés. Seul le chauffeur n'y eut pas droit. Puis, ils purent tous remonter dans le véhicule. Le portail s'ouvrit et ils roulèrent lentement jusqu'à une grande bâtisse de béton qui ressemblait davantage à un bunker qu'à une maison de vacances.

L'intérieur, en revanche, était assez luxueux. Ils pénétrèrent dans un salon immense où trois hommes se trouvaient déjà, assis sur des canapés de cuir blanc. À leur arrivée, les trois hommes se levèrent. Issam reconnut immédiatement Nourdine et Khaled.

Nourdine sourit en dévoilant sa denture clairsemée. Ayman se dirigea vers le troisième homme. Ils se prirent dans les bras l'un l'autre. Puis, l'inconnu se tourna vers Issam.

— Alors quoi, l'artiste, tu ne me reconnais pas ?

Issam se concentrait. Le visage ne lui était pas totalement étranger.

— Vraiment, tu ne vois pas ? C'est moi, Saber !

Issam n'avait pas pensé un instant à Saber. Dans ses souvenirs, le frère de Nourdine était mince et élancé et il avait devant lui un véritable colosse, une masse d'au moins cent kilos tout en muscles. Le visage rond de Saber semblait s'être allongé. Ce devait être l'effet de la longue barbe noire parsemée de petits points blancs. Le bonnet que portait Saber accentuait encore sa ressemblance avec un énorme tronc d'arbre.

D'un geste de la main, Saber fit signe à ses invités de prendre place sur les quatre canapés qui formaient un carré parfait. Le thé fut servi dans de la vaisselle raffinée. Le contraste était saisissant entre la tenue de Saber et le service en porcelaine. Saber était vêtu d'un treillis vert et beige et d'un gilet tactique qui avaient dû connaître les montagnes du nord Yémen et le sable de l'Hadramaout. Au début, la conversation porta sur tout et rien, les souvenirs de Kerkennah, les nouvelles de la famille et des amis, la situation en Tunisie. Puis, Saber raconta les grandes lignes de son parcours jusqu'à la mort d'Al Awlaki en septembre 2011. Saber s'interrompit soudain pour inviter ses convives à faire la prière de la mi-journée.

Il leur indiqua une salle de bains pour faire leurs ablutions et un large tapis.

Après la prière, Saber prit la parole de façon plus solennelle. Ce n'était plus le Kerkennien qui s'exprimait mais le chef de guerre.

— Vous allez vous installer dans cette demeure. Elle est sécurisée et nous allons tous y vivre. Les choses sérieuses vont commencer en Tunisie et j'ai décidé que vous seriez membres de ma *katiba*.

Issam tenta de croiser le regard d'Ayman, mais celui-ci regardait fixement Saber. Ce fut Abdelmalik qui s'exprima, lui qui ne disait jamais rien.

— Moi, j'obéis à Ayman. Je fais partie de la *katiba* d'Ayman.

— Mais Ayman n'a pas de *katiba*. Il n'est pas émir, reprit Saber en souriant.

— Et nous, on est quoi alors ? rétorqua Abdelmalik.

— Vous êtes un petit groupe de frères qui, à son petit niveau, a rendu quelques services. Et maintenant, vous allez servir sous mes ordres et passer à la vitesse supérieure.

Issam et Abdelmalik s'attendaient à ce qu'Ayman dise quelque chose, mais il restait silencieux. Saber comprenait parfaitement ce qui se passait dans leur tête. Il sortit un morceau de papier et le tendit à Issam.

— Qu'est-ce que c'est ?

— C'est le texte de la *baya* que vous allez lire chacun votre tour.

— Tu veux qu'on te prête allégeance ?

Abdelmalik s'agitait de plus en plus. Il quémandait un regard d'Ayman, quelque chose à quoi se raccrocher.

— Moi, je ne prête la *baya* qu'à Ayman. Lui, je le connais, pas toi.

Le regard de Saber devint noir. Abdelmalik commençait à l'énerver. Puis, les traits de son visage se détendirent.

— Je comprends. C'est normal. J'arrive comme ça et je vous demande de me prêter allégeance. J'aurais dû commencer par me présenter. En Irak et au Yémen, on me connaît sous le nom d'Abou Bakr Al Tounsi. J'ai toujours été votre chef, mais vous ne le saviez pas. Vas-y, Ayman, explique-leur.

Ayman se tourna vers Issam et Abdelmalik.

— Saber dit vrai. Cela fait bien longtemps que Khaled et moi-même avons prêté allégeance à Saber. Il est notre émir et je vous demande de lui prêter allégeance à votre tour.

Issam ne répondit rien. Les choses étaient claires. Il se mit à lire la *baya* en regardant Saber.

— Je prête serment d'allégeance à Abou Bakr al Tounsi, dans la facilité et la difficulté, dans l'écoute et l'obéissance, même si ma personne doit en être éprouvée, et de ne pas aller à l'encontre de ses ordres sauf si j'ai la preuve d'une mécréance de sa part.

Ce fut ensuite au tour d'Abdelmalik et de Nourdine.

Le repas qui suivit fut bien garni. Abou Bakr voulait que ses hommes profitent et décompressent. La bonne humeur s'installa. Puis vint le temps de la première réunion de travail. Abou Bakr débuta son exposé par un état des lieux.

— Notre *katiba* se compose maintenant de dix frères. Ce n'est pas beaucoup mais nous pouvons facilement faire appel à d'autres frères en cas de besoin. Nous allons axer notre action sur deux sujets : les politiques *tawaghit*[1] qui essayent d'installer une démocratie laïque et les artistes qui portent atteinte au sacré ou qui ne respectent pas la *sunna*. Inutile de dire que, sur ce second point, j'ai pensé à toi, Issam. Tu vas pouvoir te faire pardonner tes errements passés. Tu peux déjà commencer à réfléchir à notre premier objectif, l'exposition du Printemps des arts. D'ailleurs, chacun peut commencer à y réfléchir.

Issam se mit au travail. L'exposition ouvrait début juin dans la galerie Abdelliya de la Marsa, au nord de Tunis. Il n'y avait pas de temps à perdre. Il fit de longues recherches internet sur quelques-unes des œuvres qui devaient être exposées. Aucune n'était blasphématoire. En revanche, plusieurs étaient figuratives et parfois caricaturales, comme une toile représentant un barbu au regard lugubre ou encore des bustes de femmes lapidées. Certaines œuvres étaient indécentes. Elles dévoilaient des parties dénudées du corps féminin. Dans l'ensemble, cependant, aucune œuvre n'était de nature à enflammer suffisamment les cœurs des musulmans. Il fit part de son analyse devant le groupe. De son point de vue, il n'y

---

1. Pluriel de *taghout*. Dans le contexte, ceux qui veulent l'instauration d'un régime mécréant.

avait aucune chance de créer un mouvement spontané de la *Oumma* contre cette exposition. Or, il était important que le rejet de l'art mécréant vienne de la base plutôt que d'une opération commando qui placerait les artistes en victimes d'une action terroriste.

Saber était très impressionné par l'analyse d'Issam. Il avait tout compris. Effectivement, les réactions devaient venir des frères et avoir toute l'apparence de la spontanéité. L'objectif n'était pas seulement de faire pression sur les artistes mais surtout de démontrer que la population était contrainte de faire le travail de purification qu'En Nahda n'osait pas entreprendre, par lâcheté et calcul politique. Le message devait être parfaitement clair : les Tunisiens de la rue font respecter la charia eux-mêmes, puisque Ghannouchi ne le fait pas. Cependant, il fallait trouver un moyen de créer cette émulation. Ce fut Nourdine qui trouva la solution.

— C'est comme pour les vidéos !

— C'est-à-dire ? demanda Saber.

— Pour faire une bonne vidéo, il faut un bon montage. Faisons pareil.

— Comment ?

— On va se servir de notre site et des réseaux sociaux pour dénoncer des œuvres blasphématoires exposées à la Marsa. On va mentionner certaines œuvres réellement exposées en soulignant les injures faites à l'islam ou leur caractère pornographique, et on va en ajouter quelques autres de nature à mettre le feu aux poudres.

— Excellent, applaudit Saber. Tu as des idées précises ?

— Ah, ça, c'est le travail d'Issam. C'est lui l'artiste. Il va nous en trouver.

Issam avait une culture artistique suffisante pour savoir où chercher. Il trouva facilement la perle rare : un tableau exposé au Sénégal représentant le Prophète sur un cheval ailé surplombant la Kaaba. Pour écrire son texte, il n'éprouva aucune difficulté. L'inspiration lui vint facilement.

Il faut croire que les prétendus artistes de la banlieue chic de Tunis ne craignent pas le Tout-Puissant. L'obscénité de leurs œuvres mériterait déjà le fouet sans le blasphème insupportable qui l'accompagne. Juste à côté d'un tableau figurant une multitude de nains barbus derrière une femme entièrement nue dont seul le sexe est dissimulé par un plat de couscous, les organisateurs du Printemps des arts ont osé placer un tableau montrant le Messager de Dieu – sallallâhou alayhi wa sallam – s'élevant vers les cieux sur sa monture ailée. L'idée même que le sacré le plus absolu puisse côtoyer la pornographie me fait trembler de rage. Y aura-t-il des frères pour venger notre Prophète et faire de ce Printemps un hiver éternel pour les blasphémateurs, tandis qu'En Nahda permet les pires impiétés sans réagir ?

Le projet d'Issam reçut l'aval de Saber. Le timing aussi était important. Il ne fallait pas diffuser trop tôt,

de peur que les organisateurs aient le temps nécessaire pour rétablir la vérité. Saber décida de lancer
la bombe le dernier jour de l'exposition. Les choses
devaient être faites en grand. Outre Internet, il
convenait d'inonder la Tunisie de SMS et de tweets.

L'opération fut un franc succès, bien au-delà
des espérances de Saber. Des jeunes salafistes sac-
cagèrent l'exposition, brisèrent les sculptures, lacé-
rèrent les tableaux, et le mouvement ne s'arrêta pas
là. Les artistes exposants furent menacés de mort
par téléphone, sur Internet, par SMS, sur les réseaux
sociaux. Des émeutes se produisirent dans plusieurs
villes appelant à l'exécution des organisateurs et des
exposants. Devant l'ampleur de la réaction popu-
laire, En Nahda décida de suivre le mouvement. Le
ministre des Affaires religieuses s'en prit aux artistes,
coupables selon lui d'avoir porté atteinte au sacré. Le
ministre de la Culture porta plainte contre les organisateurs de l'exposition, tandis qu'un prêcheur de la
prestigieuse mosquée Zitouna appela à mots à peine
voilés à égorger les artistes apostats. La liste des personnes à exécuter circula abondamment.

Cette action d'éclat aurait dû souder le groupe
autour de son émir, mais Saber faisait régner une
ambiance lourde. Alors qu'Ayman avait toujours
usé de douceur et d'attentions pour motiver son
groupe, Saber prenait un malin plaisir à mettre mal
à l'aise et à rabaisser. Ayman s'était mis en retrait, et
Saber ne lui prêtait d'ailleurs guère attention. Il avait
choisi son souffre-douleur en la personne d'Abdelmalik. Peut-être était-ce, inconsciemment, parce que

celui-ci admirait Ayman et que cette admiration aga-
çait Saber ? Toujours est-il que les vexations verbales
et les tâches ingrates pleuvaient sur Abdelmalik. Personne n'osait intervenir. Il y avait dans le regard de
Saber quelque chose de noir qui ne tenait pas seulement à la couleur de l'iris, ni à celle de ses longs
cils. Ce noir-là n'était pas une absence de couleur
ou de lumière, c'était une profondeur, une chute.
C'était le noir d'un puits profond. Cependant, ce
noir n'était pas absolu. Une lueur dansait au fond
de ses rétines, comme un feu follet dans la nuit, un
éclair de folie. Saber alternait le froid et le chaud,
la tension et l'apaisement, la violence contenue et la
douceur forcée. Il pouvait passer d'une phase d'excitation intense à un abattement profond. Les phases
d'excitation se caractérisaient par un flot saccadé de
paroles emmêlées, des gestes amples et brusques, un
visage dont les expressions changeaient aussi vite
qu'un ciel écossais et une vivacité d'esprit peu commune, comme si son cerveau et tout son organisme
à sa suite, ses nerfs, ses muscles et son sang s'em-
ballaient, fonctionnaient à vitesse accélérée. Dans ces
moments-là, il parlait, se levait, marchait de long en
large, s'asseyait, se relevait aussitôt pour arpenter la
pièce à nouveau. Puis venait une phase d'abattement,
terrible, imprévisible, comme si le moteur venait de
serrer, comme si le tourbillon avait été aspiré dans un
trou noir. Alors, Saber s'asseyait et ne se relevait plus,
tel un lion blessé. Ses gestes, rares au demeurant,
devenaient lourds, engourdis, douloureux. Il mettait
sa tête entre ses mains, passait ses doigts dans ses

cheveux, parlait très doucemôt ou demeurait totalement silencieux et immobile.

Abdelmalik était cantonné à des tâches subalternes, cuisine, ménage, porteur de messages sans importance. La décision de Saber de lui confier l'exécution de Mohamed Sadri, le directeur d'un théâtre de Tunis, fut donc une grande surprise pour l'ensemble du groupe. Ce directeur de théâtre avait mis en scène une pièce dans laquelle les salafistes étaient décrits comme des hypocrites qui ne pensaient qu'au pouvoir et au sexe. La pièce s'appelait d'ailleurs *Les tartuffe de la Zitouna*, et une scène avait mis en fureur tant les dirigeants d'En Nahda que ceux d'Ansar el Charia. Une jeune femme, voilée des pieds à la tête et qui poussait le fondamentalisme vestimentaire jusqu'à porter des gants noirs, écoutait les discours moralisateurs d'un religieux. Petit à petit, celui-ci parvenait à la convaincre de se donner à lui. La jeune femme relevait alors sa longue robe noire et s'asseyait à califourchon sur le religieux en mimant un rapport sexuel. Le régime avait aussitôt fait fermer le théâtre et engagé des poursuites contre le directeur et les acteurs pour trouble à l'ordre public et atteinte au sacré.

Pour les salafistes, ce n'était pas suffisant.

L'opération fut soigneusement programmée. Saber décida de la superviser lui-même. Tandis que Khaled resterait au volant, Nourdine filmerait, et Abdelmalik aurait l'honneur de tuer le blasphémateur. Les repérages montrèrent que le scénariste était sur ses gardes. Il se savait menacé et ne sortait jamais seul. Saber décida d'agir tout de même et, pour la première fois, distribua des armes. Issam et Ayman reçurent chacun une kalach. Saber en prit une également.

L'attaque eut lieu en plein jour, alors que Sadri sortait de son domicile encadré par ses deux gardes du corps. Sous la menace des kalach, les trois hommes furent contraints de s'allonger sur le sol. Pendant qu'Ayman et Issam tenaient en joue les gardes du corps de Sadri, Saber lui ordonna de se relever et de s'éloigner de quelques mètres. D'un coup violent de la crosse de son arme derrière les jambes, il le força à se mettre à genoux. Nourdine filmait en gros plan le visage terrifié du directeur. Saber fit un signe à Abdelmalik. Il n'y avait plus de temps à perdre. Abdelmalik s'avança. Il tremblait. C'était à peine si ses jambes le portaient encore. Il se positionna derrière Sadri, mais resta immobile, tétanisé.

— Qu'est-ce que tu fais ? cria Saber.

Abdelmalik sursauta, sortit son couteau, tira les cheveux de Sadri en arrière et enfonça la lame à hauteur de la carotide. Mais il ne tenait pas assez fermement sa victime, qui se mit à bouger dans tous les sens en projetant des jets de sang. Finalement, le directeur se retrouva allongé, face au sol. Il bougeait toujours.

— Vas-y, finis le travail, hurla Saber.

Mais Abdelmalik en était incapable. Il tentait de retourner la victime, sans y parvenir. Il avait du sang partout, y compris dans les yeux, et commençait à paniquer. Saber se précipita sur Abdelmalik, lui prit son couteau et le poussa violemment hors du champ de la caméra. Puis il se positionna à genoux sur les reins de Sadri, lui empoigna les cheveux à pleine main et lui tira la tête en arrière en découvrant la plaie profonde infligée par Abdelmalik. Avec force, il engouffra la lame, fit deux trois allers-retours et parvint à sectionner une vertèbre. Il cisailla les derniers lambeaux de chair puis se tourna vers la caméra et montra la tête décapitée en scandant : « *Allahou akbar !* » Il la fit rouler sur le sol jusqu'au caniveau et donna le signal du départ.

Dans la voiture, Saber ne dit rien. Abdelmalik pleurait en répétant qu'il s'excusait, qu'il n'avait pas pu. Ayman tentait de le calmer. Issam était sous le choc de ce qu'il avait vu.

Une fois de retour à leur base, Saber ordonna à Abdelmalik d'aller se laver et fixa un débriefing une heure plus tard.

Chacun s'attendait au pire. Saber prit la parole en s'adressant à Abdelmalik.

— Par ta faute, la vidéo est inexploitable. Nous ne pouvons pas diffuser un film qui montre l'amateurisme et l'indécision d'un *moudjahed*.

— J'ai essayé, Saber, j'ai essayé.

— Oui, mais tu as échoué et notre mission est un échec, même si l'apostat a payé pour son crime. Je t'ai fait confiance en te chargeant de cette mission délicate.

— Disons plutôt que tu la lui as confiée en sachant qu'il échouerait, dit Ayman.

Les mots d'Ayman furent suivis d'un grand silence. C'était la première fois qu'il défiait l'autorité de Saber.

— Tu pouvais confier cette mission à n'importe lequel d'entre nous, mais tu as choisi le plus faible, celui que tu cantonnes depuis des semaines à des tâches ménagères. La vérité, c'est que tu voulais qu'il échoue, qu'il prouve sa faiblesse. Et maintenant Saber, c'est quoi la suite ? Tu vas l'exclure du groupe, c'est bien ça ?

Saber était face à une véritable fronde d'Ayman. Il eut envie de le tuer sur-le-champ mais il se retint. Il sentait les regards interrogateurs des autres membres du groupe. Même Khaled semblait le désapprouver. Il trouva une solution.

— Ayman, mon frère, comment peux-tu penser une telle chose de ma part ? Il est vrai qu'Abdelmalik m'a semblé être le plus faible d'entre nous. C'est pourquoi j'ai voulu l'endurcir. Le jihad a besoin de *moudjahidin* courageux qui ne reculent pas quand il s'agit de verser le sang des mécréants. Bien loin de vouloir exclure Abdelmalik du groupe, je compte lui confier d'autres missions pour qu'il devienne un vrai *moudjahed*. Mais, il est vrai que, dans l'immédiat, il va partir en Syrie pour combattre Bachar. C'est un grand honneur que je lui fais en l'envoyant combattre dans le Cham. Quand il reviendra du jihad, il sera fort et pourra être utile au groupe. Et, s'il ne revient pas, c'est qu'il sera devenu un *shahid*.

Abdelmalik jeta un regard épouvanté en direction d'Ayman.

— Je ne peux pas. Je ne veux pas laisser Ayman !

— Arrête tout de suite tes jérémiades, ordonna Saber. Tu n'es pas une femme et Ayman n'est pas ton mari ! Va faire tes bagages. C'est un ordre. Tu pars demain matin.

Chapitre dix-huit

L'Assemblée constituante poursuivait son travail lentement. Le 1er août, alors que de nombreux Tunisiens étaient en vacances, En Nahda tenta de donner un gage aux salafistes en faisant adopter l'article 28 de la future Constitution. Dans cet article, la femme devenait le « complément de l'homme ». Le principe d'égalité des sexes affirmé dans le code du statut personnel imposé par Bourguiba le 13 août 1956 disparaissait.

La réaction fut immédiate. La société civile s'organisa en un temps record. Les partis laïcs, les syndicats et les associations organisèrent la manifestation dont la date ne pouvait être que le 13 août, jour anniversaire de la promulgation du décret de Bourguiba, devenu la « Journée de la femme » en Tunisie.

Ahlam prit une part très active dans les préparatifs. Avec les membres de son association et plusieurs autres organismes, elle confectionna des affiches, des banderoles et des autocollants. Elle recueillit des fonds destinés à contribuer au financement du déplacement des manifestants jusqu'à Tunis. Elle prit de nombreux contacts avec les organisateurs et proposa des volontaires pour assurer le service d'ordre. La manifestation était en effet à haut risque. Selon les rumeurs, En Nahda organisait de son côté une contre-manifestation de femmes voilées et, en cas de provocation des salafistes, il ne fallait pas s'attendre à ce que la police intervienne. Ahlam faisait l'aller-retour entre Sfax et Kerkennah tous les jours. Les réunions du comité de coordination se tenaient en effet à Sfax et elle ne voulait en manquer aucune.

Le 10 août, elle ne rentra pas. Les trois amies qu'elle devait rejoindre au port pour embarquer sur le dernier ferry l'attendirent en vain. Elles ne s'inquiétèrent pas outre mesure, même si son portable sonnait dans le vide. Elle avait dû être retenue par quelques derniers détails à résoudre. Mais, le lendemain, Ahlam resta introuvable et injoignable.

La peur succéda à l'inquiétude. Farhat se dirigea lentement vers la *Bayt el bahr*. Chaque pas lui rappelait ceux qu'il avait faits des années plus tôt, quand il était venu annoncer à Paul l'hospitalisation de Nora. Et son ami avait été présent. Il n'avait pas fait de miracle mais il avait été là pour lui et Nora. Au fond de lui, Farhat croyait en la toute-puissance de Paul. Quand Paul ouvrit la porte, il ne lui fallut qu'un court instant pour lire la souffrance dans les yeux de son ami. Il le prit dans ses bras et Farhat se mit à pleurer. C'étaient de gros sanglots qui venaient du fond de la gorge. Paul attendit que Farhat soit en état de lui expliquer mais, pendant ces longues minutes, il imagina à peu près tout et l'angoisse monta peu à peu. Il pensa d'abord à la mort d'Issam, puis à celle de Fatima. Tout à coup, il vit l'image d'Ahlam. Il la chassa vite. Pas Ahlam. Tout sauf Ahlam. Paul classait les événements de la vie en deux catégories, le supportable et l'insupportable.

Farhat lui raconta l'insupportable. Puis il attendit. Il pensait que son ami trouverait les mots qui rassurent, mais Paul n'avait pas les mots. Il était effrayé.

— Que peut-on faire, Paul ? Que peut-on faire ?

Paul n'avait pas d'idée. Il était vide. Que pouvait-on faire dans cette Tunisie à la dérive ? Vers qui se tourner ? Seule l'action pouvait les soulager. Faire quelque chose. Tenter quelle chose. Mais quoi ?

Farhat et Paul prirent le ferry de 11 heures. Au commissariat de police de Sfax, le commissaire les écouta d'une oreille distraite. Fraîchement nommé par En Nahda, il ne ressentait que du mépris pour les femmes comme Ahlam, les suffragettes tunisiennes qui singeaient à ses yeux les féministes occidentales. Paul s'emporta. Paul exigea, mais les temps avaient changé.

— Vous n'avez rien à exiger, monsieur Arezzo. Vous êtes un étranger tout juste toléré sur le sol tunisien.

— Mais moi, je suis tunisien, et je suis le père d'Ahlam, répliqua Farhat.

— C'est exact. Et si j'avais été le père d'Ahlam, je n'aurais jamais laissé ma fille se comporter ainsi.

— Se comporter comment ?

Farhat sentit la haine l'envahir. Il se retint pour ne pas sauter à la gorge du policier. En regardant le visage crispé de Farhat, Paul se rappela sa propre colère devant le fonctionnaire du consulat de France qui lui avait refusé des visas pour Farhat et Fatima. Il posa sa main droite sur l'épaule gauche de son ami et lui dit avec douceur :

— Viens, on s'en va. Ça ne sert à rien. On va se débrouiller autrement.

Paul et Farhat sortirent du commissariat comme des automates. La chaleur était écrasante. Les rues étaient désertes. Ils n'avaient personne vers qui se tourner. La Tunisie leur paraissait n'être qu'un désert brûlant. La police ne les aiderait pas. Les amis d'Ahlam n'étaient d'aucune utilité. Ils ne savaient rien. Ahlam avait quitté la réunion en indiquant qu'elle avait un rendez-vous à honorer. Personne ne savait avec qui. Personne ne savait pourquoi.

Ils reprirent le ferry pour Kerkennah. C'était l'aveu de leur impuissance. Pendant le dîner, Paul fut irrité par le fatalisme de Fatima. Elle semblait s'être résignée et attendre le pire. Peu à peu, à son contact, Farhat s'éteignait. Il opinait du chef quand Fatima leur assenait des « *mektoub* » et des « *inch'Allah* » encore plus déprimants que la mauvaise volonté du commissaire. Paul s'était également laissé aller au fatalisme, à cette tentation de l'attente et de l'inaction. Mais, en observant Fatima et Farhat, son naturel combatif reprit le dessus. Par tempérament, il refusait la résignation. Il ne l'avait pas fait pour Nora et ne voulait pas se résigner pour Ahlam. Il y avait certainement quelque chose à faire.

Sans doute, mais quoi ?

Au pire, Ahlam avait été enlevée par les salafistes. Au mieux, par En Nahda.

Paul prit congé. Il n'arriverait pas à dormir mais il avait besoin d'être seul. La pénombre de la terrasse de la *Bayt el bahr* lui apporta un peu de réconfort. La fraîcheur de la brise marine clarifia ses pensées. Il alluma une cigarette en espérant que, de cette petite lueur rouge, jaillirait une idée pour sauver Ahlam.

Il savait maintenant qu'il l'aimait. La douleur était trop forte pour qu'il en soit autrement.

Ahlam perçut aussi une lueur. Une lampe brillait sur une petite table en bois. Elle comprenait que c'était une lueur, une lampe et une table. Elle comprenait seulement cela. Pour le reste, son esprit ne se fixait sur rien. Il flottait au-dessus du lit où son corps était allongé. Ce corps, elle ne parvenait pas à le mouvoir. Elle ne comprenait pas pourquoi. Aucun geste ne lui venait, aucune pensée non plus, juste la perception de cette lueur sur cette table. Et puis, plus rien. Ahlam replongea dans un sommeil profond.

Quelques minutes ou quelques heures plus tard, Ahlam rouvrit les yeux. Elle regarda fixement le plafond. Son esprit n'était plus là. Il était redescendu. Elle s'était concentrée sur cette seule idée, ouvrir les yeux. Elle savait qu'elle le devait, sortir de cet état de torpeur sans fin, cet engourdissement de tout son être. Alors, elle avait mis toute son énergie dans cette seule action. Ahlam dut néanmoins refermer les yeux. L'effort avait été trop intense. Fermer les yeux lui apporta un soulagement immédiat.

La troisième tentative fut couronnée de succès. Cette fois-ci, la lumière était vive et les images nettes. Une forme d'abord confuse se dessina de plus en plus nettement au bout du lit. C'était une jeune femme vêtue d'un jilbab, une pièce entièrement noire. Elle avait un visage rond et souriant.

— Enfin ! Tu m'as fait peur. Ils ont un peu surdosé et j'ai cru que tu ne te réveillerais jamais. Je m'appelle Oum Aicha et je t'ai apporté des vêtements. Je les ai mis sur la chaise. Je vais te chercher à manger et à boire.

Oum Aicha quitta la pièce en adressant un sourire appuyé à Ahlam. Quand elle revint, Ahlam n'avait pas bougé. Elle avait tenté de se relever deux ou trois fois, en vain. Oum Aicha déposa un plateau sur une petite table à droite du lit.

— Écoute, Ahlam, il faut que tu te bouges. T'es encore dans le brouillard, mais ça va passer si tu manges. Je vais t'aider.

Oum Aicha glissa ses bras sous ceux d'Ahlam et la redressa doucement. Elle l'aida à rejoindre le bord du lit. Elle comprit qu'Ahlam n'irait pas plus loin et lui apporta le plateau, puis elle l'aida à manger et à boire. Ensuite, Ahlam s'allongea de nouveau. Cette fois-ci, ce fut un sommeil paisible qui l'emporta. À son réveil, elle se sentit bien. Elle était faible mais lucide. Elle avait retrouvé la capacité de réfléchir… et de se souvenir. Et ce dont elle se souvenait ne lui plaisait pas du tout. Elle se leva, fit quelques pas et vit la forme noire sur la chaise. Elle déplia le petit tas de coton. C'était un jilbab, un niqab et des gants noirs. Ahlam reposa les vêtements qu'Oum Aicha avait laissés à son intention. Elle baissa les yeux, vit le galbe de ses jambes moulées dans son jean et sentit le contact de son chemisier blanc sur sa peau. Elle eut un frisson. Le souvenir de son frère sur la plage, la frappant comme un dément, lui revint. Elle n'avait jamais pu effacer les traces de cette explosion de violences dans son cœur. La blessure était profonde. La suite n'avait été qu'une succession de répliques attendues du séisme initial. Était-il possible de changer autant, de se transformer à ce point ?

La porte s'ouvrit. Oum Aicha était de retour. Elle ne souriait plus.

— Je t'ai dit de t'habiller ! T'attends quoi ?

Ahlam fut surprise par le regard mauvais et l'agressivité d'Oum Aicha. Elle avait été si douce avec elle. Oum Aicha se rendit compte qu'elle avait été trop brusque.

— Pardonne-moi, Ahlam. C'est pour ton bien. Quand ils vont venir te chercher, ils ne vont pas apprécier du tout.

— Tu vois bien que je suis déjà habillée, répliqua Ahlam avec ironie.

— Ne joue pas à ça ! Tu vas le regretter. Tu ne sais pas de quoi ils sont capables.

— Oh, si, je le sais très bien. Ils sont capables de tout… sauf de me forcer à m'habiller en corbeau.

— Si c'est comme cela que tu le prends, tant pis pour toi. Moi, je voulais juste t'aider.

— Non, toi tu fais ce qu'ils te demandent de faire.

Oum Aicha baissa les yeux. Elle remit son niqab, se retourna et sortit de la pièce. Ahlam entendit la clé dans la serrure. Elle eut envie de pleurer. Même si elle avait tenu tête à Oum Aicha, elle avait tellement peur.

Quelques minutes seulement après le départ d'Oum Aicha, un homme fit irruption dans la chambre. Il était vêtu d'un kamis beige et d'un cheich noir qui lui couvrait presque entièrement le visage. Il ne toucha pas Ahlam, la regarda à peine et ne lui parla que pour lui ordonner de le suivre. Ahlam le suivit le long d'un couloir faiblement éclairé qui lui parut interminable. Au bout du couloir, une porte était ouverte. Elle donnait sur une pièce entièrement vide, à l'exception d'une table rectangulaire derrière laquelle se tenaient, assis sur des chaises en bois, trois hommes dont Ahlam ne pouvait distinguer les visages car la pièce était très sombre. Ahlam voulut s'approcher.

— Reste où tu es ! dit l'homme qui se tenait au centre.

Ahlam s'immobilisa. Elle était debout, à cinq mètres à peine des trois hommes.

— Comment oses-tu te présenter devant nous dans cette tenue dépravée ? reprit le même homme d'une voix forte.

— Je suppose que vous êtes celui qui préside à cette mascarade ? C'est quoi, au juste, un tribunal ? fit Ahlam sans trembler. Vous êtes des amis de mon frère, c'est ça ?

— Dix coups de bâton !

Sur le moment, Ahlam ne comprit pas. L'homme n'avait rien dit d'autre et, pendant cinq secondes, il ne se passa rien. Puis, elle sentit un poids sur ses épaules et tomba sur les genoux. Immédiatement, elle ressentit une vive douleur sur le côté droit et s'écroula sur le ventre. Un autre coup l'atteignit sur l'omoplate droite, puis sur la gauche. Les coups s'abattaient à un rythme régulier sur son dos. Ahlam fut ensuite traînée jusqu'à sa chambre. La porte se referma.

Malgré la douleur, Ahlam parvint à s'endormir. Quand elle se réveilla, la douleur était encore plus forte et Oum Aicha était là, debout devant le lit.

— Je t'avais prévenue. Ça ne sert à rien de résister. Soumets-toi à Allah. C'est cela, l'islam.

Ahlam se sentait fiévreuse. Des frissons violents parcouraient son corps. À quoi bon répondre ? Ne réponds pas. Mais quelque chose en elle la poussait à tenir tête.

— Je veux bien me soumettre à Allah, mais pas à ces hommes !

Ahlam avait crié. Les mots étaient sortis de sa bouche avec la puissance d'un crachat.

— Ne te fais aucune illusion, Ahlam. Si tu n'es pas habillée dignement quand ils reviendront te chercher, ils recommenceront. Ça continuera jusqu'à ce que tu cèdes.

— Je ne me fais aucune illusion. Je sais que je vais mourir.

Ahlam était persuadée qu'elle mourrait de toute façon, mais elle avait peur de souffrir. Après le départ d'Oum Aicha, elle regarda fixement le petit tas de vêtements qui pouvait lui éviter de nouvelles souffrances. Elle fut tentée de les revêtir. Après tout, qu'est-ce que cela changerait ? Ils auraient gagné ? Quelle victoire ? Forcer une jeune femme terrorisée à se soumettre à leur volonté, flatter leur sentiment de toute-puissance ? Était-ce si mal de céder ? Elle serait la seule à pouvoir se le reprocher. Son orgueil n'était pas forcément la réponse adaptée à leur folie. Mais, si elle cédait, si tous les Tunisiens étaient aussi faibles qu'elle, alors, que resterait-il de la Tunisie ? Ahlam détourna son regard des vêtements. Il lui sembla qu'elle était la Tunisie et que sa reddition serait à ses propres yeux insoutenable. Comment pourrait-elle encore inciter les Tunisiens à résister aux salafistes ? À condition qu'il y ait une suite, se dit-elle. Elle sourit à sa propre crédulité qui, au fond d'elle, lui faisait garder l'espoir. Dehors, ses amis et sa famille étaient à sa recherche. Et puis, Paul devait être en train de remuer ciel et terre. L'important était de tenir, de gagner du temps. Mais comment ? Si elle obéissait, elle était persuadée qu'après l'avoir ainsi soumise ils la tueraient. Tant qu'elle leur résisterait, ils voudraient la faire plier et la garderaient en vie. Alors, Ahlam décida de tenir mais, une heure plus tard, une peur panique l'envahit quand elle entendit des bruits derrière la porte. Son corps lui rappela la violence des coups. La première fois, il avait été surpris. Maintenant, il savait à quoi s'attendre et il se refusait à souffrir à nouveau. Ahlam se demanda si sa mère avait ressenti la même peur avant la deuxième chimio, celle de devoir affronter de nouveau une souffrance dont elle connaissait l'intensité pour l'avoir déjà éprouvée. La souffrance qui vous prend par surprise est tellement plus supportable que celle qui se rappelle à vous.

Le bruit derrière la porte disparut. Personne n'ouvrit. Personne ne vint pendant de longues heures. Ahlam, brûlante de fièvre, se torturait l'esprit. Elle voulait céder, puis ne voulait plus. La tentation de la soumission était devant elle, quelques centaines de grammes de coton. Quand elle fut conduite pour la seconde fois devant ses juges, elle ne dit rien, ne répondit pas.

— Trente coups de bâton !

C'est à peine si elle entendit la sentence. Dix, trente ou quarante, ça n'avait plus d'importance.

La manifestation du 13 août fut un grand succès. De-ci, de-là, dans le cortège, le visage d'Ahlam apparaissait sur des pancartes au-dessus de la foule. Sa disparition avait fait du bruit. Les organisateurs avaient ouvertement accusé En Nahda d'en être responsable.

Le lendemain, Ahlam fut découverte au centre-ville de Sfax. Elle était entièrement vêtue de noir et, selon des témoins, son corps avait été jeté d'une voiture vers 2 heures du matin. Un homme, au bout de quelques minutes, s'était approché et avait ôté le niqab qui recouvrait son visage. Il pensait qu'elle était morte mais voulait s'en assurer.

Chapitre dix-neuf

Mais Ahlam n'était pas morte. Quand elle se réveilla, Paul, Farhat et Fatima étaient à son chevet.

— Où suis-je ?

— À l'hôpital de Sfax, répondit Farhat. Tout va bien. Tu as un peu de fièvre et plusieurs côtes fêlées, mais rien de grave. Si tu savais comme on a eu peur.

— Papa, mon papa, dit Ahlam d'une petite voix en tendant les bras vers son père.

Farhat s'approcha de sa fille et l'embrassa tendrement sur le front.

— Vaut mieux pas que je te prenne dans les bras. Ça pourrait te faire mal. Les côtes fêlées, c'est douloureux.

Ce fut ensuite au tour de Fatima de s'approcher et de l'embrasser.

— J'ai tellement prié pour toi. Qui t'a fait ça ?

Ahlam ne répondit pas immédiatement. Elle réfléchissait en regardant Paul. À lui, elle pourrait dire la vérité, elle en avait même besoin, mais surtout pas à Farhat et à sa grand-mère.

— Je ne sais pas, grand-mère. J'allais rejoindre mes amies au port et, après, je ne me souviens de

225

rien. J'ai sans doute été droguée. Quand je me suis réveillée, il y avait une femme qui voulait que je porte le niqab. J'ai refusé. On m'a amenée devant trois hommes. J'ai continué de refuser. Ils m'ont donné des coups de bâton. C'est arrivé plusieurs fois. Le reste, je ne sais pas.

Paul sut qu'elle mentait. Il le lisait dans ses yeux.

— On t'a retrouvée habillée en tenue islamiste. Tu as été jetée d'une voiture. Tes amies nous ont dit que, le jour de ton enlèvement, tu n'étais pas partie avec elles parce que tu avais quelque chose à faire. C'était quoi ? demanda Farhat.

— Je ne sais plus. Excuse-moi, papa, mais je me sens tellement fatiguée.

— Tu veux qu'on te laisse ?

— Oui, mais je voudrais dire un mot à Paul.

Farhat et Fatima ne bougeaient pas.

— Je voudrais dire un mot à Paul en privé, précisa Ahlam.

Farhat fut surpris. Fatima pas du tout.

— Je n'en ai pas pour longtemps.

Quand son père et sa grand-mère eurent quitté sa chambre, Ahlam se redressa sur son lit.

— C'est au sujet d'Issam ? demanda Paul.

Des larmes coulèrent sur les joues d'Ahlam.

— C'est quand même pas lui qui t'a fait ça !

— Promets-moi de garder pour toi ce que je vais te dire, Paul.

Paul soupira. Il s'approcha d'Ahlam. Il avait envie de l'embrasser. Au lieu de cela, il s'assit au bord du lit et prit sa main droite au creux de ses mains. Elle était chaude et fine, tellement fine.

— Paul, il n'y a qu'à toi que je peux dire la vérité. J'ai si mal. Ce n'est pas Issam qui m'a fait ça, mais c'est pareil. Ce soir-là, quand j'ai quitté la réunion, j'ai reçu un appel de mon frère. Il voulait me voir. Il disait que c'était urgent. Il m'a donné rendez-vous devant la mosquée de Sidi el Lakhri. J'y suis allée. J'étais à la fois inquiète et heureuse de le revoir. Je me faisais plein de films. Je me disais qu'il voulait revenir, quitter les salafistes, mais qu'il avait peur. Puis, quelqu'un m'a agrippée par-derrière. Et c'est le trou noir jusqu'à mon réveil. Issam m'a tendu un piège, mon propre frère ! Ses amis m'ont battue. Ils voulaient que je me soumette, que je porte la tenue islamiste. J'ai refusé. Je ne voulais pas céder, mais j'avais si peur… pas de mourir, de souffrir !

— Tu as fini par céder.

— Oui, après la deuxième séance de coups de bâton. Tout à coup, j'ai pensé à toi, à mon père et à Fatima.

— Oh, mon trésor, ne t'en veux pas. Je ne connais personne d'aussi courageux que toi.

Mon trésor ! Jamais Paul ne l'avait appelée ainsi. Ahlam enregistra dans son cœur non seulement les mots mais la façon dont Paul les avait prononcés, l'intonation de la voix, le mouvement de ses lèvres, son regard dans ses yeux. Elle était heureuse de vivre.

Paul posa ses lèvres sur le dos de la main d'Ahlam avant de la quitter. Farhat et Fatima l'attendaient avec impatience. Farhat n'osa pas lui demander ce qu'Ahlam lui avait dit. Fatima non plus, mais pour d'autres raisons.

Ahlam s'endormit doucement en se répétant les paroles de Paul. *Mon trésor.*

Paul eut du mal à trouver le sommeil. Il n'arrivait pas à comprendre pour quelle raison Issam avait fait ça. Il devait y avoir une autre explication. Enlever Ahlam juste pour lui apprendre les bonnes manières vestimentaires, ça n'avait aucun sens. C'était plutôt un message adressé aux autres, à tous ceux qui défendaient la démocratie et l'égalité entre l'homme et la femme en Tunisie. Dans ce cas, cependant, ils auraient certainement tué Ahlam. Le message aurait été plus clair. À moins qu'il ne s'agisse d'un avertissement adressé à Ahlam, une dernière chance par égard pour son frère ? C'était une explication logique, peut-être la seule, mais elle ne plaisait pas du tout à Paul. Elle signifiait qu'Ahlam était en danger. Parce qu'elle allait continuer. De ça, Paul était certain.

Paul avait en partie raison. Il s'agissait bien d'une mise en garde. Issam, toutefois, n'avait pas agi dans ce but. Quand la presse dévoila dans quel état Ahlam avait été retrouvée, il fut pris d'une rage incontrôlable. Heureusement, Saber n'était pas à Sfax. Issam surgit devant Ayman et Khaled dans un état de surexcitation qui le rendait presque méconnaissable.

— Où est ce chien ? Je vais le tuer, je vais l'égorger. Je vais découper son corps en morceaux et le jeter aux porcs.

— Arrête, Issam ! Tu parles de notre émir, dit Ayman d'une voix ferme.

— Quand je l'aurai tué, ça ne sera plus notre émir.

— Tu ne feras pas ça. Tu lui dois obéissance, et je te rappelle que c'est toi qui as mené ta sœur dans ce traquenard, souligna Khaled.

— Aucun mal ne devait lui être fait. Vous le savez très bien tous les deux. On était tous d'accord. C'était juste pour l'empêcher de participer à la manifestation du 13 août. Rien d'autre. On m'a assez dit que nos grands chefs n'appréciaient pas que ma sœur affiche sa mécréance. Ça, je comprends. Mais pourquoi la battre ?

— Les femmes doivent être battues quand elles n'obéissent pas. Qu'il s'agisse de ta sœur n'y change rien, ajouta Khaled.

— Au contraire, reprit Ayman, c'est parce qu'il s'agissait de ta sœur que Saber a été si magnanime. Sinon, il l'aurait tuée.

— Il n'empêche qu'il n'a pas respecté sa parole. Il m'a menti, et ça, c'est contraire à l'islam.

— Il pensait ce qu'il t'a dit mais il a été contraint d'agir ainsi, dit Ayman.

— Qu'en sais-tu et pourquoi le défends-tu ?

— Je le sais parce que j'étais là.

Issam reçut cet aveu comme un coup de poignard. Il admirait tellement Ayman. Comment avait-il pu être présent et laisser faire une chose pareille ?

— Mais pourquoi, Ayman, pourquoi ?

— Nous l'avons fait venir. Il y avait Saber, moi et Nourdine. Saber voulait tenter de la ramener vers le chemin de la vraie foi. Mais elle était tellement arrogante. Ce n'est pas tant son refus de s'habiller décemment. Si tu avais entendu la façon dont elle a répondu à notre émir, tu aurais compris, et tu ne serais pas en colère contre lui.

En écoutant Ayman, Issam s'était radouci. Il avait un peu honte. Qui était-il pour oser juger de cette façon leur émir ? Et puis, n'avait-il pas lui aussi laissé éclater sa colère contre Ahlam sur la plage ? S'il avait été capable de la frapper, lui, son frère, comment en vouloir à Saber !

— Écoute, Issam, il faut que tu maîtrises tes émotions, dit Ayman avec bienveillance et douceur. Saber est un homme dur. Ce qu'il fait peut te paraître injuste. J'ai moi-même souvent du mal à accepter ses décisions. Mais, c'est notre émir, et c'est un *moudjahed* très pieux. Allah sait mieux que toi. N'oublie pas cela ! Allah sait mieux que nous tous. C'est lui qui guide Saber dans chacune de ses décisions. J'espère que ta sœur aura compris et qu'elle restera chez elle à l'avenir, comme une vraie musulmane.

— Tu as raison, Ayman. Je suis désolé de m'être emporté.

— Non, ne t'excuse pas. J'aurais dû te parler de ce qui s'est passé. Je n'ai pas trouvé le courage. Oublions tout ça. Nous avons de grandes choses à accomplir dans la voie du jihad.

Ahlam sortit de l'hôpital deux jours plus tard. Il lui tardait de revoir Kerkennah. Paul et Farhat vinrent la chercher et furent aux petits soins. Sur le pont de l'*El Loud*, elle se sentit heureuse. Le soleil faisait scintiller la mer et elle voyait se dessiner Kerkennah. Elle était debout, appuyée sur le bastingage. Farhat était à sa gauche et Paul à sa droite. Paul regardait au loin. Elle aimait plus que tout son profil, ses traits taillés au couteau, le creux de ses joues. Elle prit la main gauche de Paul dans sa main droite. Paul ne tourna pas la tête mais elle vit qu'il souriait. Ils restèrent ainsi une bonne partie de la traversée. Ahlam ne faisait plus attention à son père. Quand Farhat décida de s'asseoir après avoir demandé à sa fille, pour la dixième fois, de venir également se reposer, il vit Ahlam et Paul, de dos, main dans la main. C'était l'image d'un couple. Il ne les avait jamais vus ainsi. Tout à coup, certaines allusions de Fatima lui revinrent à l'esprit. Il ne les avait jamais comprises auparavant. Et puis, à l'hôpital, Ahlam avait voulu rester seule avec Paul. Farhat les regarda à nouveau. Ils étaient beaux tous les deux. Certes, Paul avait trente-huit ans et Ahlam seulement dix-neuf, mais ce n'était pas cela qui dérangeait Farhat. Ce qui le troublait, c'était son incapacité à se réjouir. Les deux personnes qu'il aimait le plus au monde se tenaient par la main sous le soleil de Tunisie et ça le contrariait. Il aurait voulu les garder l'un et l'autre, séparément, pour lui. Plus il réfléchissait et plus la situation lui déplaisait. Paul était un homme à aventures. Farhat avait pu le constater plus d'une fois. Et puis, il rentrerait un jour ou l'autre en France. S'il partait avec Ahlam, que resterait-il à Farhat ? Fatima ? Oui, pour les quelques années qu'il lui restait à vivre. Farhat se demanda si

Nora avait prévu cela, Paul et Ahlam. Il fronça les sourcils. Une pensée désagréable venait de lui traverser l'esprit. Paul était un Français et pas du genre à attendre le mariage pour le consommer. Quant à Ahlam, la patience n'était pas son fort. Farhat n'était pas rassuré. Il était pourtant indispensable qu'elle soit vierge pour le mariage. De quoi Farhat aurait-il l'air, sinon ? Les femmes devaient rester vierges jusqu'au mariage. Sur ce point, il n'y avait pas à transiger. Une pensée contradictoire traversa l'esprit de Farhat. Elle était beaucoup plus agréable. C'était un souvenir de lui et de Nora dans la felouque. Il dut admettre qu'ils n'étaient pas vraiment mariés à cette époque. Et puis, zut ! De toute façon, qui parlait de mariage ? Paul lui avait-il demandé la main d'Ahlam ? Non, alors, à quoi bon se torturer l'esprit !

Farhat regarda de nouveau Ahlam et Paul. Ils se tenaient toujours par la main. Son ami ne lui avait pas demandé la main d'Ahlam mais se servait lui-même. D'ici à ce qu'il prenne le reste !

Les deux jours suivants, Farhat ne pensa qu'à sa découverte. Il finit par voir plus clair en lui. Il avait peur de perdre sa fille, certes, mais avait réalisé qu'elle était en danger. La Tunisie était devenue folle et bien trop dangereuse pour des têtes brûlées comme Ahlam. Si Paul l'épousait, il pourrait la mettre en sécurité en France. Et puis, ce ne serait pas si terrible. Il irait la voir à Paris avec Fatima.

Ahlam se rétablit rapidement. Sa proximité retrouvée avec Paul, les gestes de tendresse qu'il avait eus à son égard avaient effacé l'épreuve endurée. Elle se sentait forte, forte de cet amour qu'elle ressentait et forte de l'amour qu'elle devinait chez Paul. Elle se sentait prête à oser, prête à défier. Ses côtes ne lui faisaient plus mal. En revanche, elles portaient encore les stigmates de son calvaire : son dos était strié d'hématomes impressionnants. Leur couleur avait évolué. De rouge, ils avaient tourné au violet et, depuis peu, des petites touches allant de l'orange au jaune étaient apparues. Ce dégradé de couleurs fit naître une idée un peu floue dans son esprit. Peu à peu, l'idée se précisa et Ahlam sut qu'elle venait d'imaginer un projet grandiose. Elle se déshabilla totalement et se regarda dans le grand miroir de sa salle de bains. Elle se trouva très belle. Les hématomes donnaient une touche d'étrangeté à son corps parfait. Elle se caressa doucement le cou, les seins, le ventre et l'intérieur des cuisses, d'abord en se regardant dans la glace, puis en fermant les yeux pour imaginer plus aisément Paul en train de lui faire ce qu'elle se faisait elle-même. C'était délicieux. Elle continua sous la douche.

Quand Ahlam fut enfin prête, propre et parfumée, elle mit ses plus beaux dessous, de la lingerie simple et toute blanche. Puis elle choisit une robe bleu ciel, très légère, sexy mais pas trop. Elle choisit un maquillage sobre, juste un peu de noir pour rehausser son regard. Avant de partir, elle regarda l'heure : 15 heures. Elle avait tout le temps. Il n'y avait aucun doute dans son esprit. Paul serait à la *Bayt* parce que ce devait être ainsi. C'était le jour.

Mektoub.

En ouvrant la porte, Paul fut agréablement surpris. Ahlam était une apparition sublime. Mais il était
inquiet.

— Tu es certaine que tu peux quitter la chambre ?
Ce n'est pas trop tôt ?

— Je ne me suis jamais sentie aussi bien. Je n'ai
plus mal et j'ai de l'énergie à revendre.

Ahlam entra. Elle se dirigea vers le salon et, sans
hésiter, s'assit sur le canapé en se souvenant du corps
de Sophia langoureusement allongée. Elle n'en voulait plus à Paul. Maintenant, Paul ne serait que pour
elle. Le passé n'avait plus d'importance. Elle se sentait forte et capable de toutes les audaces.

Paul apporta le thé.

— Autre chose te ferait plaisir ?

Ahlam avait plein d'idées en tête, des idées de
grande fille mais, avant, il lui restait un désir de petite
fille inassouvi.

— Oui. Je connais tout de la *Bayt*, sauf un endroit
que tu nous as interdit depuis toujours.

— La chambre fermée ?

— Oui, la chambre fermée. Si tu veux me faire
très, très, très plaisir, montre-moi.

Paul sourit. Il prit la main d'Ahlam, l'aida à se relever et tous deux se dirigèrent vers la chambre fermée.

— Tu vas connaître tous mes secrets, dit-il en
ouvrant la porte.

Ahlam pénétra dans le lieu interdit. L'atmosphère
était agréable, ni trop chaude ni trop froide. La pièce

était remplie de tableaux, au sol, sur des chevalets, fixés au mur. Elle reconnut plusieurs tableaux de son frère. Elle vit aussi des nus de Sophia. C'est vrai que cette garce était vraiment bien foutue. Son attention fut rapidement attirée par trois tableaux sur le mur de gauche, à l'écart des autres. Ces trois tableaux avaient droit à un mur pour eux seuls.

— Ce sont des *Femme aux regards*, s'exclama Ahlam. Je croyais qu'ils étaient tous vendus.

— Pas ceux-là, Ahlam. Ceux-là sont les plus aboutis. J'ai vendu tous les autres mais j'ai gardé ceux qui s'approchaient le plus de…

Paul s'était arrêté en milieu de phrase. Il hésitait.

— Qui s'approchaient le plus de quoi ? demanda Ahlam. Tu m'as promis que j'allais connaître tous tes secrets. J'ai toujours été fascinée par cette série de portraits, toujours la même femme mais jamais exactement le même regard. J'ai cherché toutes tes interviews sur Internet. J'ai lu des ouvrages spécialisés. Il n'y a d'explication nulle part.

Paul jeta un regard interrogatif. Pour quelle raison avait-il envie de lui raconter, lui qui n'en avait jamais parlé ?

— Ahlam, quelque chose a changé en toi.

— Ne change pas de sujet, répondit-elle en souriant.

— Tu es devenue une…

— Une ?

— Tu n'es plus une enfant. Tu as de l'assurance. Tu es devenue une jeune femme.

Il était temps que tu t'en rendes compte, pensa Ahlam.

— Alors ? J'attends, reprit-elle.

Cette fois, ce fut Paul qui sourit. Décidément, Ahlam était devenue une femme sûre d'elle. Comment était-ce possible après l'épreuve qu'elle venait de subir ? Ou était-ce précisément à cause de cela ?

— Ahlam, je ne t'ai jamais dit que j'étais déjà venu à Kerkennah. J'avais neuf ans. Ce furent mes dernières vacances avec mes parents. J'en ai gardé un souvenir impérissable parce que, juste après, ma vie a basculé. Un mois après notre retour. Il faisait très beau, ciel bleu, air pur. Mes parents riaient et je riais avec eux. Nous étions si heureux. C'était l'un de ces moments magiques de pur bonheur et d'insouciance qui font que la vie, en fin de compte, vaut tout de même d'être vécue. C'est drôle mais, je me dis aujourd'hui la même chose quand je te vois. Nous roulions sur une petite route de montagne. Papa faisait des blagues, parfois un peu lourdes mais, maman et moi, on riait quand même. Soudain, à la sortie d'un virage, j'ai vu quelque chose devant nous. Je n'étais pas assis à ma place. Je m'étais avancé entre les deux sièges avant pour voir la route et être le plus près possible de mes parents. Papa aussi a vu cette espèce de gros cylindre en travers. Pas maman, parce qu'elle me regardait. Je n'ai pas perdu connaissance. Je me suis retrouvé allongé sur l'herbe, à dix mètres de la voiture. J'avais traversé le pare-brise. Je n'ai eu aucune blessure, pas une égratignure. Je me suis levé, tout surpris, et je suis revenu à la voiture. Elle était renversée sur le toit. J'ai secoué papa mais il ne bougeait pas. Il était toujours à la place conducteur, avec maman à ses côtés. J'ai fait le tour de la voiture et j'ai secoué maman. Elle ne bougeait pas non plus. Alors, j'ai commencé à pleurer. La peur m'envahissait. J'ai crié. Et là, maman a ouvert les yeux. Elle a légèrement tourné la tête. Elle m'a regardé. Quel regard ! Si tu savais, Ahlam ! Quel regard ! Il était si beau, si doux, si tendre, ce regard. Dedans, il y avait tout son amour et aussi tout l'amour de papa. Dedans se trouvait ma vie entière. Mais que ce regard était triste, un regard d'adieu, une tristesse qui ne se peint pas. Même moi, je n'ai pas pu. Puis, maman a fermé les yeux lentement. J'ai vu s'éteindre la lumière. Quelqu'un est arrivé et m'a emporté. Je me suis laissé faire. J'ai tourné une dernière fois la tête et maman a rouvert les yeux. Son regard si tendre, si triste, m'a suivi. Il me suit encore. D'autres gens sont arrivés. Il y en a eu partout. Un grand monsieur en uniforme s'est accroupi pour se mettre à ma hauteur. Il était gentil. Il cherchait ses mots. Finalement, il m'a dit : « Ton papa et ta maman sont partis, mais on va bien s'occuper de toi. »

Paul s'était tu. Ahlam était très émue.

— Alors, les tableaux de la femme aux regards, c'est…

— C'est ma mère. J'ai essayé de peindre son dernier regard. J'ai essayé tellement de fois. Je n'y suis jamais parvenu. Parfois, je n'étais pas trop loin, mais il manquait toujours quelque chose. Dans cette pièce, tu contemples les trois tableaux qui s'en approchent le plus. Souvent, je m'assieds devant eux et je reste des heures durant à les contempler. Je n'ai rien de plus précieux que ces tableaux. Quand j'ai acheté la *Bayt el bahr*, j'ai d'abord pensé à l'endroit où je pourrais les mettre. Aujourd'hui, je suis incapable d'approcher ce que j'ai fait à l'époque. Le souvenir s'est effacé. Au début, il était vivace. Je peignais une image que j'avais conservée aussi nette qu'au premier jour dans ma mémoire. Puis cette image est devenue de plus en plus floue. C'est pour cela que j'ai arrêté la série de la *Femme aux regards*, même si l'Américain en voulait toujours plus. Pour moi, ça n'avait plus de sens. Ma mère est là, devant toi. J'ai peint toute sa tendresse, tout son amour et tout son désespoir de devoir m'abandonner. Maintenant, si tu regardes bien, ces trois tableaux présentent une différence essentielle avec les autres de la série.

Paul tendit une lampe torche à Ahlam.

— Approche la lampe des yeux.

Ahlam dirigea la lumière vive au centre des yeux. Au début, elle ne comprit pas ce qu'elle voyait, cette forme microscopique au fond de la rétine. Elle approcha la lampe encore plus près.

— Ce n'est pas possible ! Mon Dieu, Paul, c'est incroyable !

— Eh oui, Ahlam, c'est mon reflet au fond des rétines de ma mère. C'est l'enfant que j'étais et qu'elle regardait fixement. C'est la dernière image qu'elle a emportée de moi et j'ai peint la dernière image que j'ai emportée d'elle. Il m'a fallu beaucoup de temps pour comprendre que, dans le regard de ma mère, se trouvait ce qu'elle voyait.

Paul parlait encore. Il ne regardait pas Ahlam. Il ne regardait nulle part. Il était ailleurs. Ahlam était derrière lui. Elle sentit une bouffée d'amour irrésistible l'envahir, la réchauffer. Sans bruit, avec souplesse, elle se dévêtit. Sa robe passa au-dessus de sa tête, sa culotte et son soutien-gorge glissèrent au sol. Paul se tut. Il cherchait Ahlam des yeux. Il ne la vit ni à droite, ni à gauche. Il se retourna. Elle était devant lui, à deux mètres, entièrement nue. Paul était émerveillé. Elle était parfaite. Il s'approcha et l'enlaça doucement. Ahlam avait fermé les yeux. Elle tendait ses lèvres. Paul l'embrassa longuement. Il chercha un instant sa langue avant de la trouver. Pendant ce long baiser, Paul explora les courbes d'Ahlam. Ses mains glissèrent le long de son dos, s'arrêtèrent un instant sur la rondeur de ses fesses, puis remontèrent lentement. Au bout de deux ou trois minutes, Ahlam s'écarta doucement.

— Et maintenant, au boulot !

Paul ne comprit pas.

— Paul, tu vas me peindre nue, entièrement nue, et de dos.

Ahlam se tourna et Paul vit alors les zébrures orange, jaunes et violettes. C'était beau et terrifiant. De dos, Ahlam ressemblait à une magnifique tigresse du Bengale.

— Qu'as-tu ? Ça te connaît, les nus féminins, non ? fit-elle avec malice. Celui-ci va être le plus beau de tous.

Paul comprit où elle voulait en venir. Il aurait dû se douter qu'elle préparait quelque chose. Il comprit et eut peur.

— Tu es vraiment certaine de vouloir aller jusque-là ?

— Oui.

Paul rassembla son matériel, chevalet, bâtons de pastel et papier Canson.

— Où veux-tu t'installer ?

— Dans le salon, bien sûr, sur le canapé, répondit Ahlam en plongeant dans les yeux de Paul.

Paul éclata de rire. Il prit de nouveau Ahlam dans ses bras et l'embrassa avec fougue. Mais Ahlam le repoussa.

— Je ne veux pas que tu me fasses l'amour tout de suite. Je veux que tu fasses le tableau d'abord. Je veux que tu me désires pendant que tu peins et que ce désir illumine le tableau.

Avec une grande délicatesse, sans la brusquer, Paul installa Ahlam sur le canapé. Il voulait qu'elle soit de trois-quarts dos mais que son visage reste visible. Ahlam tourna la tête dans sa direction. Le bas de son visage était masqué par son bras gauche et la naissance de son épaule. Paul prit du papier Canson de couleur beige à grain moyen. Il installa juste derrière lui, légèrement à sa droite, une lampe fluorescente avec correction de lumière, pour imiter celle du jour. Il réalisa ensuite un encadrement avec un crayon au fusain. Dès le premier jet, il plaça les ombres. Puis,

240

il dessina les courbes parfaites d'Ahlam. À certains endroits, il se servit de l'arête du bâtonnet de pastel pour donner davantage de force. Avec l'arête, il traça également les yeux, les cils et les sourcils, mais sans appuyer pour ne pas altérer l'impression de douceur qu'il voulait conserver. Paul contrôla fréquemment l'exactitude et l'intensité du regard, la forme et la parfaite dimension des yeux en plaçant un miroir de biais devant le visage d'Ahlam. Il ne voulait rien laisser au hasard. Il voulait que le corps d'Ahlam soit un écrin pour ses yeux. Pour rendre la couleur exacte de son corps, il utilisa des ocre, des roses, des orange, des rouges et des bleus. Il estompa à de multiples reprises pour trouver, en mélangeant les couleurs sur le grain, la teinte voulue. En superposant des couleurs claires à des couleurs foncées, il parvint à maîtriser les ombres et à faire ressortir les reflets et le velouté de la peau. Paul caressait le papier comme s'il s'agissait de la peau d'Ahlam, comme si son grain de peau se confondait au grain du papier. Et maintenant il fallait, comme les ravisseurs d'Ahlam l'avaient fait, souiller la perfection sans y parvenir, châtier la beauté de traits appuyés qui, par une fabuleuse ironie, l'avaient au contraire rehaussée. Paul opta pour un bleu nuit, le masque bleu de la beauté. Les islamistes avaient échoué. Ahlam était plus belle que jamais et les longues traces sur son dos ne témoignaient que de leur cruauté. Elle était une insolente beauté bafouée, éclatante et provocante. Le temps passa très vite. Au bout de trois heures, Ahlam quitta la pose. Elle voulait voir l'avancement du tableau, pensa Paul. Elle avança vers lui, glissa dans son dos tandis qu'il continuait de peindre, tracer, estomper dans le souvenir de la pose qu'elle venait de quitter. Elle l'embrassa dans le cou, se déplaça doucement en tournant autour de lui pour s'arrêter devant le chevalet. Elle pressa son corps nu contre le sien. Il sentit la chaleur de ses seins contre sa poitrine à travers le tissu de sa chemise. Elle prit délicatement ses mains, en retira les bâtonnets de pastel, les guida ensuite, lentement, le long de son dos jusqu'à ses reins, puis sur la courbe de ses fesses douces et fermes et, plus bas encore, sur le velours de ses cuisses galbées. Main dans la main, ils se dirigèrent vers le sofa. Ahlam déshabilla Paul, puis s'allongea. Paul vint au-dessus d'elle. Il la pénétra très doucement, avec d'infinies précautions. Il se sentait aérien, sur un nuage, dans un rêve… Ahlam. Mais Ahlam voulait sentir son corps contre le sien. Elle l'enlaça et le plaqua contre elle. Elle fit ce qu'elle avait vu Sophia faire. Elle referma ses jambes, comme des ailes, autour de sa taille. Maintenant, il lui appartenait. Il ne pouvait plus s'échapper.

Chapitre vingt

Ahlam dans la chambre de Paul aux murs couleur ivoire.

Ahlam dans le grand lit de Paul aux draps couleur bleu marine.

Ahlam dans les bras de Paul, blottie contre lui.

Le temps s'est arrêté. Seul le présent existe.

La jeune femme n'y croit pas tout à fait. Le monde est devenu trop parfait. Ce qui se passe au-dehors, soudain, ne l'intéresse plus. La révolution n'existe plus. Les salafistes n'existent plus. Ils n'ont jamais existé. La Tunisie n'a jamais existé. Il n'y a plus qu'elle et lui, elle contre lui. Lui tout à l'heure en elle, et bientôt en elle de nouveau. Sauf qu'elle veut le connaître, lui. Il sait tout d'elle. Il l'a vue grandir. Il lui a appris la beauté de l'art. Il l'a conduite sur des sentiers merveilleux. Il a donné du rêve au rêve. Puis il lui a fait découvrir l'amour. Elle était vierge. Elle l'attendait. Peu importe la différence d'âge. Tout à l'heure, elle ira au piano et lui jouera *Elisa*. Elle lui demandera de chanter – *Tes vingt ans mes quarante, si tu crois que cela me tourmente, ah non vraiment, Lisa* –, et ils souriront ensemble de cet obstacle aboli, de ce détail insignifiant. Mais maintenant, elle veut tout connaître de lui. Pour être à égalité. Il faut qu'il lui raconte, qu'il se raconte à elle. Elle sait déjà sa fracture, ses parents dans sa tête et son cœur, le regard de sa mère. Mais il lui faut plus. Alors, Paul raconte. Il se prête de bonne grâce aux exigences de l'amour.

— Comme tous les enfants, j'ai commencé à dessiner et à colorier avant de savoir parler. Seulement, j'ai persévéré. Sans doute parce que je voyais ma mère peindre. Sans doute parce qu'elle m'a initié. Peut-être est-ce tout simplement génétique ? Je sais en tout cas ce qui m'a poussé vers cette passion de la peinture qui ne me quittera plus. Ce furent les noms magiques donnés aux couleurs ou inspirés par elles. Les couleurs inspirent les mots et les mots inspirent des couleurs. C'était comme si, pour moi, le monde entier, les fleurs, les végétaux, les animaux, les minéraux, la neige, la mer, l'océan, la montagne, la terre, le ciel, le feu, le soleil, les planètes, les comètes, la vie et la mort, étaient compris dans la palette de couleurs que, émerveillé, je contemplais et dont, Dieu que j'étais, je pouvais me servir à volonté. Les mots sonnaient. Ils étaient beaux. Je me les disais à moi-même. Je les prononçais à haute voix, bien distinctement : rouge vermillon, orange de cadmium, vert émeraude, jaune de zinc, noir d'ivoire, bleu de cobalt, gris froid, terre de Sienne brûlée, laque cramoisie, ocre rouge, blanc nuance crème et jaune citron. Alors, les images apparaissaient, belles, inquiétantes, magiques, exotiques. Je voyais les mines d'émeraude et les ouvriers pliés, le ciel en feu et les Indiens suppliants, la nuit orageuse et les hommes angoissés, le petit matin jaune et les amants enlacés, le désert orangé et les os calcinés, les maisons de terre rouge et les peuples en prière, les fruits dans la coupe et, dedans, le serpent vert.

— Tu sais, Paul, un jour, Issam m'a parlé de l'amour de la peinture que tu lui avais transmis. Il m'a dit exactement la même chose. Il m'a parlé du nom des couleurs et de la fascination que ces mots provoquaient en lui, des images éblouissantes qu'elles faisaient naître. Crois-tu que la religion soit parvenue à le fasciner davantage ?

— C'est exactement ce qu'il s'est passé, Ahlam. Ton frère est perméable aux mots. Il se laisse emporter par eux. Il ferme les yeux et imagine un autre monde, un monde meilleur. Les versets du Coran et les hadiths du Prophète lui procurent un effet comparable au plaisir intense que les couleurs, auparavant, lui procuraient.

— Et davantage. Si ce n'est que les couleurs embellissent la terre et la vie qu'elle porte, alors que la religion peut mener à la guerre et au chaos.

— Parfois à l'amour, aussi. Avec moins de certitudes que la peinture. La peinture et l'amour se ressemblent. L'un et l'autre tiennent à d'innombrables détails, un ensemble de choses convergentes, une alchimie prodigieuse : douceurs, couleurs, odeurs, courbes, lignes, attitudes, une multitude de points lumineux formant la voie lactée sous laquelle nos âmes aspirent à s'apaiser. Ce n'est pas par hasard si mes goûts de peintre se sont portés sur le corps de la femme qui représente l'amour et le désir à mes yeux. Jamais un paysage ou un objet ne parviendront à traduire autant de sentiments, de profondeurs, d'incertitudes, de changements, de mouvements qu'un visage et un corps. Un objet ou un paysage ne vivent que dans le regard de celui qui les observe, alors qu'un corps vit par lui-même et sait qu'il est observé. C'est pourquoi le regard porté sur lui le transforme et qu'il est toujours mouvant, en changement constant de position et d'attitude. Mais, quelle complexité pour le peintre ! Aucune couleur n'est plus difficile à rendre que celle de la peau qui respire, avec ses multiples reflets. Aucune lumière n'est plus difficile à maîtriser que celle de l'âme. Comment peindre l'âme ? Jamais flamme ne sera plus ardue à fixer que celle que l'on trouve, éclatante de vie, dans l'intensité d'un regard. Je suis amoureux du corps féminin. Dans ce corps, ce qui m'émeut est avant tout le regard : les yeux qui pétillent, les paupières qui frémissent, les longs cils qui s'évadent, les cernes délicats qui témoignent de sa fragilité, l'intensité et le pouvoir de séduction.

— Maintenant, parle-moi de ton premier amour, dit Ahlam en se blottissant encore davantage contre le torse de son amant.

— C'était l'un de mes modèles… évidemment.

— Décidément, c'est une habitude !

— Que veux-tu ? Le cuisinier aussi goûte ses plats.

— Ah, comparaison très raffinée ! dit Ahlam d'une colère feinte.

— La première fois que j'ai fait l'amour, c'était avec une jeune femme de mon âge, à peu près dix-sept ans. Je ne la peignais jamais totalement nue car elle ne voulait pas. Du reste, notre tableau me fait penser à elle et à cette toute première fois. Comme toi, je l'avais installée de trois-quarts dos. Mais elle se tenait debout. Elle était vêtue d'une robe légère dont le haut avait glissé jusqu'à la chute de ses reins. Sa nuque était nue, ses bras étaient nus, son dos était nu. J'avais dégrafé les tout derniers boutons de sa robe pour découvrir sa courbe jusqu'à la commissure de ses fesses. Son corps était parfait. Ses longues jambes fines regardaient une lune idéale à leur sommet tandis que, de l'autre côté, elles semblaient à peine toucher terre. Mais tout cela n'était rien comparé à son regard qui m'enflammait, à ses longs cils d'or et de lumière rehaussés d'un trait noir et à ses yeux dont la profondeur insaisissable passait d'un bleu océan, profond et serein, à un bleu léger, aérien et nuageux.

— Bon, ça va, parlons d'autre chose, dit Ahlam, légèrement agacée par le plaisir visible que prenait Paul à se souvenir.

Pour le faire taire, elle l'embrassa goulûment. Elle avait de nouveau envie de faire l'amour. Cela faisait maintenant une semaine qu'elle passait la plupart de son temps dans les bras de Paul. Elle avait dit à son père et à sa grand-mère qu'ils avaient repris le travail d'arrache-pied et, à déjà deux reprises, elle avait prétendu qu'elle passerait la nuit chez une amie à Sfax à l'issue d'une réunion tardive. Mais elle n'avait pas quitté Kerkennah, et rarement le lit de Paul. Certes, elle avait recommencé à jouer du piano, à la grande joie de son amant, mais lui n'avait même pas essayé de peindre sur sa musique. Ça reviendra plus tard, pensa Ahlam. De toute façon, il y avait plus important à faire, même si Paul retardait l'échéance.

Paul savait qu'il devait agir. Ahlam n'attendait que ça. Mais il avait besoin de cette trêve, de ce retrait du monde. Ne penser qu'au présent et à l'amour, à l'insouciance et à la légèreté. Le tableau d'Ahlam les ramenait au contraire dans la réalité, la Tunisie, les salafistes et la violence. Exposer ce tableau revenait à s'exposer à nouveau à la peur et au danger, s'interdire une vie paisible, un bonheur insouciant. Il y avait de quoi hésiter. Mais le tableau était fini. Paul l'avait lui-même encadré. Ahlam le trouvait fantastique, une vraie grenade dégoupillée.

— Paul, est-ce que tu m'aimes ?
— Bien sûr, quelle question.
— Pourquoi m'aimes-tu ?
Paul fit mine de réfléchir.
— Parce que tu es Ahlam, une jeune femme très belle, très intelligente, une musicienne exceptionnelle et une…
— Une quoi ?
— Une tête de mule, une tête brûlée, une battante.

— Donc, tu m'aimes aussi parce que je me bats pour ce que je crois.

Ahlam avait gagné. Paul essaya une dernière fois, sans y croire.

— Ahlam, ce tableau…

— Ce tableau est magnifique.

— Peut-être, mais il est incroyablement dangereux.

— Dangereux ! Paul, regarde-moi ! Tu m'aimes pour ce que je suis. Et tu sais ce qu'ils m'ont fait. Et tu sais ce qu'ils font à la Tunisie. Paul, je les déteste. Je veux les combattre. J'ai cédé une fois. J'étais trop faible. Maintenant, je t'ai à mes côtés. Je me sens si forte de notre amour. Je n'ai peur de rien. J'ai besoin que tu sois courageux. Je suis si heureuse. Je n'ai jamais été aussi heureuse depuis la mort de maman. Quand on est heureux, on n'a pas peur. Je n'ai pas peur. Si tu es à mes côtés, je n'ai pas peur.

— Tu n'as pas peur parce que tu as dix-neuf ans, Ahlam. À trente-huit ans, le bonheur fait peur. La vie est passée par là et nous a appris que le bonheur ne tenait qu'à un fil. Quoi qu'il en soit, je m'incline. Je savais ce que je faisais en peignant ce tableau. Il est trop tard pour reculer. Je m'y mets dès demain.

Paul partit en guerre. Il rappela toutes ses connaissances à Paris, et même en Tunisie. Le principal problème n'était pas de mobiliser les médias. Ceux-ci avaient la langue pendante depuis que Paul leur avait exposé son projet. La seule difficulté était de trouver un endroit pour exposer le tableau. Or, il était impossible de proposer l'opération à trop de personnes. Non seulement Paul aurait essuyé des refus polis mais l'information aurait couru bien vite aux oreilles du régime. Paul tenait absolument à ce que le vernissage se fasse en Tunisie. Tout au plus, en la jouant finement, pouvait-il espérer que le tableau soit exposé deux à trois jours avant la réaction inévitable, soit du régime, soit des salafistes – soit des deux.

L'impact devait donc être maximum dans un temps très court. Paul pensa à la solution la plus improbable. L'exposition de ce tableau devait être un moment unique, décisif. Alors, pourquoi ne pas choisir le plus beau musée, le plus beau cadre, le plus bel écrin pour accueillir un nouveau *Guernica* ? Il se souvint de la visite du directeur du musée du Bardo. Il avait fait le déplacement jusqu'à Kerkennah pour le convaincre d'exposer ses peintures dans son musée. Certes, les temps avaient changé et celui qui exposerait cette peinture perdrait forcément son poste, sans compter les risques de représailles physiques. Paul avait-il le droit de demander un tel sacrifice ? Ahlam, pour sa part, en était convaincue. Les révolutions demandent des sacrifices. Et puis, le directeur du Bardo était assez grand pour décider lui-même.

La rencontre eut lieu trois jours plus tard à Kerkennah. Le directeur du Bardo était devenu vieux. Il marchait avec difficulté, même si son visage était toujours plein de malice. Il était impatient de voir les chefs-d'œuvre du maître, mais le maître ne lui en montra qu'un. Le directeur fut subjugué par la

beauté de ce pastel. Et puis il comprit. Ahlam, bien
sûr ! Les médias avaient parlé de son calvaire. Les
médias occidentaux s'en étaient emparés. L'opposition en avait fait un cheval de campagne. Et là, c'était
le coup fatal, la provocation ultime. Paul lui avait
tendu un piège. Il voulait le torturer, l'écarteler entre
sa passion pour la peinture et la fidélité envers ses
nouveaux chefs.

— Pourquoi me faites-vous ça ?

— Rien de personnel. J'ai besoin de vous pour
exposer ce tableau, c'est tout.

— Vous savez bien que c'est impossible.

— Pourquoi ?

— Parce que je perdrais ma place. Je suis un vieil
homme, monsieur Arezzo.

— Il y a quelques années, vous êtes venu me voir.
Vous vouliez à tout prix exposer mes tableaux.

— C'est vrai. J'avais entendu dire que vous faisiez
de superbes pastels de Kerkennah.

— Ce que vous voyez n'est-il pas un superbe pastel de Kerkennah ? Vous connaissez quelque chose
de plus beau sur cette île ?

— Arrêtez ! Vous savez très bien ce que je veux
dire. Je n'aime pas plus les salafistes que vous mais,
pour exposer une toile au Bardo, j'ai besoin d'autori-
sations. Il y a un comité de censure. La Tunisie n'est
plus ce qu'elle était.

— Ce qu'elle était ? Vous voulez dire au temps
de Ben Ali, au temps des amis, des corruptions, des
compromissions ? La Tunisie, actuellement, est une
coquille vide. Elle sera ce que nous en ferons, ce

que vous en ferez. Faites-en un pays de lâchetés, de violences, un nouveau pays de compromissions, ou faites-en un exemple pour tous les pays musulmans, une possibilité, la possibilité d'une île, d'une expérience unique. Il est encore temps. Ce tableau fait partie des possibilités, des résistances, de l'avenir.

— Je suis désolé, sincèrement. Je ne peux pas. Je suis trop vieux. Je suis de tout cœur avec vous. Je garderai le secret.

Paul s'y attendait. C'était évident, à bien y réfléchir. Que restait-il ? Tenter sa chance ailleurs, au risque que la nouvelle s'ébruite ?

Quand il fit part de son échec à Ahlam, elle eut un sourire énigmatique. Elle avait une idée. Elle avait sans doute cette idée depuis longtemps. Au diable les galeries ! Au diable les musées. Un tableau pouvait être vu n'importe où. Et il était à sa place à un endroit précis. L'essentiel était que la presse mondiale soit présente. Ce tableau ferait son apparition en Tunisie, à l'endroit où il avait pris naissance, à la *Bayt el bahr*.

— Tu n'y penses pas ! Ici ? C'est de la folie, Ahlam.

— Parce que tu as une autre idée ?

— En France.

— Arrête. Tu sais très bien et tu me l'as dit toi-même : ce tableau doit naître au monde en Tunisie. C'est sa vocation, c'est sa force. Alors, quel meilleur endroit que la *Bayt* ?

— Tu as pensé à la sécurité ?

252

— Faisons seulement un vernissage en invitant la presse tunisienne et mondiale. Il n'y aura pas d'autre public. Je demanderai à des amis d'assurer la sécurité. Une journée, rien qu'une journée. Des caméras, des micros, des interviews. Et le lendemain, on ne parlera que du tableau… et de la Tunisie. En Nahda n'y pourra rien. Les salafistes n'y pourront rien. Le monde entier aura son regard tourné vers Kerkennah.

Paul réfléchit. Ahlam était de la dynamite. Elle avait raison. C'était possible. C'était faisable.

— C'est d'accord, dit Paul.

Ahlam s'approcha et l'embrassa de toute son âme.

— Et c'est pour ça que je t'aime.

— Mais, en échange, je veux que tu me promettes trois choses, ajouta Paul.

— J'écoute.

— Premièrement, quand tout cela sera fini, nous partirons vivre en France.

— Accordé.

— Deuxièmement, on se remettra au travail tous les deux et on arrivera au bout de mon projet.

— Accordé.

— Troisièmement, tu deviendras ma femme.

Le visage d'Ahlam s'illumina. Puis elle fit une moue de petite fille.

— Moi je veux bien, mais il faut demander à papa.

Chapitre vingt et un

Farhat, avec sa chemise à fleurs, droit comme un *i* sur le pont de son bateau. Farhat toujours là, inchangé, dans un monde qui s'écroule. Farhat qui ne sait pas comment faire, un peu perdu. À Kerkennah, les langues de vipère ne parlent que de ça. Paul et Ahlam, Ahlam et le mécréant. Ils ne sont même pas mariés. À Kerkennah, on appréciait le peintre, sincèrement. Mais c'était avant En Nahda. Maintenant, ce n'est plus de bon ton d'aimer un peintre, encore moins un peintre mécréant. Les esprits se sont salafisés. Pas tous, bien sûr. Mais les opportunistes, les paumés et les revanchards n'ont pas manqué l'appel. Il y en a plus à Kerkennah que Farhat n'aurait pu imaginer. C'est l'effet de mode, ici comme à Paris ou à Sydney, comme à New York ou à Amsterdam. Alors, Farhat doit parler à Paul, c'est urgent. Sauf que ce n'est pas facile. Sauf que Paul est son ami depuis si longtemps. Farhat s'est toujours senti devant lui comme un enfant. Il y a autre chose. Farhat ne sait pas ce qu'il veut. Il ne sait pas ce qu'il faudrait.

Paul sourit en voyant Farhat devant sa porte. C'est étrange. Il voulait lui rendre visite le soir même. Et voilà que Farhat fait le premier pas. Ne cherche pas tes mots, Farhat, je sais ce que tu viens me dire. À Remla, ça parle beaucoup. Tout le monde sait ce qui se passe. Les bonnes âmes s'indignent. Et tu es malheureux, Farhat. Rassure-toi. Tu n'es pas venu pour rien. Mon cœur est serein. Je suis décidé.

— Bonjour, *akhi*, comment ça va ?

— *Al amdoullilah*, plutôt bien, répondit Paul.

— *Bismillah*.

— Tu veux entrer prendre un thé ou un café ?

À moins que… Paul venait d'imaginer la scène idéale, l'endroit où il fallait que ça se passe.

— Quelle heure est-il, *abibi* ?

— Environ 18 heures, dit Farhat, assez décontenancé.

— Ça te dirait, un petit tour en felouque ?

— Maintenant !

— À mon avis, c'est le moment idéal.

Dans le silence, les deux amis embarquèrent sur le bateau. Une légère brise soufflait et Farhat se dirigea lentement vers le large. Il ressentait le même désir que Paul, se retrouver tous les deux sur l'océan, loin des autres, loin de la terre.

Farhat regarda Kerkennah. C'était suffisant. Il fit tomber la voile.

— *Akhi*, il faut que je te parle.

— Je sais, *abibi*. Mais par quoi veux-tu commencer ?

La question de Paul soulagea Farhat. Grâce à la finesse de son ami, il n'était pas obligé d'en venir immédiatement au point essentiel. Encore fallait-il qu'il trouve un sujet de contournement. Il réfléchit intensément. Quelle question poser ? Ah, oui !

— Tu n'es pas obligé de me répondre, *akhi*. Il y a quelque temps, Ahlam était très en colère contre toi. Elle ne voulait plus venir à la *Bayt*. Elle ne voulait plus faire de piano. Elle s'énervait quand on parlait de toi. C'était juste avant la chute de Ben Ali.

— Est-ce vraiment cela que tu veux savoir ? répondit Paul, l'air amusé. Bon, je vais satisfaire ta curiosité, même si je suis un peu surpris par ta question. Tu te souviens de Sophia, la blonde aux jambes interminables qui est venue à Kerkennah pour me servir de modèle ?

— Je ne risque pas de l'oublier, ni moi ni personne à Kerkennah.

— Bon. Le fait est que je me suis laissé légèrement...

— Légèrement...

— Légèrement emporter. Enfin, tu comprends. Le problème, c'est qu'Ahlam nous a surpris. Elle venait faire du piano. Et, disons que ce n'était pas le bon moment.

Les yeux de Farhat s'arrondirent.

— Tu veux dire...

— Oui, je crains fort qu'elle ait assisté à une scène un peu... olé, olé. Mais, si elle l'a mal pris, c'est pour une raison beaucoup plus sérieuse, et c'est pour cela que tu es venu me voir.

Paul avait tendu la perche à Farhat, mais Farhat regardait le fond du bateau.

— Purée, Farhat, tu sais ce qu'il nous faut ? On ne l'a pas fait depuis des lustres. Tu mets le cap sur une bouée à rosé.

Farhat était soulagé et ravi. Tout ce qui lui faisait gagner du temps était une bénédiction. Il mit le cap sur une bouée à rosé. Le temps de l'atteindre, il fit tourner les mots dans sa tête. Comment poser la question sans blesser son ami ? La voile retomba comme un oiseau mort. La felouque s'immobilisa presque aussitôt. Paul remonta du ventre de la mer un filet rempli de bouteilles roses. Elles transpiraient d'aise. Il en ouvrit une, servit son ami, se servit. Les deux hommes voulurent trinquer.

— À quoi ? demanda Farhat.

— Farhat, s'il te plaît. Je suis aussi angoissé que toi. Tu ne sais pas quoi dire mais, ne t'en fais pas, c'est à moi de parler. C'est moi le demandeur. Monsieur Farhat, monsieur mon ami, monsieur l'homme que j'apprécie le plus sur cette petite planète à la surface de laquelle les gens s'entretuent pour des conneries, monsieur le génie qui a créé avec Nora des êtres exceptionnels, monsieur le pêcheur de l'archipel des Kerkennah, voulez-vous bien m'autoriser à épouser le plus beau joyau de Tunisie ? *Abibi*, je te demande la main d'Ahlam.

Il y eut un long blanc. Paul respectait les blancs en peinture et en musique, mais il ne fallait pas que ça dure trop longtemps.

— Mon ami. Je te résume la situation. J'avoue que ce n'est pas évident à encaisser sur une felouque au crépuscule, même avec une bouteille de rosé. Je suis un mécréant de bientôt trente-huit ans et ta fille est une musulmane de dix-neuf ans. Si tu calcules bien, j'ai le double de son âge et je ne suis pas vraiment le gendre idéal.

Paul attendait. Il n'y avait aucun bruit à part le clapotis de l'eau sur la coque du bateau. C'était un bruit si agréable, si apaisant. Farhat était là, devant lui, la mine soucieuse. Il réfléchissait intensément. C'était touchant de le voir ainsi. Paul pouvait deviner ses pensées. Qu'en aurait pensé Nora ?

— Écoute, Farhat, ne pense pas trop, ça fait réchauffer le rosé. Sers-moi plutôt un verre et, par la même occasion, sers-t'en un autre.

Si Farhat avait su nager, il aurait plongé dans la mer pour s'éclaircir l'esprit. Il ne parvenait pas à réfléchir. Il n'avait pas imaginé un instant que Paul lui demande la main de sa fille. Il était venu lui parler des rumeurs sur lui et Ahlam. Il espérait qu'il comprendrait et prendrait ses distances. Plusieurs minutes passèrent dans le silence. Ce fut Paul qui resservit du rosé. Farhat but machinalement. Seule la mer rythmait ses pensées. Au loin, il voyait les lumières de la *Bayt el bahr*. Il se souvint des travaux, du choix des matériaux, de la sole au-dessus de la porte. Il se souvint de tous les bons moments. Des longues soirées avec Nora, des éclats de rire d'Issam et d'Ahlam. Il imaginait sa fille et Paul dans cette grande maison, elle au piano, lui au chevalet. Il devinait cette vie paisible et forte. Bientôt, ce fut une évidence. C'était écrit. Sûrement, c'était écrit. Ce devait être ainsi. Il aimait sa fille comme lui-même. Il aimait Paul comme lui-même. Et pourquoi pas ? Pourquoi pas ? Que pouvait-il espérer de mieux pour Ahlam ?

Farhat posa son verre pour prendre son ami dans ses bras.

— Oui, *akhi*, oui. Je suis très fier.

— Si tu savais, *abibi*, comme je suis soulagé. Ahlam va être tellement heureuse. Si tu y tiens, *abibi*, je peux devenir musulman.

— Non, *akhi*. Reste comme tu es. Tu es chrétien, Ahlam est musulmane. Et alors ! Le monde est fou. Soyons plus intelligent que lui. Mais, j'ai besoin de te confesser quelque chose.

— Farhat, voyons, ce sont les chrétiens qui se confessent, pas les musulmans.

— Paul, je t'en ai terriblement voulu au fond de mon cœur. Et ce n'était pas juste.

— Pourquoi, *abibi* ?

— Parce que tu étais aux côtés de Nora quand elle est morte et que c'était ma place. J'ai eu l'impression que tu m'avais volé un moment précieux. Et aussi parce que tu ne m'as jamais parlé des derniers instants de Nora.

— Tu ne me l'as jamais demandé.

— C'était à toi de me le dire. Je crois que tu voulais garder ces souvenirs pour toi seul.

— Farhat, il y a des choses difficiles à raconter, presque impossible à partager. Mais, quand j'étais à ses côtés, *abibi*, à lui tenir la main, à mettre la mienne sur son front, elle pensait à toi et aux enfants. Elle vous aimait si fort, et elle était heureuse que tu ne la voies pas souffrir. C'était un soulagement pour elle, même si elle aurait voulu t'embrasser une dernière fois. Ne m'en veux pas, Farhat.

— Et maintenant, tu vas me prendre Ahlam.

— Elle sera toujours ta fille, et tu seras toujours mon ami.

Chapitre vingt-deux

Abdelmalik observait le bâtiment en ruine qui lui faisait face, à deux cents mètres environ. Dedans se trouvaient des soldats de Bachar. Sans doute l'un d'entre eux faisait, à cet instant, la même chose qu'Abdelmalik. Mais il ne se passait jamais rien, ou très rarement. Il y a trois jours, le binôme d'Abdelmalik avait sorti un peu trop la tête. Un sniper lui avait réglé son compte. Comme quoi, il fallait faire attention. C'était bien cela le plus difficile. Les journées passaient dans l'attente et rien n'arrivait jamais. Du coup, on oubliait les règles élémentaires de sécurité. Abdelmalik n'aimait pas ce poste de *ribaat*[1]. Il préférait quand il était au carrefour, juste avant l'ancienne école. Il en avait parlé à son émir, mais il n'avait eu en retour qu'un sourire sadique. Abou Hassan el Iraki n'aimait pas Abdelmalik. Son allure de chat errant l'exaspérait. Abdelmalik aurait tant voulu qu'Ayman soit à ses côtés. Il aurait su quoi faire. Il aurait compris. Abdelmalik ne comprenait pas. D'abord, il y avait cet émir, un ancien des services de sécurité de

---

1. Patrouille armée, poste de garde.

Saddam Hussein. Abdelmalik trouvait ça bizarre. Ensuite, il y avait eu cette histoire avec trois membres de l'Armée syrienne libre. Ils s'étaient plus ou moins perdus et avaient été arrêtés par le *ribaat* du bureau de poste. Abdelmalik savait bien qu'Abou Hassan el Iraki n'aimait pas les mécréants de l'ASL, mais d'ici à les exécuter comme ça, sans même discuter ! En fait, à bien y réfléchir, la *katiba* d'el Iraki avait tué plus de membres de l'ASL que de soldats de Bachar. Abdelmalik n'était pas le seul à trouver ça curieux. D'autres frères n'appréciaient pas trop de tuer des sunnites.

Il n'empêche qu'il fallait obéir aux ordres et ne pas se poser trop de questions. Abdelmalik sourit. C'était exactement ce que lui avait dit son binôme juste avant que la balle du sniper lui traverse le crâne. Abdelmalik se demanda ce que l'on ressentait quand une balle vous traversait la tête. Avait-on le temps de se rendre compte ? Se retrouvait-on immédiatement au *firdaws* ou y avait-il un petit temps de latence ? C'est tout de même incroyable, pensa Abdelmalik, on est dans la merde, assis toute la journée, à se crever les yeux pour observer l'ennemi. Tout d'un coup, on pense à autre chose, et pan ! On se retrouve au paradis, entouré d'houris aussi belles les unes que les autres.

Abdelmalik ferma les yeux. Il s'y voyait déjà. Il n'avait jamais fait l'amour, alors… commencer par une vierge au paradis ! Il aurait bien voulu pouvoir s'entraîner un peu sur terre, mais c'est Abou Hassan qui distribuait les futures épouses. Elles ne manquaient pas. Il en venait de partout. Même des Françaises ! En plus, elles étaient jeunes pour la plupart. Abdelmalik pensa de nouveau à son binôme. Au moins, il avait eu cette chance, trois jours avant de mourir. Et il lui avait raconté.

« Tu peux pas savoir, Abdelmalik. Sa peau, c'est comme… c'est dingue… de la soie. Elle a seize ans. Elle est hollandaise. Je ne comprends rien à ce qu'elle dit mais c'est pas grave. En plus, elle est vachement pieuse, à fond dans le *dîn*[1].

— Et elle a eu l'autorisation de son père pour le mariage ?

— En fait, je t'explique. Y a pas besoin quand le père est un mécréant. T'as besoin uniquement quand le père est musulman. »

Abdelmalik avait fermé les yeux un peu trop longtemps. Il s'était endormi tout à coup, avec un léger sourire aux lèvres. Une très grosse douleur le réveilla. Les soldats de Bachar ! Il y en avait partout. Il y en avait surtout un, juste au-dessus, qui venait de lui assener un coup de crosse en plein thorax. Maintenant, il semblait réfléchir à ce qu'il allait faire de son prisonnier. Abdelmalik se dit qu'il n'avait vraiment pas de chance. Des jours et des jours de *ribaat* et ils attaquaient au moment précis où il s'était endormi. Au-dessus d'Abdelmalik, le soldat réfléchissait encore. Il hésitait. Fallait-il le ramener pour lui poser quelques questions ? Il regarda son prisonnier. Il ne payait vraiment pas de mine. Cette petite merde aux

_____
1. La religion.

cheveux hérissés ne devait rien savoir de bien intéressant. À quoi bon se fatiguer à le torturer ! Le soldat pointa le canon de sa kalach sur Abdelmalik et tira. Un seul coup, en plein cœur.

Une semaine plus tard, Ayman apprit la mort d'Abdelmalik de la bouche de Saber. Il aurait dû se réjouir. C'est ce qu'on fait dans ce cas-là. Abdelmalik était devenu un *shahid*. Il avait rejoint le *firdaws*. C'en était fini de la saleté, de la faim, de la guerre. Adieu le chat de gouttière. Pourtant, Ayman était triste. N'y avait-il que les mécréants à avoir le droit de pleurer la mort de leurs êtres chers ?

Chapitre vingt-trois

Ce fut une journée dense et magique. La presse mondiale débarqua sur l'archipel comme une nuée de sauterelles sur un champ. Jamais Kerkennah n'avait connu cela. Un ferry entier, *El Loud* plein à craquer. Des journalistes par dizaines, des caméras, des micros longs comme des bras, des appareils invraisemblables, des relais satellite. Les présentateurs étaient en costume-cravate. Les présentatrices portaient des jupes et des talons hauts. Les techniciens ressemblaient à des baroudeurs revenus d'Afrique noire. Les Japonais furent les plus remarqués. Ils étaient petits, nombreux et infiniment polis. Tous avaient été choisis avec soin. Ils avaient gardé religieusement le secret. L'occasion était trop belle. Paul était une énigme et une partie de cette énigme serait levée en avant-première. Et puis, surtout, il y avait ce tableau ! Depuis la série de la femme aux multiples regards, Paul n'avait rien exposé. Il n'était plus à Paris. Il était dans cet endroit reculé, inconnu, l'archipel des Kerkennah. Son exil volontaire avait accentué sa part de mystère. La situation en Tunisie avait ajouté une touche de danger, un peu de soufre éparpillé. Paul était une perle romantique enfermée dans une huître tunisienne qui s'ouvrait enfin avant, sans doute, de se refermer. Les rédactions avaient envoyé leurs meilleurs journalistes, leurs meilleurs techniciens. Quelque chose d'incroyable allait se passer là-bas, sur ce bout de terre tout plat. Tout était réglé comme du papier à musique. Du côté de la préfecture de Sfax, ce fut le branle-bas de combat, mais c'était trop tard. Personne ne comprenait. Tunis demandait des explications que personne ne pouvait fournir. À Kerkennah, le commissaire organisa un comité d'accueil mais se heurta à des réponses ironiques.

— Nous venons faire un reportage sur l'archipel.

Pourquoi maintenant ? Pourquoi le monde entier ?

La panique grandissait de minute en minute. Tunis s'énervait, exigeait des réponses. Vers 11 heures, une information vérifiée put enfin être livrée au ministre de l'Intérieur.

— Ils sont tous chez le peintre.

— Mais que font-ils là-bas ?

— Nous n'en savons rien.

— Vous êtes payés pour savoir.

Le commissaire se dirigea vers la *Bayt* avec appréhension. La plage était noire de monde. Sur la terrasse, des caméras étaient posées sur des trépieds. Devant elles, des paraboles d'aluminium réfléchissaient la lumière. Le commissaire s'aventura dans la véranda. Paul était là. Il donnait une interview en anglais. Avec beaucoup de verve, il expliquait que l'art devait combattre le fanatisme, que c'était la lutte de la lumière contre l'obscurantisme. Dans le salon, Ahlam faisait de même en arabe. Elle racontait pour la millième fois, dans le moindre détail, ce que les terroristes lui avaient fait subir. Assis sur le canapé, deux Français et un Anglais buvaient des bières. Un Chinois jouait au piano une chanson de Frank Sinatra. Le commissaire ne savait pas à qui demander. Il croisa le regard d'une journaliste tunisienne. Il s'approcha.

— C'est quoi, ce bazar ?

La journaliste regarda le policier avec mépris. Il était tellement évident qu'il s'agissait d'un policier. Il transpirait l'inquisition.

— C'est un vernissage.

— Un vernissage de quoi ?

— Que peut-on vernir, à part des ongles ?

Le commissaire ne voyait vraiment pas.

— Regardez là-bas, le tableau !

Le commissaire regarda. C'était curieux. Une femme nue avec des traces de coups qui lui faisaient comme des zébrures. Il s'approcha. Le visage lui était familier. Bien sûr, c'était Ahlam. Cette femelle dévergondée qui avait fait la une des journaux.

— C'est bon, vous avez compris ou faut-il qu'on vous fasse un dessin en plus du tableau ?

Le commissaire avait compris une seule chose : ça sentait très mauvais. Il n'était pas en capacité de faire une analyse exacte des conséquences de ce qui se passait à la *Bayt*, mais d'autres, à Tunis, ne mirent pas longtemps à comprendre l'étendue du désastre. Le commissaire pouvait aller se coucher. La bombe avait déjà explosé sur Internet et les réseaux sociaux. Puis, il y eut la radio et les journaux télévisés du soir. Le lendemain, le tableau se retrouva en couleurs dans tous les quotidiens. Il avait un nom, *Le zèbre*, et une légende, « Le rêve tunisien entre les mains des salafistes ».

Quand Paul et Ahlam se réveillèrent, ils savaient qu'ils avaient gagné une bataille. Ils étaient heureux et affamés. Après le déjeuner, Ahlam se mit au piano. Elle joua longtemps du Berlioz tandis que Paul rêvassait sur le canapé. Puis, perdue dans ses pensées, elle tapota sur le piano quelques notes de la main droite. Elle se revoyait à neuf ans. Ses petits doigts jouaient la gamme, dièses compris : *do, do* dièse, *ré, ré* dièse, *mi, fa, fa* dièse, *sol, sol* dièse, *la, la* dièse.

— Rejoue-moi ça ! cria Paul.

— Ben, c'est la gamme...

— Rejoue, s'il te plaît.

Paul avait parlé d'un ton autoritaire et impatient. Ahlam s'exécuta : *do, do* dièse, *ré, ré* dièse, *mi, fa, fa* dièse, *sol, sol* dièse, *la, la* dièse.

— Ce n'est pas possible, dit Paul. Toutes ces années ! Toutes ces années et la réponse était si simple, si évidente.

— Qu'est-ce qui te prend ? implora Ahlam.

Paul se leva et se dirigea vers Ahlam. Elle se mit debout devant lui. Elle cherchait une réponse dans ses yeux.

— Ahlam, ça y est. Je le tiens. Je l'ai trouvé, grâce à toi.

270

Il prit la jeune femme dans ses bras et la fit tourner dans les airs. Les pieds d'Ahlam ne touchaient plus le sol.

— Arrête, tu me donnes le tournis. Explique-moi.

Ahlam n'avait plus peur parce que Paul riait aux éclats. Son rire était communicatif et Ahlam se mit aussi à rire sans savoir pourquoi. Finalement, Paul, épuisé, la tête emportée par des tourbillons, tomba avec Ahlam sur le sol. Ils étaient l'un à côté de l'autre sur le dos. Ils reprenaient leur souffle. Paul tourna son visage vers celui d'Ahlam. Leurs lèvres se touchaient presque.

— Onze, Ahlam, onze ! *Do*, *do* dièse, *ré*, *ré* dièse, *mi*, *fa*, *fa* dièse, *sol*, *sol* dièse, *la*, *la* dièse. Pas une note de plus. La gamme musicale de base augmentée des dièses. Onze comme les onze rimes vocaliques. Mon rêve est devenu réalité.

— Je croyais que c'était moi, ton rêve, dit Ahlam, qui se délectait de l'exultation de Paul.

— Bien sûr, mon amour, tu es mon rêve d'homme. Tu serais le rêve de tout homme. Mais j'ai aussi mon rêve d'artiste. Nous avons trouvé la clé, la clé du système unique, la preuve de l'unicité de l'art. Pour le *do*, le *ré*, le *mi* et le *fa*, nous choisirons les couleurs des rimes vocaliques *o*, *é*, *i* et *a*, soit l'orange, le vert, le gris et le jaune. Pour le *do* dièse, ce sera la vocalique *on*, le *ré* dièse *è*, le *fa* dièse, *eu*, le *sol* ce sera *ou*, le *sol* dièse *u*, le *la*, *in*, et le *la* dièse, *an*.

— Mon pauvre trésor, tu as oublié le *si*, parce que je ne l'ai pas joué. Il n'y a pas onze notes mais douze. Ton système n'est pas parfait.

— Qui a parlé de perfection ? Je cherche l'unicité de l'art, pas sa perfection. Mon système n'est pas parfait parce qu'il reflète l'imperfection du monde. Il y a cette petite chose qui l'empêche d'être parfait, cette douzième note, la note de discorde. Elle fera ce que nous en ferons. Ce sera la liberté de l'artiste. Ce pourra être une couleur dérivée, une rime consonantique de plus ou même, tout simplement, un silence. Dès qu'il y aura un *si*, nous ferons ce que nous pourrons pour embellir le monde et le tableau. Ce sera la petite chose qui a créé la vie sur terre, le miracle, l'inattendu.

— Pourquoi le *si* ?

— Parce que le *si* est une possibilité, une hypothèse, et toutes les hypothèses sont permises. Parce que le *si* se conjugue à l'infini. Parce qu'il offre une infinité de choix. Si tu n'étais pas là, mon amour, que serais-je ? Si tu n'étais pas là, que ferais-je ? J'attendrais, chaque fois, avec impatience, le *si* devant mon tableau. Qu'en ferais-je ? Je me poserais la question et je me surprendrais moi-même.

— Tu es fou, mon amour. Je suis certaine que tu vas peindre toute la nuit.

— Oh, oui, toute la nuit. Et tu sais ce que je vais peindre ?

— Non, mais j'imagine que ça n'aura jamais été peint avant.

— Exact, je vais peindre un opéra. Pas tout un opéra, juste un acte, un acte essentiel. Peindre un opéra ! Te rends-tu compte ? Peindre cet entre-croisement merveilleusement complexe de sons pour en faire une explosion de couleurs. Et peindre aussi l'âme de cet opéra, son idée, son génie, pour donner son esprit au tableau. Il me faut un personnage exceptionnel pour une œuvre unique. Un personnage se peint et un esprit se personnifie. Je veux atteindre la grande symbiose des mots, des notes et des couleurs grâce aux thèmes éternels : le temps, le désir et la mort. Devine qui j'ai choisi !

— Le temps, le désir et la mort ? Je ne sais pas.

— Dom Juan ! Qui d'autre ? De Dom Juan, j'aime la profondeur, la vérité dans toute sa cruauté, dans ses mensonges, ses bassesses, la vérité de l'égoïsme sans fard de celui qui admet ne vivre que pour lui-même et son plaisir, la vérité dans toute son infinie tristesse. La vie est un jeu que Dom Juan joue, perdant de bonne grâce, caché derrière sa face futile, son masque de plaisir. Dom Juan, le faux libertin, être sombre et flamboyant. Tu imagines ? Sombre et flamboyant ! Je vais peindre un tableau à son image, un tableau aux contrastes saisissants, angoissants. Les couleurs vives éclateront sur un fond de couleur sombre. Mais nous avons du travail devant nous. Nous allons écouter, réécouter la scène 16 de l'acte II. Elle a la profondeur et la noirceur voulue. Nous entendrons le temps qui passe et la mort approcher, le désir se transformer en peur. Nous sentirons la fin, le gouffre qui s'ouvre, le feu des enfers. Je pense qu'il me faudra des bleus profonds pour peindre l'insoutenable condition humaine et la tristesse de Dom Juan : bleu lunaire, bleu roi et bleu marine.

— Et moi, je fais quoi ? demanda Ahlam avec excitation.

La ferveur quasi mystique de Paul commençait à la gagner.

— Tu vas simplifier la partition en la réduisant à la mélodie du chant et aux principaux accords. Nous allons utiliser le livret traduit en français. Puisque nous allons attribuer une rime vocalique et une couleur de base à chaque note de la gamme, excepté notre *si* aléatoire, les accords devront être jumelés aux principales rimes consonantiques et à leurs couleurs dérivées. Nous prendrons quelques libertés, bien sûr, comme des traducteurs, mais l'essentiel est de conserver la force et l'esprit de Dom Juan. Il faut veiller tout particulièrement au rythme musical des phrases et ne pas hésiter à utiliser des contre-assonances pour obtenir des oppositions très marquées de couleurs. Mais, commençons par le début. Vas-y, prends une feuille et un stylo. Je vais te dicter.

Ahlam se dirigea vers le bonheur du jour, à droite du lit. Elle s'assit et attendit. Paul resta debout, transfiguré par son inspiration.

— Ne rate rien, écoute.

Ahlam se concentra. Elle nota mot pour mot la longue liste du Prévert de la peinture. Paul était un alchimiste. Dans une autre époque, il aurait été brûlé pour sorcellerie. Elle souligna par endroits.

A (jaune), rime féminine, note fa *: quercitrine, safran, or, miel, citron, antimoine, chrome, zinc, cadmium, ocre jaune.*

274

AN (blanc), rime féminine, note la dièse : _blanc cassé, d'argent, de plomb, crème, de céruse, laiteux, de chaux, d'Espagne._

È (beige), rime androgyne, note ré dièse : _laine, glacé, métal, cannelle, hâlé, bois tendre, beige des blés, des sables, perlé_

É (vert), rime masculine, note ré : _anglais, émeraude, amande, pistache, céladon, Véronèse, jade, tilleul, bouteille._

EU (bleu), rime masculine, note FA dièse : _français outremer, céruleum, de cobalt, de Prusse, marine, lunaire, roi, indigo, pervenche_

I (gris), rime androgyne, note mi : _perle, souris, fer, ardoise, anthracite, gris froid, pommelé._

O (orange), rime androgyne, note do : _de cadmium, abricot, tango, orange doré, orange caramel, sanguine, bigarade, orange ocre._

ON (marron), rime masculine, note do dièse : _terre de Sienne brûlée, café glacé, chocolat, pain d'épice, brique séchée, marron velours, bois sombre._

OU (rouge), rime féminine, note sol : _de cadmium, laque cramoisie, brûlure, amarante, carmin, cerise, garance, pourpre, vermeil, grenat, rubis, sang._

U (noir), rime masculine, note sol dièse : _d'ivoire, Kaaba, charbon, de carbone, de liège, de lie, d'aniline._

IN (rose), rime féminine, note la : _lilas, rose passé, saumoné, bonbon, fané, tendre, crevette, argenté._

Note si : _l'imprévu, l'improvisation._

Ahlam regarda la feuille. Elle avait l'impression d'avoir un trésor devant les yeux, les tables de la loi artistique. Paul s'était écroulé sur le lit. Il semblait épuisé. Tu vas voir, monsieur le génie, je vais te redonner du tonus, pensa-t-elle en s'approchant du lit.

Après avoir fait l'amour, Ahlam s'endormit profondément. Quand elle se réveilla, Paul n'était pas à ses côtés. Mais elle savait où le trouver. Elle se leva, enfila un peignoir. Paul était dans le salon, devant son chevalet. Il avait commencé une première esquisse. Sur une toile de deux mètres sur trois, Dom Juan était blanc d'Espagne, lumineux et solitaire. Des tourbillons de couleur bois sombre s'ouvraient à ses pieds. Le centre de chaque tourbillon était bleu lunaire. Les cercles de couleurs, au fur et à mesure qu'ils s'éloignaient du centre, s'éclaircissaient. Ces halos de chaleur froide étaient entourés d'auréoles sanguines. Tout au fond des tourbillons, l'on devinait le vert des enfers.

Ahlam embrassa Paul dans le cou.

— Paul, pourquoi aimes-tu tant les contrastes ?

— Parce que la vie est faite de contrastes, de moments magiques et de moments incroyablement douloureux. Entre les deux, ça ne compte pas. C'est juste du temps qui passe.

Chapitre vingt-quatre

— Où est ta fille ?

Farhat n'entendit rien d'autre. Il ne vit pas grand-chose non plus. Il devina. Des hommes avaient fait irruption dans sa chambre, lui avaient mis une cagoule sur la tête, l'avaient retourné et ligoté. Maintenant, c'était au tour de Fatima. Farhat entendit le cri de sa mère, et puis rien d'autre.

Ahlam n'était pas là parce qu'elle était chez Paul.

Quand ils les trouvèrent tous les deux, dans les bras l'un de l'autre, ce fut un déchaînement de violence, de la haine à l'état pur. Des coups de crosse, de pied, de poing. Paul était défiguré par les coups. Ahlam s'était recroquevillée sur elle-même pour se protéger le visage. Les coups cessèrent de pleuvoir. Le silence se fit. On n'entendit plus que les sanglots étouffés de la jeune fille.

— Amenez-les dehors, sur la plage, ordonna Saber. Et trouvez-moi tous les tableaux.

Paul et Ahlam furent traînés comme des poupées de tissu jusqu'à la plage, puis jetés sur le sable froid. Pendant quelques secondes il ne se passa rien. Puis, Paul fut saisi violemment par les cheveux. Il était à genoux, le visage en sang.

— On a trouvé les clés de la porte. Maintenant, donne-nous le code.

— Quelle porte ?

— La porte de la chambre secrète. Ne me prends pas pour un con.

Avec ses yeux tuméfiés et mi-clos, Paul avait du mal à reconnaître l'homme debout devant lui.

— C'est toi, Nourdine ?

— Oui, c'est moi. Et, surprise ! il y a aussi Issam.

Paul tourna légèrement la tête vers la droite. Issam était là. Ahlam, en entendant le prénom de son frère, se redressa malgré la douleur et hurla.

— Issam, qu'est-ce que tu fais ? Issam, c'est nous, Paul et moi !

Issam ne répondit rien. Il regarda à peine sa sœur. Saber s'accroupit devant Paul.

— Écoute, je n'ai pas de temps à perdre. Tu me donnes le code sinon je tue la fille. Je ne le demanderai pas une seconde fois.

— Trois crans vers la droite, puis six crans vers la gauche.

Les hommes de Saber se mirent au travail. Ils étaient dix, selon l'estimation de Paul. Rapidement, les tableaux amoncelés formèrent un petit bûcher haut d'un mètre cinquante. L'une des *Femme aux regards* se retrouva presque debout, sur un côté du bûcher, juste en face de Paul. Il ne restait plus qu'un tableau, celui d'Ahlam. Saber le tenait à bout de bras et le regardait attentivement.

— Tu n'aurais pas dû nous provoquer, dit Saber. Tu vas mourir. Mais, avant de mourir, tu vas regarder.

— Issam, pourquoi es-tu là ? demanda Paul en le regardant dans les yeux.

Issam ne dit rien. Saber répondit :

— Tu me fais rire, le Français. Qu'est-ce que tu crois ? Je lui ai proposé de ne pas venir. C'est lui qui a insisté. Vois-tu, de nous tous, c'est lui qui a été le plus offensé. Tu as fait de sa sœur une putain. Tu as montré son corps au monde entier. Tu l'as entraînée dans le péché. Elle pourrira en enfer par ta faute. Issam m'a demandé une faveur que je lui ai accordée. Tu veux savoir laquelle ?

— Être celui qui me tuera.

— Exactement. Mais pas seulement. Pour commencer, c'est Issam qui va mettre le feu à l'œuvre du shaytan.

Saber fit un signe de la tête en direction d'Issam. Celui-ci s'éloigna et revint quelques secondes plus tard avec un bidon en main. Il aspergea méticuleusement les tableaux. Il en avait peint un bon nombre lui-même. Ahlam le regardait faire. Elle ne pleurait plus. Elle ne ressentait plus la douleur. Elle voulait que cela se termine le plus vite possible. Issam recula puis jeta un briquet en direction du bûcher. Les flammes s'élevèrent presque instantanément. Saber s'approcha et jeta au milieu du brasier le tableau d'Ahlam. Paul ne regardait qu'une seule chose : le regard de sa mère. Il se disait que, s'il pouvait y plonger, ne penser qu'à lui, se concentrer sur lui, le reste n'existerait plus et la mort ne lui ferait pas peur. Tout à coup, les yeux de sa mère prirent feu. Les flammes venaient de derrière. Elles avaient traversé les yeux avant le reste du visage. Paul vit les deux trous noirs au centre du visage parfait. Il ferma les yeux. Quand il les rouvrit, le tableau avait entièrement disparu. Le feu était encore vivace. Paul sourit. Voilà où en était rendue la Tunisie. Dix terroristes allumaient un feu sur une plage de Kerkennah. Ils prenaient tout leur temps, même pas cagoulés, certains de ne pas être dérangés. Car personne ne viendrait. Le feu se voyait à des kilomètres mais ni la police ni l'armée ne lèveraient le petit doigt. Sa mort avait été décidée, et pas seulement par Saber. Seulement, il y avait Ahlam. Paul la regarda. Elle le regardait aussi. Les yeux d'Ahlam semblaient lui dire de ne pas avoir peur, qu'ils resteraient ensemble à jamais. Saber se tenait à un mètre à peine de la jeune femme. Paul avait besoin de savoir. C'était la seule chose qui importait encore.

— Qu'allez-vous faire d'Ahlam ?

— Tu veux savoir si je vais la tuer ? répondit Saber.

— Oui.

— Nous, on ne tue pas les femmes, dit Saber en se tournant vers Ahlam. Mais tu devrais lire le Coran, ajouta-t-il.

Puis, Saber s'éloigna d'Ahlam pour rejoindre Issam. Il lui posa la main droite sur l'épaule gauche avec douceur.

— Finissons-en.

280

Issam passa devant Paul sans le regarder. Paul était toujours à genoux.

— Issam, tu avais de l'or dans les mains, dit Paul d'un ton neutre.

Paul sentit la présence d'Issam debout derrière lui. Il regarda une dernière fois Ahlam. Elle ferma les yeux. Paul les ferma également. Elle vivra. Il n'y avait que cela qui comptait. Issam saisit les cheveux de Paul d'une main. Il serra fort.

Un, deux, trois. À trois je ne serai plus là mon amour, pensa Paul. Et Ahlam lui répondit : « Est-ce que tu m'oublieras, là où tu seras ? »

Épilogue

Le soleil plongeait dans la mer en offrant ses derniers rayons à la *Bayt el bahr*. Au loin l'on distinguait à peine la chemise à fleurs de Farhat. La voile blanche de sa felouque rougissait. C'était l'heure préférée de Paul, pensa Farhat, et pas seulement pour peindre. Combien de fois, dans la lumière du crépuscule, avaient-ils tous deux mis le cap sur la bouée à rosé ? Farhat ferma les yeux. Il revit son ami devant lui, un verre à la main.

— Dis-moi, *abibi*, comment dit-on apéro en arabe ?

— Il n'y a pas de mot.

Et il y avait eu, à peu près à la même heure et au même endroit, sa demande d'Ahlam en mariage. Farhat rouvrit les yeux et regarda en direction de la *Bayt*. Il savait qu'au même instant une lueur orangée éclairait doucement la tombe de Paul, dans le jardin, sous l'amandier. Sur la terrasse, un petit garçon de deux ans, l'ultime chef-d'œuvre du maître, sortait méticuleusement ses jouets d'une grande boîte en plastique sous le regard d'Ahlam et de Fatima. Il se saisit de trois crayons de pastel, se mit debout sur ses deux jambes potelées et se dirigea vers sa mère. Devant elle, il ouvrit sa main et elle vit les crayons.

— Papa, dit-il.

REMERCIEMENTS

Merci encore à Karina, à Muriel et à toute l'équipe de Lattès pour la confiance qu'ils me font. Cette fois-ci, Emmanuelle ne sera pas en première ligne car elle a quelque chose de plus important à faire. Un salut amical à Grégoire Delacourt, qui m'a vivement encouragé à écrire un roman. Enfin, je tiens à remercier toutes les Tunisiennes et tous les Tunisiens qui se battent pour prouver qu'un pays musulman peut être une démocratie ouverte sur le monde et les autres cultures… et que la femme est bien l'égale de l'homme, et non son complément.

Du même auteur :

AU CŒUR DE L'ANTITERRORISME, J.-C. Lattès, 2001.
TERRORISTES, LES 7 PILIERS DE LA DÉRAISON, J.-C. Lattès,
   2013.
QUI A PEUR DU PETIT MÉCHANT JUGE ?, J.-C. Lattès,
   2014.

Le Livre de Poche s'engage pour
l'environnement en réduisant
l'empreinte carbone de ses livres.
Celle de cet exemplaire est de :

300 g éq. CO$_2$

Rendez-vous sur
www.livredepoche-durable.fr

PAPIER À BASE DE
FIBRES CERTIFIÉES

Composition réalisée par NORD COMPO

Achevé d'imprimer en décembre 2016, en France sur Presse Offset par
Maury Imprimeur – 45330 Malesherbes
N° d'imprimeur : 214179
Dépôt légal 1re publication : janvier 2017
LIBRAIRIE GÉNÉRALE FRANÇAISE – 21, rue du Montparnasse – 75298 Paris Cedex 06

81/9307/4